차마 말할 수 없는
것들에 관하여

옮긴이 이민희

언어의 조각을 오래도록 매만지고 싶어 번역의 세계에 뛰어들었다.
낯선 이야기 속을 극도로 천천히 헤엄치는 순간을 가장 사랑한다.
《화장실 벽에 쓴 낙서》《오늘의 자세: 행운을 부르는 법》
《하늘은 어디에나 있어》《드라이》《내가 지워진 날》
《기후변화, 이제는 감정적으로 이야기할 때》를 우리말로 옮겼다.

차마 말할 수 없는 것들에 관하여

줄리아 월튼 · 이민희 옮김

양철북

1

나는 두 번째 트윗으로 음경에 관한 잘 알려지지 않은 사실을 쓸까 하다가 마음을 바꿨다.

핸드폰 알림이 수백 개나 쌓이고 팔로워 수가 초 단위로 늘어나는 상황에서 남성 생식기 이야기로 호기심을 자극해 조회 수를 더 끌어올리고 싶지는 않았다.

아무리 낯설고 신기한 정보라 해도 남자 몸부터 다루는 건 왠지 비겁하게 느껴졌다. 그러니까 내 말은, 성 연구가 언제까지 남성 위주여야 해?

올리려던 문장을 바라보다 지웠다. 사실 나는 내가 하는 연구를 〈네모 안의 동그라미〉라는 내 블로그에 정리해 두고 싶었지, 트위터 계정까지 만들 생각은 없었다. 하지만 우리 동네 돈 많은 망신거리인 리디아 브룩허스트가 내 블로그의 존재를 알아 버린 뒤로 모든 게 바뀌었다.

"피비, 롤러블레이드 타면서 문자질 안 하면 덜 넘어질 걸?"

코라가 내 옆을 휙 스치더니 방향을 틀어 우아하게 멈췄다. 피겨 스케이팅 선수와 하키 선수가 반쯤 섞인 듯한 끝내주는 동작이었다.

그사이 내 팔로워 수는 천 명이나 늘었다. 5분 만에.

인생 무엇?

나는 그 순간 균형을 잃고 보기 좋게 엉덩방아를 찧었다. 핸드폰은 놓치지 않았다.

코라가 나를 물끄러미 내려다봤다.

"뭐, 멀쩡하네. 계속 그렇게 문자질하셔."

그러더니 코라는 허리를 굽혀 날 잡아 일으켰다.

"우리의 예전 목요일 일과가 그리워."

내가 핸드폰을 쥔 채 푸념했다. 무음으로 바꾼 지 몇 시간이 지났는데도 손에서 진동이 느껴지는 것 같았다.

코라는 내가 숨기고 있는 비밀을 전혀 모르지만, 만약 내가 우리의 목요일 일과를 빼먹는다면 분명 수상쩍게 여길 거다. 나로서는 억지로 바꾼 일과지만.

원래 목요일은 로맨틱 코미디 영화를 보는 날이었다. 우리는 정크 푸드를 씹으며 주인공이 철천지원수와 여지없이 사랑에 빠지는 과정에 몰입하곤 했다. 하지만 코라의 부모님이 코라가 실내에만 있느라 자연과 교감할 시간이 부족하다며 또다시 해변 청소 모임에 가입시키려는 바람에 우리는 다른 활동을 찾아야 했다.

"롤러블레이드를 타자고?"

내가 울상을 지었다.

"추억 소환이지. 그리고 재밌잖아!"

아니, 별로. 나는 속으로 대꾸했다.

"게다가 내가 쓰레기장 근처에서 새거나 다름없는 이 롤러블레이드 두 쌍을 발견했다는 게 믿어져?"

어. 완전.

내 엉덩이는 롤러블레이드를 탄 첫 주부터 영구적인 명이 들었을지도 모른다. 이제 웬만하면 넘어지지 않고 움직일 순 있는데, 문자질에 대해서는 코라가 옳을 것이다.

하지만 지금 내 핸드폰에서 무슨 일이 벌어지는지 알게 된다면 코라는 아마….

"헐, 피비, 대박!"

코라가 내 손을 놓은 순간 나는 다시 엉덩방아를 찧었다. 하필 아까랑 똑같은 자리였다.

하나로 묶은 머리를 길바닥에 베고 누운 채 하늘을 바라보며 내가 과연 앞으로 멀쩡히 앉을 수는 있을지, 내 엉덩이 한쪽을 우정이란 이름으로 희생해야 하는지 깊이 따져 보았다.

"폼! 〈네모 안의 동그라미〉 블로거가 우리 린다 비스타에 산대!"

"설마."

나는 태연하게 들리길 바라며 대꾸했다.

그건 사고였다. 프로필을 올리면서 내 위치를 드러낼 의도는 전혀 없었다. 실수를 깨달았을 때는 이미 늦었다.

폼 @CircleintheSquare
〈네모 안의 동그라미: 10대가 전하는 10대를 위한 성교육〉
필자
린다 비스타, 캘리포니아

그게 나라고 코라에게 말하고 싶었다, 정말로. 적어도 그렇게 합리화했다.

실제로 코라가 알길 바랐다면 처음부터 말했을 거다. 블로그를 만들었을 때부터.

하지만 나는 비밀로 했다.

이마에 삐질삐질 나는 땀을 헬멧이 감춰 줘서 다행이다. 텅 빈 교회 주차장에서 코라가 우아하게 8자를 그리며 도는 모습이 은근 샘나기도 했고.

"오호…"

코라는 멈춰서 핸드폰을 들여다보며 휘파람을 불었다.

최근 리디아 브룩허스트가 〈네모 안의 동그라미〉 링크를 올리며 이렇게 트윗했다.

> @TheRealLydiaBrookhurst: 이 문란한 블로그 좀 보세요! 섹스 얘기가 더 많은 섹스로 이어진다는 걸 이해했던 시절이 그립네요, 진심!

그래서 오늘 아침에 내가 이렇게 응답했다. 폼으로서 내 첫 트윗이었다.

> @CircleintheSquare: 아아, 매독, 임질, 기타 성병이 만연했던 시절 말이군요. 저도 그립네요, 진심!

몇몇 사람이 이를 리트윗하자 브룩허스트는 억지 질문을 쏟아 냈다.

> @TheRealLydiaBrookhurst: **학교에서 콘돔 얘기를 꼭 해야 할까요?**

> @TheRealLydiaBrookhurst: **안전한 성관계* 교육이라니, 결국 우리 아이들에게 마음껏 섹스해도 된다고 말하는 거나 마찬가지 아닌가요?**

@TheRealLydiaBrookhurst: 네, 섹스는 당연히 생식을 위한 행위죠. 그게 그렇게 이해하기 어려운 가요?

@TheRealLydiaBrookhurst: **성 위험 방지 교육**이 아이들을 위한 최선이에요!

　　전부 대문자였다. 흥분한 사람들의 언어. 마치 인터넷에서 그렇게 악을 쓰면 실제로 누군가의 성관계에 영향을 미칠 수 있다는 듯이. 흥미로운 건 금욕만을 강조하는 성교육이 성 위험 방지 교육이라고도 한다는 사실이다. 10대는 섹스할 생각조차 해서는 안 된다는 의미를 요즘은 그렇게 표현하고 있다.

　　어차피 한다는 걸 그냥 좀 인정하면 안 되나?

　　그게 현실인데.

　　10대들이 민망하지만 마땅한, 아주 기본적인 질문들에 대한 답을 원할 거라는 생각을 못 하나?

　　그게 현실인데.

　　'결혼할 때까지 기다려', '넌 아직 어려서 몰라도 돼' 하

★　Safe sex, 원치 않는 임신이나 성병을 예방하기 위해 체액(정액, 혈액, 질액 등)을 나누지 않는 성관계.

는 사람들은 10대의 성관계를 통제해야 할 문제라고 여긴다. 우리가 섹스에 대해 알게 되자마자 뛰어들 거라고 생각한다. 그래서 우리가 정보를 언제, 얼마만큼 얻는지 통제하려 든다.

성적 호기심에 대한 바람직한 반응은 '여기 정보가 있어, 무엇보다 안전이 우선이야'다.

'여기 네가 볼 건 없어! 썩 나가!'가 아니라.

> @TheRealLydiaBrookhurst: 우리가 이 블로그를 용인한다면 대체 선을 어디에 그어야 하죠?

> @TheRealLydiaBrookhurst: 린다 비스타를 로스앤젤레스 같은 방종의 도시로 만들 순 없어요!

브룩허스트의 트윗에 대한 반응을 보니, 나한테 동의하는 사람이 많았다.

> @OrangeSwedishFish75: 지금 이 블로그 읽는 중인데, 진짜 유익함!

> @Salgoudthetalldude03: @CircleintheSquare 짱. 반박은 안 받음.

@EclairQueen 21: 폼은 천재다.

"피비, 이것 봐! 폼이 트위터에 뜬 지 이제 고작 몇 시간이야. 며칠도 아니고 몇 시간! 근데 우리가 아는 애들이 다이 계정을 팔로우하고 있어! 브룩허스트 완전 빡치겠는데?"

그래서 나는 코라가 쓰레기장에서 주워 온 롤러블레이드 위에서 허우적거리며 내 팔로워 수가 치솟는 걸 지켜봤다.

마침내 코라는 날 집에 데려다주며 나중에 브룩허스트에 관한 소식을 한꺼번에 전해 주겠다고 했다.

코라는 그게 내 블로그란 걸 꿈에도 몰랐다. 나중에 확인해 보니 내 블로그는 이날 하루, 개설한 뒤 누적 방문 횟수보다 더 많은 방문 횟수를 기록했다.

나는 롤러블레이드와 땀에 젖은 양말을 벗고 내 방에 들어가 머릿속으로 상황을 정리했다.

성교육은 내 분야고, 이제 나는 트위터 계정과 수많은 팔로워가 있으니 헛소리를 퍼뜨리는 사람들을 바로잡을 수 있다. 가장 좋은 건 그게 나란 걸 아무도 모른다는 점이다.

나는 브룩허스트에게 트윗으로 반박했다.

> @CircleintheSquare: 네, 콘돔 얘기를 해야 합니다.

> @CircleintheSquare: 아니요, 안전한 성관계 교육은 성관계를 권장하지 않습니다. '안전한' 성관계를 권장합니다.

> @CircleintheSquare: 아니요, 성관계는 생식만을 위한 행위가 아닙니다.

> @CircleintheSquare: 아니요, 성 위험 방지 교육은 최선이 아닙니다.

문제는 섹스 얘기가 금기라고 생각하는 사람과 논쟁하려면 의도한 것보다 말이 거칠게 나간다는 것이다.

내 의도는 인간이 성적으로 성숙해지는 시기에 현명한 선택을 할 수 있도록 성에 관해 터놓고 얘기하자는 건데, 내가 지금 상대하는 인간은 귀를 틀어막은 채 내가 열기구를 타고 고등학교 위에서 콘돔과 성인용품을 뿌려 대는 모습을 상상하고 있다.

실제로 나는 상냥하고 예의 바른 사람이다. 하지만 브룩허스트는 정말이지, 머저리다.

왜냐면 내 트윗에 답하는 대신 자기 팔로워들 보라고 리트윗하면서 이렇게 덧붙였기 때문이다.

> @TheRealLydiaBrookhurst: 폼 넌 누구니? 널 위해 기도하마.

그때 코라한테서 문자가 왔다.

> 대박. 브룩허스트 트위터에서 계속 까이는 중. 흥미진진.

만약 내가 다른 동네에 살았다면 내 주변 누구도 그 블로그를 주목하지 않았을 거다. 하지만 그 악명 높은 폼이 '내 이웃'일지도 모른다는 사실은 이 좁고 보수적인 동네가 감당하기에는 너무 벅찼다.

나는 트위터에서 헛소리를 바로잡는 것 말고도 올바른 성교육을 전파할 의무가 있다. 그런데 애석하게도 자꾸만 음경에 관한 이야기로 돌아왔다. 그것이 내 진리 탐구의 출발점이기 때문이다.

내가 음경을 처음 본 건 열네 살 때 골든 레이크 캠프에서였다. 짓궂은 팀원들에게 옷을 몽땅 빼앗긴 남자애가 벌거벗은 채로 우리 숙소 앞을 내달렸다. 이름도 얼굴도 기억 안 나지만, 그 애가 깔깔 웃는 무리를 가르며 탈의실을 향해 달려갈 때 마구 나풀거리던 음경은 눈에 선하다.

분명히 해 두자면 음흉한 마음으로 엿본 게 아니라 그저 신기했다. 그때까지 나는 음경에 대해 대단히 잘못 알고 있었다. 예전부터 나는 그것이 자그마한 손처럼 물체를 잡거나 위험을 감지하는 기묘한 능력을 지녔을 줄 알았는데, 실제로 보니 내가 상상했던 것과 딴판이었고 통제력이 전혀 없어 보였다. 아마 그 순간부터 탐구심이 싹튼 것 같다. 내가 남자 성기에 대해, 더 정확히는 섹스에 대해 아는 게 없다는 걸 깨달았던 그 순간부터.

엄마가 기본 개념을 알려 주기는 했다. '남자의 그걸 여자의 거기에 넣는다' 식의 대화. 하지만 엄마가 너무 민망해 해서 뭘 더 물어보기가 미안했다. 우리 엄마는 거북한 이야기를 잘 못 견딘다. 내가 처음 월경을 했을 때도 꼭 필요한 정보만 한꺼번에 속삭이듯 말해 줬다. 그래서 나는 탐폰 사용법을 스스로 알아내야 했다. 과연 엄마가 살면서 '질'이라는 단어를 입 밖에 내 본 적이 있을까?

그 당시 내 노트북은 워드 프로그램만 겨우 돌아가는 수준의 골동품이어서 온라인 검색은 한계가 있었다. 그래서 책을 뒤지기 시작했는데 자료 찾는 게 영 어려웠다.

그러던 때에 돌파구가 찾아왔다. 우리 집에서 세 블록

건너 살던 산부인과 의사가 세상을 떠나서 그 남편이 유품을 정리해서 파는 것이었다. 죽은 의사의 서재는 개방돼 있었고 온갖 의학 저널, 책, 잡지, 논문이 상자마다 가득했다. 잡동사니로 분류된 그것들을 내가 세 상자나 살 때 이유를 묻는 사람은 없었다. 나는 오래되어 삐걱거리는 접이식 카트에 상자들을 싣고 조마조마한 마음으로 집까지 끌고 왔다. 그때 우리 부모님은 농산물 직판장에서 오렌지와 청경채 따위를 사고 있었다. 더 큰 난관은 전부 꼭꼭 숨겨 두는 것이었다.

　이제 더는 보지 않지만 그 자료들은 여전히 내 방에 숨어 있다. 내 침대는 수납형이라 사방에 서랍이 달렸는데, 주로 옷을 넣어 둔다. 비밀 연구 자료들은 침대 프레임에서 가장 큰 서랍을 들어내고 안쪽에 손을 뻗어야 닿는다. 가장 '민감한' 정보들은 프레임 아래 바닥에 있다. 시각 자료는 무조건 거기로 간다. 엄마가 우연히라도 거대한 여성 생식기 모형(산부인과 진료실에서 흔히 볼 수 있는 것)이나 〈카마수트라〉 도감을 발견할 필요는 없기 때문이다. 그것들은 내 연구에 꼭 필요하지 않고 이제 대부분 온라인에서 찾을 수 있어서 들춰 보지도 않는다. 하지만 내가 처음으로 갖게 된 연구 자료라 그런지 버릴 마음은 안 든다. 왠지 귀하게 느껴진달까, 아마 이 모든 여정의 첫 출발점이기 때문에 그럴 것이다.

그래, 커다란 생식기 모형을 두고 감상에 젖는 게 이상하다는 걸 나도 안다.

다시 한번 짚고 넘어가자면,

1. 이건 학구열이다.

2. 나는 변태가 아니다.

그리고 이 모든 정보를 정리할 곳도 필요했다.

모든 걸 기록할 수 있는 곳. 그 유품들을 사고 몇 달 뒤, 내 고물 노트북이 드디어 운명하자 부모님이 맥북을 사 줬다. 마침내 인터넷에 접속할 수 있었고, 블로그가 탄생했다.

하지만 2년이 지난 지금도 내가 왜 이걸 인터넷에 공유하는지 잘 모르겠다.

이 블로그가 남들에게 도움이 되길 바라는 마음도 있다. 나는 내 또래를 위해 정보를 아주 객관적이고 담백하게 전달한다. 섹스가 감추고 쉬쉬할 일이 아니도록. 감추는 것 자체가 문제라는 건 아니다. 나야말로 감추기에 점점 능숙해지고 있다. 아직 내 비밀 자아를 공개할 준비가 안 됐으니 그건 다행이다.

온라인 자아를 만들 때는 플랫폼에 따라 길게 내다보고 신중하게 만들어야 한다는 걸 이제는 알지만, 2년 전 나는 그저 내 방에 숨긴 물건들을 보고 필명을 정했다.

내 침대 밑에는 산부인과 의사의 유품에서 얻은 그림이 두 점 있다. 하나는 여성의 음부 추상화다.

아니, 나도 100% 확신하진 않지만, 상자에서 꺼내자마자 그렇게 생각했다. 색채가 소용돌이치는 그림이었다. 옅은 빨강, 파랑, 보라색이 음핵으로 보이는 부분을 감싸고, 노란색 주름 선들이 질구로 보이는 부분 언저리를 너울거렸다.

다른 한 점은 이브가 지식의 나무에서 선악과를 따 먹는, 그리하여 온 인류를 타락시키는 그림이다. 왜냐면 절대 그 열매를 먹으면 안 되니까. 감히 앎(성)에 눈을 떠서는 안 되니까.

그 열매는 석류(pomegranate)다. 그래서 내 필명은 폼(Pom)이 되었다.

아무래도 '다채로운 음부'라고 하면 너무 어그로 같지 않겠는가.

어쨌든 내 탐구심의 기원은 필사적으로 내달리던 얼굴 없는 남자애의 늘어진 음경이었다. 나는 모르는 게 너무 많았고 아직 배워야 할 것도 많다. 이제 사람들이 내 블로그의 존재를 알고 일부 어른들은 자녀에게 읽지 말라고 경고까지 하니, 독자층은 확보한 셈이다.

참고로 트위터에 뛰어들어 누군가를 지적할 생각은 원래 없었다. 하지만 헛소리를 퍼뜨리는 사람들을 가만히 두고 보기는 쉽지 않다.

그러니까, 거짓말을.

현재 미국에서 39개 주만이 성교육을 의무적으로 시행

한다. 그중에서도 17개 주만이 의학적으로 정확한 성교육을
하고 있다.

날 방해하지 마, 브룩허스트.

2

몇 주 전까지만 해도 팔로워가 0명이었는데, 오늘은 62,447명이다. 그중 한 명은 나더러 맞팔해 주지 않으면 언팔하겠다고 쪽지를 보냈다. 흠, 고로 62,446명이겠다.

그런 생각을 하고 있는데 코라가 편집실에 걸어 들어와 내 눈앞에서 손을 흔들었다.

"피비, 아무리 닐이 훈훈한 너드미를 발산하는 졸업반 선배라지만 꼭 그렇게 뜨겁게 쳐다봐야겠어?"

검정 스키니진을 입고 불쑥 나타난 코라가 내 옆에 앉으며 속삭였다. 아까 코라는 '닮은꼴 연예인 찾기' 앱에서 자신이 자밀라 자밀과 메건 마클의 도플갱어라는 결과를 얻었다. 아직도 얼굴에 내심 흡족하다고 쓰여 있었다. 3교시 시작까지 아직 몇 분 남았고, 코라는 동선 낭비를 전혀 안 하는 앤데, 내가 넋 놓고 있는 순간마다 여지없이 나타나서 허를 찌른다. 코르넬리우스 노튼이 닐로 통하는 건 사실이지만, 예전부터 내 머릿속에는 코르넬리우스로 각인돼 있다. 다만 내가 학교 신문부에 들어간 이유가 그를 약간 사랑해서가 아니라는 점은 확실히 해 두고 싶다.

정말이다.

나는 글쓰기를 즐기고 탐구심이 강하다. 음경과 음부처럼 남들을 불편하게 하는 주제에 한해서만은 아니다.

내 감정을 묘사하는 단어로 '사랑'이 적절한지는 모르겠다. 하지만 '좋아한다'고 하면 아이스크림이나 훌륭한 멕시코 음식에 대해 느끼는 감정이지, 소설《앵무새 죽이기》에 나오는 애티커스 핀치의 법정 최후 변론을 암송하는 사람한테서 느끼는 감정은 아니다 싶다. 등교 첫날 편집실에서 본 그 모습은 뇌섹남 그 자체였다. 내 몸이 그의 뇌와 한바탕 뒹굴고 싶다고 외치는 것 같았다.

아무튼.

"망할, 그렇게 뜨거웠어? 앞으로는 네가 책임지고 예방해 줘."

"지루하니 패스할게. 스스로 평범한 사람처럼 보이려는 노력은 좀 해."

"알았어. 근데 넌 신문부도 아니면서 여긴 왜 왔어?"

"나 오늘 4교시 쨀 거거든. 이거 좀 대신 제출해 주라. 대체 교사가 들어오는데 숙제는 걸 거래. 지금 데이비드 엄마가 지압 받으러 갔대서….”

“그러니까 너희는 단둘이….”

내가 눈썹을 치켜올리며 뒷말을 끌어냈다.

“밀린 수학 숙제 해야지, 당연히.”

“그래, 그럼 안전한 미적분 풀이하셔.”

내가 코라의 에세이를 내 백팩에 넣으며 말했다.

“말이 나와서 말인데.”

코라가 핸드폰을 꺼내더니 내 얼굴에 화면을 들이밀었다. 내가 쓴 글이 나를 마주 보고 있었다. 익숙한 글인데 코라의 손에서 보니 비로소 진짜 같았다. 나는 정체를 숨긴 히어로가 된 기분이었다. 문득 마법의 콘돔 한 팩을 들고 망토를 휘날리는 내 모습이 떠올랐다.

“이 블로그 읽어 봤어?”

코라가 다그치듯 말했다.

“어쩌다 한 번 보긴 했는데.”

나는 애써 심드렁하게 대꾸했다. 코라가 눈알을 굴렸다.

“그래, 네 취향 아닌 거 알고, 나도 원래 블로그 같은 거 안 읽어. 2000년대 초반에나 유행했지 이제 한물갔잖아. 근데 여기 올라온 글은 처음부터 끝까지 다 읽었다? 아니 글쎄, 내가 궁금했던 것들에 대한 답이 다 있는 거야. 심지어 궁금해하는 줄도 몰랐던 것까지. 꼭 의사랑 상담하는 것 같다니까. 말귀를 알아듣는 의사. 너도 꼭 읽어 봐."

"내가 왜?"

내가 슬쩍 웃으며 물었다.

"지금은 아니어도 언젠가는 필요할 정보니까. 아마 너도 네 생각보다 빨리 황홀한 키스를 하게 될걸."

코라가 놀리듯 말했다.

"너 지금 좀 재수 없는 거 알지? 나도 키스해 봤거든?"

"아아. 캠프에서 벌칙으로 한 키스는 안 쳐 줘. 내 기억으로 너랑 키스한 그 남자애는 안 씻고 오래 버티기 내기에서도 이기려고 했던 것 같은데. 그러니 그 키스는 그냥 잊는 거 어때?"

할 말 없네. 내가 속으로 툴툴대는 동안 코라는 반짝이는 검정 매니큐어를 바른 손톱을 점검했다.

"아, 그리고."

코라가 주위에 엿듣는 사람이 없는지 살피는 척하며 덧붙였다.

"글쓴이가 우리 학교 사람이라는 설도 있어."

"그게 이 블로그를 읽어야 할 이유가 돼?"

코라가 어깨를 으쓱했다.

"아니. 하지만 적어도 이 동네 사람들이 그렇게 꽉 막히지만은 않았다는 희망을 주잖아. 너도 스탠퍼드로 떠나기 전에 읽어 보고 인생을 좀 즐겨."

코라가 닐을 향해 눈짓하자 나는 눈살을 찌푸렸다. 코라는 나에게 윙크하고 벌떡 일어나 문을 나섰다.

코라는 내가 스탠퍼드대학 얘기에 아주 민감하다는 걸 안다. 내가 유일하게 미신의 지배를 받는 주제. 작년 크리스마스에 부모님이 스탠퍼드대 맨투맨을 선물했을 때 나는 실제로 입학하기 전에는 안 된다며 도로 물렸다. 그 맨투맨을 소유하는 것만으로 부정 탈 것 같았다. 나는 한때 바보같이 꿈의 대학에 입학하는 것을 내 인생의 목표로 삼았다. 하지만 그 집착은 뿌리를 너무 깊이 내려서 내 일부가 됐고, 코라는 내 절친으로서 그걸 잘 알고 있었다.

처음 만났을 때 코라는 유치원에 무지갯빛 발레 치마를 입고 나타난 고집불통 다섯 살이었다. 내가 분홍색 카디건을 고이 접어 사물함에 넣고 돌아서자 우리 엄마는 내 남색 멜빵바지를 돌돌이 테이프로 밀며 코라를 불안한 눈으로 힐끔거렸다. 그리고 미술 시간에 티핀도르트 선생님이 코라에게 나무를 보라색으로 칠하지 말라고 했다. 나무는 초록색이어야 하니까.

"자카란다 나무는 아니에요. 자카란다 나무는 보라색 꽃이 피거든요."

내가 끼어들었지만 티핀도르트 선생님은 조무래기와 말씨름하기 싫다는 듯 떨떠름하게 웃으며 다른 예술 꿈나무들의 꿈을 짓밟으러 떠났다.

"너 똑똑한 애구나?"

코라가 말했다.

"난 네 나무가 마음에 들어."

그때까지 아무도 나한테 똑똑하다고 말해 준 적 없는데, 나는 그 말을 굳게 믿었다. 게다가 다섯 살 때는 친구 사귀는 데 큰 노력이 필요하지 않았다.

하지만 그때 죽이 맞지 않았다면 코라와 나는 결코 절친이 될 수 없었을 거다. 코라의 부모님인 아스트리드와 리버 부부는 주문 제작하는 티셔츠 업체를 운영하는 히피들, 지독하게 보수적인 내 할아버지가 '다리털도 안 미는 여자들'과 '우쿨렐레를 든 머리 치렁치렁한 남자들'이라고 불렀을 사람들의 후예였다.

리버 아저씨는 한때 부동산 중개인이었는데, 자연인의 삶을 꿈꾼다는 한 부부에게 유르트*를 판 적이 있다고 한다. 사실 그 부부가 진짜 원한 것은 관상용 공작들을 마음 놓고 기르는 것이었다.

"진짜로. 진짜 그렇게 말했다니까. 자기 공작들을 평화롭게 기르고 싶다고. 사방에 똥을 싸지르는 더럽고 사납고 화려한 새들한테 평화가 필요하다고 말이야."

코라의 말이었다.

★   중앙아시아의 유목민들이 쓰는 텐트 형태의 주거 공간.

어쨌거나 유르트는 호화로운 텐트다. 부부가 산 유르트
는 높은 천장과 욕실 두 개, 명상 공간까지 갖춘 꽤 사치스러
운 텐트였다.

그건 리버 아저씨 이야기 중에서 내가 제일 좋아하는
이야기다.

코라의 부모님은 항상 코라가 끊임없이 창의적인 시도
를 하고 권위에 의문을 제기하도록 격려했다. 그와 반면에
나는 인생의 첫 몇 년 동안 내 이름이 '안 돼, 피비!'인 줄 알
고 살았다.

"자, 다들."

닐이 편집실 앞쪽에서 다시 주의를 끌었다.

"이번 주 임무를 분담할게."

닐이 손가락으로 머리를 빗어 넘겼다. 내가 언제부터 닐
을 쳐다보는 데 열중했지? 여름방학 동안 그가 좀 더 성숙해
졌기 때문일 수도 있지만, 그보다는 내가 연애 경험이 딱할
만큼 부족한 나머지 내 편집장에게 억지 매력을 덧씌웠을
가능성이 크다.

완벽한 갈색 반곱슬머리에 딱 어울리는 너드미를 지닌
내 편집장. 주근깨가 아름답게 수놓인 코 위에 걸친 뿔테 안
경에 대하여 나는 짧은 시를 쓸 수도 있을 거다.

"〈네모 안의 동그라미〉 글쓴이 누군지 알아냈어?"

누가 외치자 몇 사람이 웃었다.

"아니."

닐이 대답했다.

"근데 이제 막 다 읽었거든? 와, 진짜 잘 썼더라. 체계적
이고, 간결하고, 조사도 잘돼 있고, 또….."

"음란하지."

앞쪽에 앉은 여자애가 깊고 끈적한 목소리로 말했다. 곳
곳에서 웃음이 터졌다. 나는 얼굴이 확 달아올랐다. 모니카
한센은 자기가 밥맛인 걸 교묘히 숨기고 누군가를 조롱할
수 있는 애다.

선을 안 넘고 은은하게 사람을 먹인 달까. 웃는 낯으로
칭찬인지 욕인지 모를 말을 던지거나 자기들끼리만 아는 농
담을 해서 은근히 따돌리는 식이다. 천연덕스러운 비열함이
삶의 활력소인 듯하다.

하지만 몇몇 당사자 말고는 잘 모른다. 모두에게 비열하
게 굴었다간 본색을 들킬 테니 대다수에게는 상냥하게 굴어
서 연막을 치는 것이다. 이런 말이 나오게끔.

"아, 진짜? 나한텐 되게 착하던데."

그거 아는가? 선택적으로 착한 사람은 진짜 착한 사람
이 아니다.

"음란한 건 하나도 없어."

닐이 씩 웃으며 말하자 내 정신은 다시 편집실로 돌아
왔다.

"잘 정리된 지식의 보고던데. 그리고 글쓴이가 누구든….”

"욕구불만이겠지!"

뒤쪽에서 누군가가 소리쳤다. 닐은 두 손을 들어 왁자지껄한 웃음소리를 가라앉혔다.

"얘들아, 피비 민망해하잖아.”

모니카의 사악한 목소리가 끼어들었다. 나는 그 말을 무시하려고 했지만 이미 다시 낯이 뜨거워지고 있었다. 젠장. 내 표정 관리 능력보다 모니카의 이목 끌기 능력이 한 수 위였다. 중학교 때부터 이런 식이었다.

"어쨌든, 그 블로그는 댓글을 막아 놨더라고. 그냥 학술 활동인 거 같아. 출처도 꼼꼼히 다는 거 보면.”

"확실히 이 동네 사람이야.”

뒤쪽에서 한 여자애가 말했다. 나는 바짝 긴장했다.

"콘돔이랑 피임약을 무료로 구할 수 있는 곳으로 시내에 있는 딜리스 드러그스토어를 언급했더라고.”

몇몇이 콘돔이란 말에 키득거렸다.

그나저나 닐이 내 작업물에 감명받았다는 사실에 입꼬리가 자꾸 올라갔다. 닐이 다시 손으로 머리를 빗어 넘기자 나는 문득 코라가 좀 평범하게 굴라고 한 말이 떠올라서 눈을 내리깔았다. 아예 눈을 피하라는 말은 아니었겠지만 말이다. 그것도 닐이 나에게 직접 말을 걸 때라면.

"피비."

각자 맡은 일을 하기 위해 흩어지자 닐이 불렀다.

"아, 미안. 응?"

나는 닐의 이마 위로 굽이치는 결 좋은 머리카락을 만지면 어떤 느낌일지가 아니라 뭔가 중요하고 저널리즘적인 것을 생각하고 있었던 척하며 되물었다.

"너한테는 임무 안 줬지."

"안 줬나? 아아, 그랬지."

코라 말이 옳다. 나는 노답이다.

"왜인지 안 궁금해?"

"그야 당연히 말해 줄 줄 알았지."

좋았어. 아주 자연스러워. 훨씬 평범해. 잘했어, 피비.

"왜 안 줬냐면, 나 대신 인터뷰 몇 건 좀 부탁하려고."

"무슨 인터뷰인데?"

"그게, 당분간 '교직원 탐구' 코너 좀 맡아 줄 수 있어? 선생님 한두 명 골라서 개인사에 관한 질문 몇 가지 하는 식으로. 뭔가 색다른 각도로 조명해서 각자의 사연을 좀 더…."

닐은 적절한 단어를 찾아 헤맸다.

"개성 있게?"

"그래, 개성 있게. 표현 좋은데?"

닐이 날 보고 필요 이상 활짝 웃었다. 뭔가 수상쩍어 보일 만큼.

"왜 나한테 부탁하는데?"

"네 실력을 믿으니까."

나는 진실을 말하라는 듯이 눈꼬리를 치켜세웠다.

"그래, 넌 성적도 좋고, 선생님들하고도 잘 지내잖아. 이전에 좀… 불미스러운 일이 몇 번 있어서 선생님들이 인터뷰를 꺼리거든."

작년에 한 인터뷰가 로드리게스 교감 선생님 얼굴에 먹칠한 사건이 기억났다. 인터뷰어는 교감실에 있는 물건들을 일일이 탐구했는데, 그중에는 마약 검사* 때 어떤 사물함에서 압수한 마리화나용 물담배도 있었다.

문제의 물담배는 사실 경찰이 새 훈련견을 테스트하려고 일부러 빈 사물함에 놓아둔 것인데, 인터뷰어는 그것이 마약 탐지견 훈련 목적으로 이용된 도구이며 교감 선생님의 소유물이 아니라는 점을 기사에 쓰지 않았다. 곧바로 정정 기사를 내보냈지만 이미 교감 선생님은 한바탕 체면이 깎인 뒤였다. 사실 그 일은 몇몇 어른들이 할 일을 제대로 했다면 피할 수 있었던 문제였다. 육상부 에드먼드선 코치는 발행 전에 기사를 검토하는 일을 맡았는데, 그 시간에 편집실 구석에서 입 벌리고 낮잠을 자느라 바빴다.

★ 미국의 일부 고등학교에서는 정기적으로 마약 검사를 한다. 학생들을 모두 교실 안에 머물게 하고 경찰이 경찰견을 데리고 와서 사물함 냄새를 맡게 하는 방식이다.

"그래서 내가 인터뷰를 맡으면 선생님들이 좀 더 호의적으로 대할 것 같다는 얘기야? 내가 얌전한 모범생이라서?"

"당연히 아니지! 네가 이야기를 잘 끌어낼 수 있을 것 같아서 그래. 넌 상대방을 가시방석에 앉히는 사람이 아니니까."

닐이 완곡하게 말했다. '거슬리게 하는'이 아니라 '가시방석에 앉히는'이라는 표현을 쓴 게 은근히 마음에 들었다. 딱 매력적인 수준의 너드미였다.

"그래서… 해 줄래?"

물론 해 줄 건데, 들뜬 티는 내지 않았다.

"그러지 뭐. 혹시 생각해 둔 선생님 있어? 아니면 그냥 내가 골라?"

바로 그때 닐의 주머니 속 핸드폰이 울렸다.

"네가 원하는 분 아무나."

닐은 핸드폰을 확인하며 말했다.

"그냥 뭐랄까, 좀 튀게, 뻔하지 않게 만들어 줘."

"참신하게?"

"바로 그거야, 고마워, 피비!"

닐이 사라질 때까지 나는 책상에서 눈을 떼지 않았다. 그야 그 뒤태를 쳐다볼 이유도 없고 코라의 목소리가 귓전에 들리는 듯했으니까.

당장 그 음탕한 눈길 거둬, 피비.

코라는 필터가 없다.

그나저나 닐이 한 말이 머릿속에 맴돌았다. '그 블로그는 댓글을 막아 놨더라고.' 만약 내가 댓글을 허용해 질문을 받는다면? 그리고… 트위터에 공유한다면?

〈네모 안의 동그라미〉 글 조회 수가 아직도 꾸준히 오르는 걸 보면 사람들은 내 연구에 관심이 많다. 아니, 증명된 사실은 사람들이 내 연구 주제에 관심이 많다는 것이다. 심지어 일부는 분노를 표하기도 했다. 여성의 자위나 몽정, 음핵(clitoris)의 존재에 대해 공공연히 떠들어서는 안 된다며. 음핵이 무슨 위험한 영물이라도 되는 것처럼.

하지만 이 중 어떤 것도 비밀이 되어야 할 이유는 없다.

하지만 내 정체는, 그래, 그건 아직 비밀이어야 한다. 우리 엄마 아빠는 민망해 죽을 테고, 남들이 날 두고 멋대로 추측하는 것도 싫다. 이런 주제에 대해 많이 안다고 해서 받는 오해는 상상을 초월한다. 이를테면 쉽게 몸을 허락할 거라든지, 성관계에 노련할 거라든지. 물론 성적으로 개방적이거나 왕성한 것에는 아무 문제가 없지만, 나는 어느 쪽도 아닌 사람이다.

그저 내가 폼이라는 걸 아무도 몰랐으면 한다.

이 비밀스러운 자아에는 자유가 있다. 가면을 쓰고 내가 하고 싶은 말을 할 수 있다. 그저 조용하고, 내성적이고, 뻔하디뻔한 피비일 필요가 없다.

그날 밤 나는 부모님이 드라마 〈웨스트윙〉 재방송을 보다 잠드는 걸 보고서 방문을 닫고 블로그에 접속했다. 하나 아쉬운 게 있다면 제목이 좀 밋밋하다. 처음엔 '무경험 성 전문가의 사색'이나 '오르가슴을 부르는 진실' 같은 말장난을 떠올렸는데 최대한 담백하고 덜 요망한 인상을 주기 위해 고민하다 〈네모 안의 동그라미〉로 지었다.

그래, 콘돔이다.

닐의 칭찬이 떠오르자 입꼬리가 올라갔다.

닐이 내 연구를 높이 평가한다.

닐이 내 블로그를 지식의 보고라고 했다.

닐은 폼이 누군지 궁금해한다.

이 모든 생각이 내 머릿속에 둥둥 떠다녔고, 나는 정체를 드러내지 않고도 닐의 질문에 답할 수 있다는 걸 깨달았다. 나는 설정을 이리저리 만진 뒤 잠시 의자에 기대 뜸을 들이다가 변경 내용을 저장했다.

〈네모 안의 동그라미〉에는 이제 댓글을 달 수 있고 질의 응답 게시판도 추가됐다. 누가 이런 변화를 알아차릴 거라는 보장은 없었다. 어쩌면 내 블로그는 반짝 주목받았을 뿐 벌써 시들해져서 최근까지 기록된 방문 수는 그저 호기심의 여운일 가능성도 충분했다.

하지만 아직 관심이 가라앉지 않아서 닐이 폼과 인터뷰하게 될 가능성도 있었다.

3

사람들은 여전히 관심이 있었다. 게다가 브룩허스트가 뭔가를 트윗하고 나를 멘션*할 때마다 내 팔로워 수가 늘었다. 브룩허스트는 트위터에서 다른 사용자를 언급하면 저절로 홍보가 된다는 걸 이해하지 못하는 모양인지, 계속 내 트윗을 리트윗하고 의견을 달았다.

'폼 네 정체를 밝혀!'가 특히 극적이었다.

일어났을 때 새 쪽지가 쌓여 있었지만 바로 열어 보지는 않았다. '블로그는 혼자 있을 때만', 내가 이 파격적인 취미 생활을 시작하며 지켜 온 규칙 중 하나였다. 누가 내 어깨 너머로 핸드폰을 엿볼 수도 있으니까. 게다가 부모님이 아직

---

* mention, 트위터에서 특정 사용자에게 말을 거는 기능으로, 다른 사용자들도 볼 수 있다.

집에 있어서 노트북을 열 수도 없었다. 우리 엄마는 표범처럼 움직이는 사람이라 아무 기척 없이 다가올 수 있다.

아빠가 어젯밤부터 시의회 회의를 보려고 지역 채널을 틀어 놓았는데, 내가 샤워하러 욕실에 막 들어설 때 즉시 근절되어야 할 것을 호소하는 날카로운 목소리가 들렸다. '불경한'과 '망측한'이라는 말이 귀에 꽂혔다.

"그 문란한 블로그가 우리 아이들의 정서를 오염시키고 있다고요"라고 여자가 말했다.

문을 살짝 열자 아빠의 한숨 소리가 이어졌다.

"리디아 브룩허스트군. 할 일이 그렇게 없나?"

아빠는 하와이에서 이곳으로 이주해 온 뒤로 지역 정치에 쭉 관심을 가지고 지켜봤지만, 간간이 잔디 팻말**을 세우는 것 말고 선거 유세에 참여한 적은 없다.

"그 블로그란 게 자기 사업을 방해할 것 같나 보지. 저 여자, 순결 반지를 팔거든."

엄마가 아빠 컵에 두 번째 커피를 채워 주며 말했다.

리디아 브룩허스트는 '책임 있는 시민 검열 연합'의 회장이다. 그 단체는 영화가 지나치게 부적절하다고 판단될 때마다 영화관 앞에서 시위를 벌인다. "지나치게 부적절하다"는 것은 성별이 불분명한 보라색 코알라가 어린이 영화에

** Lawn sign, 선거 후보자에 대한 지지나 정치적 입장을 표현하기 위해 집 앞 잔디밭 같은 곳에 세우는 작은 팻말.

등장한다는 것이고, "시위를 벌인다"는 것은 그 영화를 규탄하려고 비 오는 날 멀티플렉스 밖에서 두 시간 동안 서 있었다는 뜻이다.

실화다.

브룩허스트 집안은 이 동네 경제의 기반이라고 할 수 있는 사과 과수원을 50년 넘게 소유해 왔고, 그 여자는 그 덕으로 기독교 잡화점과 카페를 열었다. 또 이 지역 학교들의 큰 기부자이기도 하다.

하지만 가장 유명했던 건 미인 대회 시절이다.

리디아 브룩허스트는 다른 후보가 장기 자랑을 할 때 무대 중앙에 난입해 완벽한 다리 찢기를 선보여서 공식적으로 논란이 되었고, 비공식적으로는 수영복 심사 전에 우승 후보의 하이힐에 못을 박아 발꿈치에 큰 상처를 입혔다는 소문이 돌았다. 최근 그의 금욕 반지 사업은 대형 귀금속 브랜드에 입점 계약을 따낸 덕분에 승승장구하고 있다. 대외적으로는 '서약 반지'라는 이름으로 포장했지만, 우리 지역에서는 다음과 같은 홍보 문구와 함께 판매하고 있다.

금욕은 예수님을 선택하는 길입니다.
하나님의 축복이 임하기를.
순결을 지키세요.

"브룩허스트 씨."

시의회 의원이 말했다. 인내력이 모두 바닥난 말투였다.

"말씀은 이해합니다만, 아이들은 그 블로그만큼이나 실제 포르노 사이트에 쉽게 접근할 수 있—."

"하지만 이건 교육용 블로그라는 꼬리표가 붙어 있다고요!"

브룩허스트가 외쳤다.

"이대로라면 아이들이 발을 들이는 곳마다 성적인 내용이 쏟아질 거예요. 이 블로그는 정치적 의도가 다분히 깔려 있고 아이들의 순결을 위협하고 있어요."

"브룩허스트 씨, 다시 한번 말씀드리지만, 부모가 부적절하다고 여기는 모든 유해물은 가정에서 차단할 수—."

"물론 차단할 수 있다는 걸 저도 잘 알고, 우리 집에서는 확실히 그렇게 하고 있지만, 그 위험성을 모른 채 인터넷 환경을 제대로 감독하지 않는 부모의 자녀들이 염려되는 거예요. 누가 블로그를 운영하는지 몰라도 성도착증 환자가 분명해요! 그리고 몇몇 정황에 따르면 운영자는 10대이고 우리 주변에 살고 있어요! 아무리 이 나라가 표현의 자유를 존중한다 해도 하고 싶은 말을 전부 하라는 건 아니죠. 자, 폼, 이자리에서 직접 경고하마. 블로그를 삭제하고 트위터 계정도 삭제하렴. 그리고 린다 비스타 주민 여러분, 만약 쓰레기가 저절로 사라지지 않는다면 우리 손으로 치워야 합니다."

"그만 보련다."

아빠가 텔레비전을 끄며 말했다.

"저 여자는 학창 시절부터 변하질 않아. 한결같이 화가 나 있지….

엄마가 말했다.

"뭐, 돈을 휴지처럼 쓰는 인간들은 애먼 데 화를 내며 시간 낭비할 여유가 있나 보지."

아빠가 말하자 엄마가 불만스럽다는 듯이 입술을 뾰족이 내밀었다.

"꼭 '휴지처럼' 쓴다고 말해야겠어? 그러니까 마치 돈으로…."

엄마는 말을 에두르려다 포기했다.

"왜, 뭐 닦는 거 같다고?"

아빠가 싱글벙글한 얼굴로 말했다.

"그만해, 더러워."

엄마가 자기 커피 잔을 채우며 대꾸했다. 아빠가 웃었다. 가끔 아빠는 일부러 엄마를 괴롭힌다.

"피비, 20분 뒤에 출발이다, 알았니?"

"네."

샤워 부스에 뛰어들며 외쳤다.

나는 브룩허스트의 마지막 말에 살짝 얼이 빠져 있었다. 샴푸를 두 번 할 만큼. **우리 손으로 치워야 합니다.** 그건 협박

인가?

나는 그 여자가 내 정체를 알 리 없다고 마음을 다독였다. 싸움을 걸고 싶어도 상대가 누군지 전혀 모르면 한계가 있으니까.

그런 생각을 하며 옷을 입고 엄마 차 뒷자리에 미끄러지듯 올라탔다. 그동안 부모님은 오늘 일정을 의논했다.

엄마 아빠는 둘 다 위험 분석가이고, 둘이 합쳐 열두 개 정도의 보험 전문 자격증을 갖췄다. 주로 기업을 위해 재난이 일어날 가능성을 예측해서 그 확률을 통계적으로 제시하고 위험을 줄일 방법을 조언한다. 그리고 누가 언제 죽을 가능성이 가장 큰지, 그때 그 사람의 가치는 어느 정도인지 산출한다. 둘 다 열심히 일하고 갈등을 최소화하면서 자수성가한 유능한 사람들이다. 목요일에는 함께 단체 고객들을 상대로 강연을 한다.

언제든 부모님 서재에 가면 무거운 물건을 들어 올리는 올바른 자세가 그려진 도표, 손목 보호 키보드 그리고 막대한 보험 청구를 피하려면 사업장에서 어떤 물건들을 제거해야 하는지 그 목록을 볼 수 있다.

솔직히 말해서 나는 엄마나 아빠가 많은 사람 앞에서 강연하는 모습이 상상이 안 간다. 두 사람을 사랑하지만, 우리 집에서 일어나는 모든 대화는 속삭이는 느낌이다. 아마 목요일에 강단에서 멀리 떨어져 앉는 사람은 고생깨나 할 거다.

학교 앞에 날 내려 줄 때 엄마가 내 티셔츠를 보고 눈을 가늘게 떴다. 무시하려고 했지만, 이어질 말은 뻔했다.

"거기 좀 끼는 거 같은데, 안 그래?"

가슴이야, 엄마. 나도 가슴 있어. 그 정돈 입 밖에 내도 괜찮다고.

"코라가 준 거야."

엄마가 수긍할 만한 대답은 아니었다.

"너무 딱 붙네. 학교에서 입을 만한 옷은 아닌 것 같다."

나는 한숨을 푹 내쉬었다.

"안 그래, 맷?"

엄마는 내 옷차림에 아무 이견이 없는 아빠에게 물었다.

"우리 영적 고객들 앞에서만 입지 말아라."

아빠가 윙크하며 말했다. 엄마는 입술을 깨물었고, 내가 차에서 내리자 아빠는 엄마 무릎을 토닥였다.

'영적 고객들'이란 엄마 아빠가 목요일에 만나는 고객들에게 붙인 별명이다. 여러 교회, 이슬람 사원, 유대교 회당의 대표들이 모여 위험관리 강의를 함께 듣는다.

극도로 보수적인 사람들이라서 우리 엄마는 행여 내가 그 앞에서 맨살이나 몸매를 과하게 드러낼까 봐 걱정한다. 2년 전부터 우리 집이 누리는 부수입의 상당액을 책임지고 있는 그들이 우리 부모님과 계약한 이유 가운데 하나는 우리가 '도덕적으로 올곧은 사람들' 같다는 것이다.

그게 뭔 뜻인지는 잘 모르겠지만.

나는 엄마가 감추길 바라는 가슴을 내려다보며 이것들로 뭘 할 수 있을지 잠시 고민했다.

내 가슴이 그리도 망측하다면….

하지만 이내 머리를 비웠다. '망측한 가슴'이라는 우스꽝스러운 슈퍼빌런이 떠올라 버려서.

난 목요일이 싫다. 수업이 두 개뿐이라 평소보다 여유롭지만, 하나는 체육이고 다른 하나는 보건이다. 나는 학교의 모든 상담 교사를 찾아가 내 필수 과목에서 보건을 빼 달라고 사정했지만 실패했다. 교감 선생님은 심지어 이렇게 말했다.

"피비, 성 얘기가 거북할 수 있다는 거 알아. 하지만 꼭 들어야 해. 네가 배워야 할 중요한 정보니까."

짜증 났지만, 무슨 말인지는 안다.

오히려 난 아직도 배울 게 많아서 좋다. 나는 무언가를 배울 때마다 〈네모 안의 동그라미〉에 그 정보를 올린다. 물론 아직 성 전문가라고 자부할 정도는 아니다.

하지만 내가 이제껏 공부한 양이 있는데.

나는 여성의 월경 주기, 남성의 음경 해부도(정낭, 전립

선, 요도, 정관 들의 정확한 위치), 발기부터 사정까지의 과정을 임상 용어를 섞어 아주 자세하게 설명할 수 있고, 포경 수술에 관한 지식은 단언컨대 거의 소아과 의사급이다.

하지만 교감 선생님에게 그렇게 말하는 대신 내 처지를 겸허히 받아들였다. 그리고 보건 수업을 담당한 스노든 코치가 입을 열 때마다 이를 악물어야 했다. 무슨 말이든 아주 조금씩 틀렸고, 수업도 아주 조금씩 한심해졌다. 단지 우리의 인생을 바꿀 만큼 중요한 건강 관련 정보를 풋볼 코치한테서 얻고 있기 때문만은 아니었다.

이런 생각에 빠져 있는 사이, 코라가 무지개 유니콘이 그려진 티셔츠를 입고 내 앞에 서 있었다. 언제부터 내 얼굴 앞에서 손을 흔들고 있었는지 몰랐다.

"정신줄을 아주 놓고 다니는구나."

코라는 내가 보건 수업을 들을 교실 밖 담벼락에 앉아 카페라테를 건네며 말했다.

"안 놓어. 그저 선택적으로 집중할 뿐이야."

나는 음료를 받으며 대꾸했다.

사실 약간 놓고 있었다.

"그러셔… 아, 야, 이제 앞으로 고작 2주잖아!"

코라는 유사 커피 혼합물에 든 빨대를 깨물며 호들갑스럽게 속삭였다.

"진정해."

"넌 어떻게 된 애가 교정기 떼는 중대사에 그렇게 무덤덤할 수 있어! 남들은 진작 다 떼고 너만 남았는데! 샌드위치 씹는 거 그립지 않아? 그 작은 철창살에 뭐가 끼었을지 걱정하지 않고 웃는 건?"

"그냥 별생각 없이 살았던 거 같은데."

이건 사실이다. 왜냐면 나는 치아 교정기를 착용하자마자 그걸 내 이상한 인공 연골쯤으로 받아들였기 때문이다. 물론 샌드위치와 피자 씹는 맛이 그립긴 했다. 식사 후에 어떤 음식물이 어떤 형태로 남아 있을지 걱정하지 않고 입을 여는 것도. 그리고 조그만 교정기용 치간 칫솔을 다시 보고 싶지도 않았다.

"희한한 년. 아무튼, 그 얘긴 나중에 하고, 학교 끝나고 페디큐어 콜?"

나는 눈살을 살짝 찌푸렸다.

"아, 제발! 네 발가락 봐 줄 만해. 이제 내성 발톱도 거의 복구됐잖아. 페디큐어는 나중에 우리가 호호 할머니 돼서 고양이들이랑 살기 전까지 함께할 취미야."

"그럼 롤러블레이드는 그만 타는 거야?"

내가 기대를 품고 물었다.

"아니, 그건 당연히 계속해야지. 너도 점점 늘고 있잖아! 게다가 내가 우릴 위해 네온 불빛 들어오는 바퀴도 구했다고."

"멋지다. 내 실력에 아주 큰 도움이 되겠네."

"그럴 거야. 체육 끝나고 봐!"

코라는 네온 불빛 같은 잔상을 남기며 사라졌다. 나는 대장 내시경 검사를 받으러 가는 노인 수준의 의지로 교실에 들어가려는데 누군가가 날 불러 세웠다.

"피비!"

닐이었다.

"아, 코르넬리우스. 무슨 일이야?"

닐은 멈칫했고 나는 아예 얼어붙었다. 그동안 내 머릿속에서만 코르넬리우스라고 불렀다는 게 뒤늦게 생각났다. 코라 앞에서도 입 밖에 낸 적 없다.

"오늘부터 격식 차리기로 한 거야?"

닐이 어리둥절한 표정으로 물었다.

"맞아, 보다시피, 완전 진지 모드거든."

내가 덧붙였다.

"미안."

이 멍충아. 나는 속으로 다그쳤다.

"괜찮아. 어차피 그게 내 이름인걸."

닐이 뭔가 할 말이 있는 것처럼 목덜미를 쓸었다. 순간 정신이 아득해졌다. 남자 목은 왜 이렇게 매력적일까? 내 느낌이 정상인지 도통 모르겠지만, 좀처럼 눈을 뗄 수 없었다.

"그게 말이야, 혹시 2주만 스포츠면 좀 맡아 줄 수 있나

해서.”

“아….”

과연 지구상에 나보다 스포츠에 관심 없는 사람이 있을까?

“네 관심사 아닌 거 알고, 이미 교직원 탐구도 맡아 줬지만, 정말 절박해서 그래.”

“흠, 절박한 거 맞아?”

“부탁할게, 피비. 스포츠 하이라이트랑 선수 집중 조명만 간단하게. 딱 2주만. 네 도움이 절실하지 않았다면 부탁하지도 않았을 거야.”

“무슨 스포츠?”

“진심이야?”

닐이 반색하자 나는 고개를 끄덕였다.

“풋볼.”

닐이 조금 머뭇거리며 말했다.

“풋볼이군.”

닐은 떨떠름한 내 반응을 살피며 덧붙였다.

“그래서, 네가 직접 경기를 보러 가야 하는데.”

“그렇겠지. 집중 조명할 선수는?”

나는 살면서 한 번도 풋볼 경기를 직관한 적 없다.

“호르헤 세르반테스.”

“걔라면…?”

"쿼터백."

"아아, 오케이."

"대박. 여기 걔 이메일 주소야."

닐이 종이 쪼가리를 건넸다.

"걔한테 네가 곧 연락할 거라고 말해 둘게."

"알았어."

닐은 조금 근심스러운 표정이었다.

"알지? 우리 부원 몇 명 탈퇴하고 학교 SNS 운영 쪽으로
빠졌잖아. 그래서…."

나는 고개를 끄덕였다. 팀의 연패에 관한 기사를 쓰는
것보다 교정을 누비며 인스타그램용 사진을 찍는 편이 훨씬
재밌을 테니까.

"고마워, 피비. 다 끝나면 커피 한잔 살게. 정말 고마워."

"괜찮아."

아니, 데이트 신청 아니야. 나는 속으로 다그쳤다.

그저 일이다.

닐이 다른 기자와 커피 마시는 것도 여러 번 봤고.

물론 내가 추한 늪지 괴물도 아니고 충분히 자신감을
가져도 되지만, 1년 전쯤 착각의 쓴맛을 본 적이 있다. 크리
스마스 겨우살이* 배달 팀에 있던 모니카 한센이 나한테 닐

---

* 서양에는 크리스마스에 겨우살이로 엮은 화환 아래서 입맞춤하면 행복해진
다는 미신이 있다.

이 보낸 거라며 겨우살이를 한 묶음 건넸다. 내가 기쁜 얼굴로 손을 내밀자 모니카는 씩 웃으며 말했다.

"아, 미안. 너한테 온 거 아닌데. 어떡하지? 그냥 받은 셈 쳐."

수업 종이 울렸고, 나는 교실 뒷문 쪽에 자리를 잡고 앉았다. 보건은 내가 선생님과 거리를 두려고 노력하는 유일한 과목이다.

스노든 코치는 죄가 많다. 자신이 가르치는 과목에 대한 무지는 그렇다 치고, 가장 용서할 수 없는 건 바로 냄새였다. 그가 반경 2미터 안으로 다가오자 싸구려 보디 스프레이와 더블민트 껌, 커피의 조합이 날 압도했다. 땀복 바지에 바람막이 차림으로 학교까지 뛰어왔는지 고유의 냄새가 체온에 숙성되어 한층 진했다. 그 강렬한 향이 가끔 뒷줄까지 풍겼지만, 내가 택한 자리는 적어도 코치의 겨드랑이에서 수업을 듣는 느낌은 면해 주었다.

"좋아, 숙녀분들!"

스노든 코치가 학생 30명을 향해 외쳤다. 물론 그중 절반은 '숙녀분들'이 아니지만. 맨 앞줄에 앉은 풋볼 선수들이 짖듯이 응답했다. 어떻게 그 덩치들이 우리 학교가 아직도 폐기하지 않은 구닥다리 일체형 책걸상에 몸을 욱여넣을 수 있는지 잠시 궁금했다.

그때 한 젊은 여자가 팸플릿 더미를 들고 교실 안으로

들어왔다. 바지 정장을 입고 긴 머리를 하나로 올려 묶은 여자였다. 내가 앉은 자리에서 이름표는 안 보였지만, 얼굴에 짜증이 역력했다. 마치 여기만 아니면 어디 있어도 좋다는 표정이었다.

"아아, 레예스 선생님. 자, 여러분, 우리 수업에 초청 연사로⋯."

하지만 스노든 코치가 말을 마치기도 전에 레예스 선생님은 고개를 저으며 그에게 팸플릿 더미를 건넸다.

"말하러 온 게 아니라 이 자료만 전달하러 온 거예요. 혹시 질문 있는 사람은 내가 어딨는지 알지?"

레예스 선생님은 간결하게 말하고 우릴 향해 고개를 끄덕이더니 휙 나갔다.

그러자 여기저기서 동시에 쑥덕거렸다. 내 앞자리에 앉은 여자애가 친구에게 속삭이는 말이 들렸다.

"저 보건 교사, 교육위원회 회의 때 교사들이랑 학부모들 앞에서 〈네모 안의 동그라미〉를 성교육 참고 자료로 썼다가 욕먹었대. 그래서 이번에 수업도 안 하는 거야. 저분 때문에 리디아 브룩허스트가 그 블로그의 존재를 알게 됐지."

그 말에 귀가 번쩍 뜨였다. 레예스 선생님이 내 블로그의 존재를 브룩허스트에게 알린 사람이라니. 다시 말해 내 유명세의 주역. 내 블로그의 가상 대모.

보건 교사를 실제로 본 것도 처음이었다. 스노든 코치는 교탁에 팸플릿 뭉치를 내려놓았다.

"그래, 초청 연사는 없는 것으로!"

코치는 손뼉을 쳤다.

"괜찮다. 내가 사춘기를 주제로 피피티를 준비했으니까."

코치는 불을 끄고 구닥다리 빔프로젝터를 꺼내 켰다. 그리고 렌즈에 그려진 웃고 있는 음경 낙서를 보고 한숨을 내쉬자 여기저기서 웃음이 터져 나왔다. 코치는 렌즈를 깨끗이 닦고서 천덕꾸러기들을 보는 표정으로 자신의 풋볼 팀원들에게 눈을 흘기고는 이야기할 내용들을 칠판에 적었다.

"자, 주목. 사춘기. 아마 너희들 중 대부분이 현재 겪고 있는 이상하고 낯선 느낌들에 대해 궁금한 게 많을 거다."

앞자리에서 소곤거림과 함께 웃음이 터졌고 나는 이를 악물었다. 만에 하나 궁금한 점이 있다 해도 이 자리에서 질문할 사람은 없었다. 대부분은 슬슬 핸드폰을 꺼냈지만 나는 파워포인트 화면을 주시했다. 마치 눈앞에서 교통사고가 일어나는 것처럼, 끔찍하지만 눈을 떼지 못하는 느낌으로.

남자에게만 해당하는 자위행위.

남성 발기에 관해서는 (실용적인 은폐 조언을 곁들여) 상세히 설명하면서, 여자도 비슷한 기분을 느낄 수 있다는 건 암시조차 없음.

몽정에 관한 장황한 설명. 사춘기 남자가 겪게 될 난처

한 상황에 대한 탄식 포함.

왜 이렇게 짜증이 솟는지 모르겠다. 괜찮을 거라고 기대한 것도 아니지만.

나는 코라에게 수업 내용을 문자로 공유했다. 몇 분 뒤 코라가 짤막한 단막극으로 응답했다. 혈기 왕성한 남학생이 여학생과 교류해야 하는 상황에서 본의 아니게 겪는 곤란함을 묘사하는 내용이었다.

안녕 미셸

> 오 안녕 벤
>
> (재킷 벗음)

(아랫도리 경보에 안절부절)

> (내려다봄) 오 벤 미안!
> (다시 주워 입고 지퍼를
> 목 끝까지 올림)

휴! 고마워, 미셸! (경보 해제)
네 웅장한 가슴 때문에 수업도
못 들을 뻔했어!

코라는 이렇게 덧붙였다.
"'신이시여'나 '천만다행' 같은 표현은 진부해서 뺐어."
나는 다시 스노든 코치에게 주의를 돌렸다. 마침 주제가 여성의 신체 발달로 넘어갔다. 월경에 대한 설명이 나오자 코치는 주옥같은 말을 던졌다.

"사실 월경통은 웬만하면 가볍게 지나간다."

그때부터 나는 선수 집중 조명 인터뷰 때 쓸 질문지를 만들었다. 대충 열 개 정도. 어쨌거나 시시한 인터뷰니, 호르헤에게 이메일을 보내 답장으로 답변해 줄 수 있는지 물었다. 우선순위가 아닌 일들은 내 일정에서 후딱 지워 버리고 싶었다.

종이 울리자마자 나는 교실을 뛰쳐나와 체육 수업으로 향했다. 아이러니하게도 체육관이 스노든 코치의 마초 소굴보다 향기로웠다.

페디큐어를 받는 내내 코라는 쉬지 않고 종알댔고, 내 발톱을 담당한 직원은 이따금 고개를 절레절레하며 날 향해 안쓰러운 눈길을 보냈다. 내 끔찍한 발에 애도를 표하는 것 같았다. 내 왼발 새끼발가락은 발톱이 아예 없고 나머지 발톱들은 너무 짧거나 이상한 방향으로 휘어져 있었다.

"죄송해요. 할 수 있는 데까지만 해 주세요."

그때 핸드폰 진동이 짧게 세 번 울리며 이메일 수신을 알렸다. 코라가 엄지발톱에 어떤 꽃을 그리고 싶은지 설명하는 동안 나는 수신함을 열었다.

피비

이 질문들은 너나 나나 시간 낭비야. 너도 관심 없
는 일에 공들이기 싫지?

하지만 나 같은 애들은 이런 기사를 대입 자소서에
활용할 수 있어.

그동안 네가 쓴 기사들 보니까 스포츠에 관심 없어
도 도전 정신은 있는 것 같던데. 탐구? 취재? 그쪽
좋아하고. 맞지? 그래서 특별히 너한테 맡겨 달라
고 닐에게 부탁한 거거든.

아무튼, 나는 대면 인터뷰였으면 하는데, 금요일 경
기 전에 만나는 거 어때? 어쨌든 경기 요약하려면
와서 봐야 할 테니까, 그때 보자.

호르헤가

당황한 게 얼굴에 드러났는지 코라가 왜 그러냐고 물었
다. 나는 코라에게 이메일을 보여 줬다.

"와, 이놈 돌직구 보소. 질문지가 얼마나 구렸길래?"

내가 보낸 이메일을 다시 확인하자 낯이 뜨거워졌다. 코
라는 질문지를 훑어보고 흠, 하며 고개를 한쪽으로 꺾었다.
구리다는 걸 인정하는 제스처였다. 그래, 그렇게 훌륭한 인

터뷰 질문들은 아니지만, 그래도 그렇게 함부로 말하다니.

"짠한 체대 지망생이야. 주목 못 받을까 봐 걱정돼서 징징거리는 거지. 네가 신선한 질문을 던지지 않아서. 이를테면 왜 선수들이 경기 전에 서로 엉덩이를 치는지 같은 거. 그래도 그렇지, 너한테 이렇게 뻔뻔하게 요구하다니."

"근데 틀린 말은 아니잖아? 내가 보낸 건 뻔한 질문들이고, 애초에 스포츠 기사 따위 시시하니까."

"그럼 시시하지 않게 만들어 봐. 예상치 못한 걸 안겨 줘. 파격적인 거. 땀에 흠뻑 젖은 국부 보호대를 묘사하든지."

"눈물 나게 아름답네, 코라."

밤에 블로그에 로그인했을 때는 새 글 알림이 꽤 쌓여 있었다. 나는 몇몇 축하 댓글을 훑어보고 질의응답에 집중했다.

콘돔의 사용과 종류에 관한 몇 가지 질문과 다른 피임법에 관한 걱정 섞인 질문들이 있었다. 이런 질문들은 블로그에 있는 관련 꼭지로 연결해 주면 된다. 그런데 한 가지 질문이 눈길을 끌었다.

끝까지 가지 않고도 여자친구에게 오르가슴을 줄
수 있나요?

내가 컴퓨터 일기장에 따로 복사해 두는 질문들이 있다. 연구적 관점에서는 이해했지만 개인적으로는 아닌 질문들.

그런 질문 중 하나였다.

우선 단도직입적이어서 좋았다. 또 이 질문자가 삽입 없이 성관계할 방법이 있다는 걸 인지해서 좋았다. 발기한 음경을 다루는 법에 관한 정보는 차고 넘치지만, 여성 성기는 신비에 싸인 금기의 대상이다.

입에 담아서는 안 되는 것.

그저 모른 체해야 하는 것.

나는 되도록 꾸밈없이 답했다.

대부분의 여성에게 오르가슴에 이르는 가장 효과적인 방법은 음핵을 자극하는 것입니다. 이 블로그의 시각 자료 카테고리에 있는 여성의 외음부 도해를 참고하세요. 음핵 포피(그림 참고)는 남성의 음경 포피(포경수술을 하지 않은 경우)와 비슷한 역할을 합니다. 이 '포피'를 가볍고 빠르게 만지는 것이 일반적으로 좋은 방법입니다. 하지만 여성의 성감은 저마다 다르니 대화가 중요합니다. 여자친구에게 어떤 방식이 기분 좋은지 물어보세요. 그리고 삽입을 포함하지 않은 성관계를 하더라도 이 블로그에 있는 '안전한 성관계' 지침을 꼭 따르시길 바랍니다.

답변에 만족하며 게시 버튼을 눌렀다. 그리고 호르헤에

게 보낼 이메일 창을 띄워 놓고 한숨을 쉬었다. 답장을 보내
긴 해야 하는데, 내가 질문지를 날림으로 작성했다는 비난에
대해 배짱 좋게 따지고 싶었다.

이런 식으로.

감히 그런 막말을!
나처럼 진지한 기자의 작업물을 그렇게 함부로 깎
아내리다니 용납 못 해!

하지만 이렇게 썼다.

호르헤에게
네 말 맞아. 금요일 경기 전에 보자. 고마워.

피비가

이메일을 보냈지만 아직 피곤하지는 않았다. 다시 블로
그로 돌아가니 질의응답 게시판에 댓글이 두 개 더 올라와
있었다. 하나는 닐이 올린 게 분명했다.

폼, 안녕하세요!
질문과 댓글이 허용된 김에 〈린다 비스타 고교 크로니
클〉에서 정식으로 인터뷰를 신청하고 싶은데요. 이 블로

그를 만든 이유와 목표에 대해 들어 볼 수 있을까요?

나는 씩 웃었다. 며칠간 잘 생각해서 괜찮은 답변으로 돌아오기로 했다. 무심코 고개를 돌리자 엄마가 사 놓은 '너무 좀 꽉 끼지' 않는 새 티셔츠가 눈에 들어왔다. 엄마만의 딸 보호 전략이자 자기 직업 훈련의 연장선이었다. 웃장 위험 방지랄까.

한마디로, 꽁꽁 싸매라는 거다. 아마 내가 지금 뭘 하는지 알면 엄마는 당장 수치심에 사망할 거다.

노트북을 닫으려는데 닐이 부탁한 다른 임무가 떠올랐다. 교직원 탐구 인터뷰. 닐은 나에게 원하는 분 아무나 고르라고 했다. 그리고 '튀게' 만들라고 했다. 뻔하지 않게.

레예스 선생님께
최근 화제를 일으킨 블로그 〈네모 안의 동그라미〉
를 어떻게 생각하시는지 저희 신문부와 인터뷰해
주실 의향 있는지요?
감사합니다.
피비 타운센드 드림

발송.
그때 화면에 또 다른 댓글이 떴다.

좆 필요해서 어그로 끄는 거면 내가 도와줄까?

소름이 돋아서 바로 삭제하고 침대에 누웠다. 하지만 좀
처럼 잠이 오지 않았다.

4

누가 브룩허스트에게 원글을 리트윗하는 대신 캡처해 올리면 원글 작성자에게 쏠리는 유입률과 관심을 줄일 수 있다고 조언한 모양이었다. 브룩허스트는 새로 터득한 기술을 써먹어 내 미니 오르가슴 강좌의 스크린숏을 첨부하고 애착 표현인 '문란한'을 곁들여 트윗했다.

브룩허스트는 내 블로그가 파워블로그로 등극한 날 내가 트위터에서 수많은 감사와 성원 메시지를 받을 때마다 자신이 태그되어 알림이 뜨는 통에 짜증이 났을 거다. 뭐, 이제 일상이겠지만. 지금까지 가장 마음에 들었던 반응은 이거다.

> 천 번의 오르가슴을 선사한 블로거 = @Circleinth
> eSquare

그러다 브룩허스트가 올린, 나와 전혀 관련 없는 트윗을 발견했다.

> @TheRealLydiaBrookhurst: 자랑스러운 우리 동네 가게들을 추천합니다! 우리 지역을 빛내 줘서 고마워요! @LindaVistaStationery @TonyBurgers @Gails_Nails_On_Main #100% 미국산 #도덕을_수호하는_브룩허스트

공교롭게도 그 가게들은 지금 내가 코라와 앉아 있는 곳 길 건너편에 모여 있었다.

"미친, 걔가 라커룸으로 오랬다고?"

코라가 케사디아 위에 과카몰레를 듬뿍 올리는 동시에 내게 캘리포니아식 부리토를 건네며 물었다. 풋볼 경기에 가기 전에 우리가 멕시칸 푸드트럭에 들른 건 이곳이 내 영혼의 안식처기 때문이다.

"엉뚱한 상상 하지 마. 걔는 내가 경기를 생생히 체험하길 원해. 날것의 이야기를."

나는 스멀스멀 올라오는 짜증을 다스렸다.

"뭐, 문제없지. 너 후각 완전 예민하잖아. 아주 '날것'의 냄새를 맡게 될 거야."

코라는 자기 코를 가리키며 말했다. 방금 아주 기발했다

고 생각하는 얼굴이었다.

"거참, 재밌네."

나는 수첩을 움켜쥐며 푸념했다.

"아아, 내 팔자야."

"그건 진정한 부리토가 아니야."

코라가 내 큼직하고 더없이 진정한 부리토를 턱짓하며 눈치껏 화제를 돌렸다. 코라는 만사에 꽤 열린 마음을 지닌 애치고는 엄청난 편식가에 채식주의자 지망생이다. 만년 지망생인 이유는 치킨 텐더만큼은 죽어도 못 끊겠단다.

"원조보다 나아. 캘리포니아식 부리토는 카르네 아사다, 과카몰레, 토마토, 치즈, 사워크림, 거기다 감자튀김이 들어가잖아. 상상해 봐."

내가 백 번째로 하는 말이었다. 코라는 고개를 절레절레했고 나는 테이블 귀퉁이에 있던 냅킨 뭉치가 날아갈세라 손으로 탁 짚었다.

타코 트럭 하나가 흥하면서 그 일대가 푸드트럭 단지로 발전했다. 이 작고 따분한 동네에서 가장 색다른 미식 경험을 선사하는 곳. 푸드트럭이 줄지어 늘어선 이 구역은 학교에서 걸어서 10분 거리다. 시내 중심가에 잇대어 오래된 꽃집 하나와 방치된 공터를 끼고 있다. 푸드트럭 주인들은 힘을 합쳐 이 공터에 지붕이 있는 테이블들을 세우고 여러 넝쿨식물과 야자수로 꾸몄다.

푸드트럭 단지는 존재만으로 위안이다. 세계적 열풍인 멕시코 요리, 한국식 바비큐, 미국 남부 음식, 스시 부리토, 비건 샌드위치 그리고 스무디까지 한곳에서 모두 맛볼 수 있다는 건 뭔가 마법 같은 일이다. 게다가 나는 손님을 부르는 스시 부리토 캐릭터 조형물부터 비건 트럭 한 면을 차지한, '난 케일에 환장해!'라는 말풍선이 붙은 우스꽝스러운 다람쥐 그림도 무척 좋아한다.

발랄하고 유쾌하다.

트럭 주인들이 공터 끝자락에 작은 놀이터도 세울 계획이라고 들었다. 밤에는 반짝이는 조명들이 어우러져서 정말 운치 있다.

사실 린다 비스타는 수려한 동네다. 스페인어로 대충 '아름다운 경치'라는 뜻인데, 자연 하천과 300년 묵은 무화과 나무들은 실로 아름답지만 이 소도시를 구획한 주체는 딱히 심미안이 있는 것도, 스페인계도 아니었다. 남부 캘리포니아가 한때 멕시코 땅이었으니 백인들은 대충 스페인어 지명이 좋겠다 싶었을 거다.

'아름다운 경치'도 나쁘진 않지만, 참신함에서는 좋은 점수를 줄 수 없다. 하지만 그게 바로 이 동네의 정체성이고, 실제로 아름다운 구석이 있기는 하다.

따라서 틀리지는 않았다. 시시할 뿐이지.

코라가 껌을 찾아 가방을 뒤지는 동안 나는 음식 냄새

와 재스민 향기를 들이마셨다.

"자, 푸드트럭 단지의 실력파 요리사들이 몸과 맘을 채워 줬으니, 이제 어디 사람들과 부대끼러 가 볼까?"

"꼭 그래야 할까?"

내가 딴죽을 걸었지만 코라는 이미 다 먹은 쓰레기를 치우고 있었다.

쳇.

테이블을 떠나면서 보니 길 건너편에 있는 토니스 버거가 학생들을 상대로 런치 반값 할인 행사를 하고 있었다.

"똥줄 타나 보다."

코라가 광고판을 가리키며 말했다.

금요일인 데다 날씨도 쾌청했다. 보통 사람들한테는 풋볼 경기를 보러 가는 게 꽤 즐거운 나들이겠지만, 나는 발걸음이 몹시 무거웠다. 나에게 풋볼 경기는 늘 콜로세움에서 우락부락한 검투사들이 폭군의 명령에 따라 벌이는 데스 매치나 다름없었다. 물론 선수들이 스스로 선택한 일이고 죽는 사람은 아무도 없다는 걸 알지만, 경기마다 꼭 누구 하나씩 의무실로 실려 나가는 걸 보면 스포츠라기보다 공개 태형처럼 느껴졌다. 무진장 지루하다는 건 말할 것도 없고.

"나쁘지 않을 거야."

경기장으로 가는 길에 코라가 내 어깨에 기대며 말했다.

"스포츠 외적인 것들에 집중해 봐. 이야기에 색채를 더

하는 거야."

그때 코라가 누군가를 발견하고 손을 흔들었다. 코라의 턱수염 난 힙스터 남자친구 데이비드가 겨자색 비니를 쓰고 멀대 같은 몸을 나무에 기댄 채 활짝 웃고 있었다. 코라는 어디쯤 앉아 있겠다고 말하고 곧장 데이비드에게 달려갔다. 둘은 말 한마디 없이 입술부터 맞부딪혔다.

내 절친이 남의 목구멍에 혀를 밀어 넣을 때 보일 만한 적절한 반응은 없다. 그래서 나는 관중석으로 향하는 사람들을 따라가다가 라커룸 쪽으로 빠졌다. 인터뷰를 후딱 끝내고 한구석에 앉아 있다가 나중에 코라에게 문자로 못 찾았다고 둘러대기로 했다. 데이비드의 혀 놀림을 짐작케 하는 후루룩 소리가 안 들려야 경기에 조금이라도 집중할 수 있을 테니까.

몇 달 전부터 풋볼 때문에 호르헤의 이름을 심심찮게 들었고, 나와 보건 수업을 같이 듣는 게 거의 분명한데, 걔는 자기 팀원들과 함께 맨 앞에 앉아서 내가 본 건 뒤통수뿐이었다.

선수들은 모두 내가 올 줄 알았던 모양이다. 왜냐면 내 부츠 밑창에 낀 자갈이 리놀륨 바닥에 부딪히는 소리에 아무도 놀라지 않았으니까.

커다란 어깨 보호대를 찬 선수들 쪽으로 다가가자 한 얼굴이 날 쳐다봤고, 나는 그게 호르헤란 걸 알았다. 생각보다 날씬했지만 호리호리하지는 않았다. 운동광 특유의 좀 과하게 의욕적인 인상이었다. 눈은 짙은 색이고, 뭔가 당장이라도 웃음을 터뜨릴 것 같은 분위기가 흘렀다. 좀 더 가까이 다가가자 턱 보조개가 눈에 띄었다.

호르헤는 날 알은체하고서 몇 발짝 떨어진 의자를 가리켰다. 라커룸은 한눈에 모든 걸 보고 들을 수 있을 만큼 작았지만 누구와 몸이 닿을 정도는 아니었다. 다행이었다. 왜냐면 다들 꽤, 음, 촉촉해 보여서.

"신사분들."

스노든 코치가 입을 열자 나는 코를 찡그렸다. 준비운동을 마친 우람한 운동선수들 틈바구니에서도 스노든 코치의 체취는 뚜렷했다. 그가 중요한 말을 하려고 목청을 가다듬자 나는 펜을 꺼내 필기하기 시작했다.

아니, 하려고 했다. 진심으로.

몇 마디가 내 귀를 획획 스쳤다. "끝까지 집중해", "공격적으로", "전략대로 가" 따위였다. 문득 코라가 한 말이 생각났다. 스포츠 외적인 것들에 집중해 봐.

나는 선수들의 얼굴과 몸짓을 보고 그들이 전투에 나서는 모습을 상상했다. 몇몇은 보호대를 만지작거렸고 몇몇은 멍하니 앞을 응시했다. 한 명은 코를 후비고 아무렇지 않게 튕겼다. 잠시 후 코치가 말을 마치자 팀은 서로 사기를 북돋으려고 옹기종기 모였는데, 무심한 관찰자 눈에는 조금 무서웠다. 무슨 결사대를 지켜보는 것 같았다.

"벤치로 가자. 거기서 경기 봐."

다들 경기장으로 빠져나가는 사이 호르헤가 내 옆에 서서 말했다. 발이 어찌나 날랜지, 눈 깜짝할 사이에 다가와 있어서 놀랐다.

"아아, 괜찮아. 관중석에서도 잘 보여."

"그러지 말고. 이따가 벤치에서 경기 후 인터뷰하자."

"경기 후?"

분명 자기가 경기 전에 하자고 했으면서.

"안 돼? 왜, 끝까지 보지도 않고 빠져나갈 계획이었어?"

정곡을 찔린 나는 괜히 눈을 부릅떴다.

"부탁할게."

호르헤가 덧붙였다. 나는 마지못해 고개를 끄덕이고 경기장으로 따라 나갔다. 선수들이 몸을 푸는 동안 나는 관중석에 앉은 이들을 보며 뭔가 느껴 보려고 했다. 만약 쌀쌀한 9월의 금요일에 사람들이 담요까지 두르고 덩치 큰 선수들이 치고받는 걸 구경하는 장면에 캡션을 달아야 한다면 긴 말 필요 없다. **미국.**

"피비, 여기 괜찮겠어?"

호르헤가 날 위해 벤치에 자리를 만들고 격자무늬 담요를 깔았다.

"엉덩이 안 얼겠어?"

호르헤가 물었다. 나는 당장이라도 이 자리를 벗어나고 싶으면서도 피식 웃음이 나왔다. 호르헤는 필드로 뛰어갔고 경기가 시작됐다.

경기는 역시나 시끄럽고 불쾌했다. 제대로 본 건 처음이지만 딱 예상했던 경험이었다. 나는 기자로서의 사명감으로 수첩을 열 장 정도 채웠다. 그랬기에 이 수첩의 최후가 유독 슬픈 거다.

이긴 팀 선수들이 코치에게 게토레이를 양동이째 들이붓는 관행은 설명하기 어렵다. 그보다 불가사의한 건 그 거대한 플라스틱 양동이가 코치의 머리 위로 들어 올려지다가 점수판 사진을 찍느라 여념 없는 무방비한 기자를 가격하는 상황이다.

무거운 양동이 가장자리가 내 얼굴을 퍽 때렸고, 나는 교정기 철사들이 튀어 오르고 입안에 피가 가득 고이는 걸 느끼며 의식을 잃었다.

끊임없이 사과하는 땀투성이 거구에게 업혀 운반된 게 어렴풋이 떠오른다. 속이 울렁거려서 좀 닥치라고 한 것 같은데 확실하진 않다. 누군가가 우리 부모님에게 전화했고, 나는 구급차에 실려 가 치아 교정 응급 처치를 받았다. 진통제의 감미로운 위안이 기억난다. 내 머리 위로 핸드폰 카메라를 들이대던 모니카 한셴의 얼굴도 가물가물 떠오른다. 하지만 가장 이상한 기억은 입안에서 가느다란 쇠붙이가 우그러지는 순간 밀려오는 공포를 피하려고 내가 한 일이다.

극도로 불안할 때 자신이 다른 곳에 있다고 상상하면 긴장이 풀릴 때가 있다. 포근하고 안락한 곳. 그런데 그 순간 나를 공포에서 건져 올린 건 바로 내가 아는 사실들을 되뇌는 일이었다.

마치 저장된 정보들이 어떤 상황에서도 매달릴 수 있는 버팀목인 것처럼. 그야 모두 머릿속 어딘가에 숨어 있으니까. 그래서 내 전두엽은 평소의 나답게 블로그 속 정보들을 떠올렸는데, 그게 안도를 주면서도 좀 이상했다.

체위. 성감대. 성병. 안전한 성관계. 카마수트라. 정액 생성. 포궁 내벽. 윤활제. 콘돔. 피임. 여성 발기. 사정.

온갖 정보가 텔레프롬프터처럼 머릿속을 맴돌다가 모든 게 어두워졌다.

눈을 떴을 때, 입안은 얼얼했고 교정기도 없었다. 교정 전문의의 판단으로 좀 일찍 뗀 것이다. 나는 혀로 치아를 훑을 때의 미끄덩한 느낌과 철제 구조물이 사라지고 난 뒤의 휑한 감각에 놀랐다. 입술이 얼굴에서 미끄러질까 봐 겁이 날 정도였다.

"괜찮아?"

코라가 물었다. 나는 끙 신음했다.

"야, 그래도 교정기 일찍 뗀 게 어디야!"

코라는 내가 누운 자리에서 한 발짝 떨어진 의자에 다

리를 꼬고 앉아 잡지를 읽고 있었다.

"너희 부모님이 지금 퇴원 수속 밟고 있어."

"데이비드는?"

내가 주위를 둘러보며 물었다. 걔가 지금 내 옆에 있건 없건 상관없지만 코라와 함께 경기장에 있었으니 어디 갔는지 궁금했다.

"그림 그리러 집에 갔어. 경기에서 영감받았대."

나는 눈알을 굴리지 않으려고 안간힘을 썼다. 그리고 데이비드한테 영감을 준 것이 경기인지 게토레이 통의 일격인지 묻지 않는 편이 낫겠다고 판단했다.

"아, 그래."

나는 내 뺨을 더듬거리며 말했다.

"그러지 말지?"

"뭐가?"

"그 떫은 표정."

"아, 그래."

내가 되풀이하자 코라가 날 쏘아봤다.

"왜?"

"그냥 좀 좋게 봐주면 안 돼?"

나는 막 교정기 대참사를 겪은 절친 앞에서 자기 남친을 좋아해 주지 않는다고 따지는 코라에게 짜증이 났다.

"나 걔 안 싫어해."

"좋아하지도 않잖아."

나는 입을 꾹 닫았다.

"피비, 넌 내 사람이야. 내 외골수 모지리. 이제 내 남친한테 마음을 열려는 노력이라도 해 주면 안 될까? 이제껏 전혀 안 했으니까?"

"이 얘기는 내가 좀 정신이 돌아왔을 때 하면 안 될까?"

내 말에 코라는 눈을 찌푸렸다.

나는 정말 코라의 남친을 싫어하지 않는다. 데이비드는 괜찮은 애다. 나름 엉뚱하게 귀여운 편이고 코라처럼 예술 감각도 있다. 내가 좋아하지 않는 건 코라가 걔 여자친구가 되면서 마치 봉건 영주에게 의무를 다하는 농노처럼 변한 것이다. 적어도 난 그런 느낌을 받았다.

코라는 데이비드와 함께 창작 무용을 배우기 시작하면서 수구 팀을 그만두었다. (코라가 아무리 설명해도 그 수업은 내게 마임 연극처럼 들렸다.) 코라는 심지어 수요일 저녁까지 출품작을 모두 검토할 여유가 없어서 '시 경연의 밤' 진행자에서도 물러났다.

나는 코라에게 한 남자 때문에 네가 가진 반짝이는 것들을 포기하지 말라고 말할 수 없었다. 코라의 페미니스트 정신과 주체성에 상처를 입히고 싶지 않았으니까. 코라는 자기가 원하는 사람을 사귈 자유가 있다. 그리고 나는 절친으로서 코라가 건강하지 않은 길로 빠져도 변함없이 지지해 줄 것이다. 술이든 담배든, 영국 왕실을 향한 이상한 집착이든.

게다가 나는 코라가 수구 팀을 그만둔 게 진정으로 안타까운 척할 수도 없다. 코라가 공을 가질 때마다 누군가가 악어처럼 달려드는 걸 뜬눈으로 지켜보는 게 도무지 즐겁지 않았으니까.

언젠가 내가 불평하자 코라가 말했다.

"남자들은 더해. 걔네가 수영복 안에 뭘 숨기고 있는지 넌 상상도 못 할걸."

"그 딱 붙는 수영복? 그 안에 대체 뭘 숨길 수 있는데?"

코라는 자세한 설명을 생략했고, 그 뒤로 나는 그 생각에 지나치게 긴 시간을 허비했다.

"내 수첩 주운 사람 없어?"

나는 대놓고 화제를 돌렸다.

"필드에 떨어져 있는 거 보긴 했는데, 게토레이가…."

코라가 얼버무렸다. 나는 소리를 지르고 싶었다. 하지만 화가 치밀어 오르면서도 뭔가 이상하다는 걸 깨달았다.

"왜 내 머리가 더 짧아진 느낌이지?"

손가락으로 머리를 쓸어내려 보니 평소보다 한 뼘은 모자랐다.

"아, 그거. 피떡이 된 머리카락이 자꾸 스웨터에 엉겨 붙어서… 구급차에 있던 남자가 그걸 잘 떼거나 씻을 생각을 못 하고 한쪽을 뭉텅이로 잘라 버렸지 뭐야…."

"거울."

내가 나지막이 말했다. 코라는 가방에서 손거울을 꺼내 건네고는 얼굴을 찡그리며 물러났다. 거울에 비친 얼굴은 아직도 말라붙은 핏줄기의 흔적이 있고, 머리카락은 대충 봐도 한 움큼은 파먹혀 있었다. 잔디 깎는 기계에 치인 모양새였다.

어느 해 크리스마스 연휴에 부모님을 따라 하와이에 사는 할아버지 할머니 집에 간 적이 있다. 나한테 훌라댄스 강습을 받게 하려고 벼르고 있던 할머니는 엄마가 잘라 준 내 머리를 보고 기함했다. 그 전통 춤은 길게 늘어뜨린 머리카락이 필수였기 때문이다.

머리카락을 뭉텅이로 잃은 지금, 나는 할머니의 노여움을 이해할 수 있었다.

"아, 그리고 밖에 호르헤 세르반테스도 기다리고 있어."

코라의 말에 나는 울컥했다.

"완전 울상이더라."

코라가 덧붙였다.

"아아. 걔는 알찬 인터뷰를 위해 내가 경기를 생생히 경험하길 원했거든. 이렇게까지 생생히 경험할 줄은 몰랐겠지."

"피비, 걔 그렇게 나쁜 애 아니더라. 나도 그냥 덩치 큰 밥맛인 줄 알았는데, 네가 다쳤을 때 완전…."

"미안해했다고? 애초에 날 그 자리에 몰아넣은 장본인
이라?"

"그럼, 그냥 집에 가라고 할게."

코라가 일어나며 말했다. 나는 고개를 끄덕였다.

"뭐 좀 갖다줄까?"

"펜."

나는 이를 악물고 말했다. 아직도 입안에서 피 맛이 감
돌았다. 코라는 가방에서 청록색 펜과 연습장을 꺼내 건네주
고 나서 복도로 나갔다. 호르헤에게 목숨 귀한 줄 알면 당장
돌아가라고 말하러.

풋볼 부상. 나는 펜을 놀리기 시작했다. 경험담.

5

　　브룩허스트는 최근 트위터 활동이 뜸했지만 그래도 나한테 새 팔로워를 몇 명 더 붙여 주긴 했다. 첫 트윗은 우리 학교 풋볼 경기에 관한 것이었고 두 번째는 내 블로그에 관한 것이었다. 둘 다 나와 연관된 트윗이라니, 아무래도 이 우주가 유머 감각이 있나 보다.

> @TheRealLydiaBrookhurst: 린다 비스타 와일드 캣츠! 훌륭한 경기였습니다! 수고했어요! 그 가엾은 신문부 기자가 괜찮기를 바랍니다!

> @TheRealLydiaBrookhurst: @CircleintheSquare 보거라. 다시 한번 경고하마. 네 블로그는 역

겨워. 네가 올린 상세한 성관계 묘사와 자X 묘사는 극도로 불쾌하단다.

몇몇 계정이 브룩허스트의 트윗에 지지를 표명했다.

@LindaVistaStationery: 이 블로그는 사라져야 합니다.

@Gails_Nails_On_Main: 전적으로 동의합니다. 망측해요.

@MelsPookieBear27: 브룩허스트를 국회로!

@THERIGHTSTUFFLindaVistaBrch475: 이 여성에게 투표하세요!

나는 이렇게 화답했다.

@CircleintheSquare: 읽어 주셔서 고마워요! 유용한 정보였다니 기쁘네요.

나는 살면서 한 번도 재밌다는 말을 들은 적 없다. 쿨하다는 말도. 후자는 관계없지만. 아무튼, 월요일까지 쉬고 화요일 아침에 학교에 복귀했을 때 나는 편집실에서 박수갈채를 받았다. 어제 닐에게 풋볼 기사를 보냈는데, 닐이 그걸 모두와 공유한 모양이었다.

"와, 피비. 난 네가 이렇게 유머러스한 줄 몰랐어."

닐이 말했다. 나는 주말 내내 소파에 누워 스포츠 하이라이트를 썼다. 그동안 엄마는 틈틈이 내게 수프와 사과 농축액을 먹이려고 했다. 입안이 상처투성이라 일반 음식을 씹기는 어려웠지만 그렇다고 벌어진 상처에 질척거리는 유동식을 들이붓는 게 더 나을 거 같지도 않은데.

선수 집중 조명은 아직 호르헤에게 응어리가 남아서 미뤄 뒀지만, 경기 요약은 꽤 만족스럽게 풀어냈다. 선수들의 엉덩이 땀과 라커룸의 향기도 자세히 살렸지만, 가장 반응이 좋았던 건 스포츠 자체에 대한 내 몰이해와 의식을 잃고 경기장 밖으로 호송된 경험을 적나라하게 서술한 부분이었다.

"좋은 기사야."

앞쪽에 앉아 있던 모니카가 의자를 빙글 돌려 나를 마주했다. 늘 사람을 은근히 무시하던 애가 관심을 보이자 나는 잠시 고장 났다.

"변신한 모습도 잘 어울려."

"고마워."

나는 그게 진심인지 아닌지 갈피를 못 잡고 본능적으로

머리를 쓸어내렸다. 어깨를 살짝 넘어 매끄럽게 잘린 단면까지.

모니카가 누굴 칭찬하는 걸 한 번도 들어 본 적 없으니 약간 불안해질 만도 했다. 머리를 자르고 교정기를 뺀 내 얼굴은 나도 아직 적응이 안 됐다. 거울을 볼 때마다 흠칫했다.

평생 내 머리에 관심도 없던 엄마가 처음으로 나를 고급 미용실에 데려갔다. 미용사가 머리에 층을 많이 내서 얼굴이 갸름해 보이긴 해도 이제 하나로 올려 묶는 건 불가능했다. 아마 자연스럽게 흘러내리는 게 이 머리의 포인트겠지만.

슬슬 이동하려는데 모니카가 종이 뭉텅이가 든 지퍼백을 꺼냈다.

"이미 기사를 썼으니 필요 없겠지만, 자, 여기 네 수첩."

모니카는 그걸 내밀며 덧붙였다.

"흥미로운 관찰이었어."

"아, 다행이다. 고마워."

나는 지퍼백을 받아들면서 모니카 한센이 경기장에서 그것들을 줍는 모습을 상상하려고 애썼다. 한편으로는 그 저의를 파악하려고 했다. 5학년 때 내가 피비 말고 '포보'라고 불러 달라고 했다는 헛소문을 퍼뜨린 애답지 않게 사려 깊은 행동이었다.

싸하다.

어색한 대화를 마친 뒤에도 모니카의 시선은 날 따라왔고, 나는 모른 척했다.

종이 울리고 짐을 챙겨 나가려는데 닐이 막아섰다.

"저기, 괜찮아서 다행이야. 그리고 정말 훌륭한 기사였어. 네 필력은 예전부터 인정했지만 이번 건 정말 신선했어. 완전히 새로운 면을 본 것 같아. 정말 좋았어."

"고마워."

뭔가 아랫사람에게 하는 듯한 칭찬이었지만 어쨌거나 나는 미련하게 얼굴을 붉혔다.

"그래서 금요일에 커피 어때?"

"금요일?"

"응. 나 너한테 빚진 거 있잖아."

"아, 그렇지. 금요일 괜찮아."

방금 완전 쿨했다. 안달 내거나 질척이는 느낌 전혀 없었어.

"잘됐다. 너도 11시에 수업 비지?"

그걸 어찌 알았는지 의아해하며 나는 고개를 끄덕였다.

"완벽해. 그럼 그때 보자."

닐이 발걸음을 뗐다가 할 말이 떠올랐는지 되돌아섰다.

"맞다, 선수 집중 조명. 그것도 보내 줄 거지?"

"아."

하루빨리 그 기사를 써야 한다는 것도, 그러려면 호르헤에게 정보를 얻어야 한다는 것도 알았다. 그게 문제였다. 웬만하면 개와 말을 섞기 싫었으니까. 그리고 긴박감이 안 들었다. 끝까지 모른 척하면 저절로 쓰일 거라고 내 머리가 멋대로 상상한 듯했다.

"내일까지 받아 볼 수 있을까?"

"마감이 내일까지야?"

"어제까지였지. 교직원 탐구도 슬슬 다가오고."

망할. 그 인터뷰. 레예스 선생님은 내 첫 메일과 리마인더 메일을 무시했다.

"폼이 드디어 답변을 줘서 좀 정신이 없었어."

닐이 속삭이듯 말을 이었다.

"〈네모 안의 동그라미〉 필자 말이야."

닐은 꽤 우쭐해 보였고, 나는 기쁜 티를 안 내려고 노력했다. 그야 첫째, 그게 나니까. 둘째, 또 하나의 튀고 뻔하지 않은 인터뷰가 나올 예정이니까.

"잘됐네!"

나는 짐짓 놀란 표정으로 말했다. 사실 그 몇 줄짜리 답변을 쓰는 데 거의 두 시간이 걸렸다.

안녕하세요, 닐.

관심 가져 주셔서 감사합니다.

블로그에 대해 궁금한 점이 있다면 기꺼이 답변해 드리

겠습니다.

다만 기본 방침이 있습니다.

인터뷰는 블로그 내 채팅방을 통해 온라인으로 진행됩니다.

제 신상은 공개하지 않을 것이니 부디 묻지 마세요.

제 답변을 신문에 실어도 좋지만, 반드시 출처를 밝혀야 합니다.

목요일 밤 10시쯤 괜찮다면 링크 보내 드릴게요.

감사합니다.

폼

"그렇지."

닐이 웃으며 말했다.

"이왕이면 마음 바꿔서 신상을 밝혔으면 하는데, 지금으로써는 정보를 얻는 것만으로도 만족해."

닐은 한숨을 쉬고 덧붙였다.

"그럼 내일까지 선수 조명 받아 볼 수 있어?"

"내일까지, 오케이."

나는 머리를 만지며 말했다. 내 손끝이 머리 자락에 맴도는 걸 눈치채고 닐이 씩 웃었다.

"머리 정말 잘 어울린다."

"고마워. 바꿀 때가 된 것 같아서."

외모 변화에 대한 칭찬을 굳이 부정하지 않고 가볍게 수긍하기. 잘했어.

다만 고개를 끄덕이고 떠나는 닐의 뒤꽁무니를 살짝 오래 바라본 게 흠이었다.

"쟤 엉덩이 빨개지겠다."

나는 눈알을 굴렸다. 내가 그럴 때마다 어김없이 나타나는 게 이제 신기할 지경이었다.

"네가 아직 박수갈채의 여운을 누리고 있다는 걸 알지만, 이것 좀 읽어 봐."

코라가 자기 핸드폰을 건넸다.

"이게 뭔데?"

나는 화면을 내려다보며 물었다.

"〈네모 안의 동그라미〉 최근 질문과 답변. 그냥 한번 읽어 봐. 데이비드 노트북에도 깜빡한 척 띄워 놨어. 교육적인 것 같아서."

나는 여자에게 삽입 없이 오르가슴을 주는 법에 대해 내가 쓴 답변을 읽었다.

"쩔지?"

"어. 근데 왜 내가 이걸 읽고 있는 거야?"

"너도 육체적 사랑을 표현하는 방법들을 공부해 두면 좋을 것 같아서."

나는 코웃음을 쳤다.

"육체적 사랑? 네가 언제부터 이런 표현을 썼어?"

"데이비드랑 그 단계를 밟을지 고민하면서부터?"

"너희 둘은 이미…."

나는 말꼬리를 흐렸다. 코라는 이제껏 데이비드를 포함해 남자애들과의 경험에 대해 숨기지 않았다. 나는 코라가 7학년 때 처음으로 프렌치 키스를 한 것부터 8학년 때 디즈니랜드에 갔다가 돌아오는 버스에서 가슴을 덥석 만진 남친 얼굴에 기다란 손톱자국을 남긴 일화까지 모두 알고 있다. 그래서 코라가 말해 준 적도 없는데 이미 데이비드와 성생활을 하고 있다고 믿었다니 좀 이상했다.

"안 했어."

"글쿤."

"하고 싶어." 코라가 덧붙였다.

"근데 적어도 한 달은 피임약을 먹고서."

"그리고 콘돔도 써야겠지."

나는 참지 못하고 대꾸했다.

"피비, 걔도 처음이야."

"그래도 콘돔은 써야지."

나는 조금 나답지 않다는 걸 자각하면서 말했다.

"그게, 안 쓰는 게 느낌이 더 좋대."

"어쨌거나 써."

코라는 내 완고한 말투에 언짢은 표정을 지었다.

"그건 남자친구와 내가 결정할 일이라고 생각하는데."

코라가 딱딱하게 말했다. 코라는 누가 자신을 가르치려 든다고 생각하면 귀를 닫아 버린다. 방금처럼 고압적으로 말하면 당연히 튕겨 나갈 걸 예상했어야 했다. 나는 한발 물러났다.

"물론 그렇지. 나는 데이비드한테 무슨 병이 있을 것 같아서 그걸 쓰라는 게 아니야. 남녀의 성기가 만날 때 임신 가능성은 반드시 존재하기 때문에 쓰라는 거지."

"남녀의 성기가 만날 때?"

코라가 히죽 웃었다.

"어. 맞는 말이잖아."

"누가 그렇게 말해? 진심, 이 블로그 좀 읽어. 너한테 꼭 필요할 것 같다."

"그럴 수도 있겠네."

나는 순순히 수긍했다.

부모님이 좀 늦는다고 피자를 시켜 먹으라고 해서 나는 빈집의 자유를 만끽하며 소파에 잠옷 차림으로 앉아 노트북으로 블로그에 접속했다. 오늘의 질문들을 막 읽으려는데 초인종이 울렸다.

나는 곧장 소파 아래로 몸을 던졌다.

언제부터 이랬는지 모르겠다. 어렸을 때 엄마가 여호와의 증인을 피해 숨는 모습이 뇌리에 또렷하게 남아서일까? 다 큰 어른이 자기 집 커튼 뒤에 숨어, 커피 잔을 들고 거실로 향하는 남편에게 움직이지 말라고 입 모양으로만 외치던 모습. 결국 우리 집 문간에 서 있던 한 쌍의 전도사는 발길을 돌렸다. 아마 우리 부모님이 작게 옥신각신하는 소리를 들었을 텐데 말이다. 우리는 그들이 완전히 사라질 때까지 창문 너머로 지켜봤다.

사실 우리 엄마는 예고 없이 방문하는 사람을 무조건 피했다. 그래서 나는 그게 정상이라고 여기며 자랐다. 방문객을 모두 피할 이유는 없다는 걸 머리로는 아는데 아직도 반사적으로 숨는 버릇을 고치지 못했다. 지금 생각하면 별스럽지만.

나는 발끝으로 현관에 다가가 핍홀을 들여다봤다.

아무도 없었다.

뭐야, 아직도 벨튀를 하는 인간들이 있어?

문을 조금 열어 보니 현관 매트 위에 파란 천을 덮어 놓은 바구니가 있었다.

처음 든 생각은 엉뚱하게도 '아기치고는 작아서 다행이다'였다. 생각이 왜 그렇게 튀었는지 나도 모르겠지만, 그 생각을 좀처럼 떨치지 못하고 주위를 두리번거렸다.

천을 끌어 내리자 과일 더미가 드러났다.

자몽을 하나 집어 들었는데 표면에 "미안해"라고 적혀 있었다.

이어서 귤 하나를 꺼냈다.

"진심으로 사과할게"가 표면에 꽉 들어차 있었다.

바나나에는 더 구체적인 내용이 있었다.

"널 그렇게 위험한 곳에 앉히다니 내가 진짜 생각이 짧았어. 난 꼴통이야. 정말 미안해."

그렇게 과일마다 사죄의 말이 담겨 있었다.

나는 바구니를 배경으로 바나나 사진을 찍어 코라에게 보냈고, 즉시 답장을 받았다.

대박. 과일에 글을 쓰는 남자?

당장 용서해.

바나나에 사과문을 쓰는 게 무슨 음유시인처럼 내 방 창문 아래서 기타를 치는 것과 동급이라는 투였다.

진짜? 고작 이걸로?

알고 보니 초훈남인 데다 영어랑 역사 우등반이야. 그게 어디 쉬운 조합이니? 과일의 말을 들어!

그럼 이 과일 바구니는
인터뷰를 위한 뇌물인가?

아니, 그냥 과일이잖아.
기분 풀라는 거지.

하지만 인터뷰는 해야겠지?

어차피 닐하고
약속하지 않았어?

그렇긴 한데 대충
이메일로 해도 되지.

되지.

하지만...?

만약 그런 매력남이 나한테 과일로
사과했다면 나는 벌써 차를 몰고
학교로 돌아갔을 거야.

나는 호르헤가 5시 반쯤 훈련을 마친다는 걸 알았다. 순전히 코라가 신입생 때 육상부 활동을 한 덕분이다. 풋볼 팀의 훈련이 끝나고 나서야 트랙을 이용할 수 있었기에 코라는 그들의 일정을 꿰고 있었다.

그걸 아직도 분하게 여기지만.

경기장에 들어서니 호르헤가 몇몇 팀원과 집에 갈 채비를 하는 모습이 보였다. 호르헤가 나를 보고 주춤했다. 다른 선수들은 경기장을 빠져나가고 육상부 주자 몇몇이 트랙 위에서 스트레칭을 했다. 어느새 필드에는 우리 둘뿐이었다.

"과일 바구니 잘 받았어."

"무화과도 준비했는데, 너무 농익어서 글씨가 안 써지더라."

엉뚱한 말이었지만 나는 웃거나 받아치지 않았다. 무례하고 뻔뻔한 인터뷰 요구에 대한 앙금이 아직 남아 있었다. 하지만 내 눈치를 보며 산만하게 구는 모습을 보니 뭔가 인간미가 느껴졌다.

"경기 때 벤치에 앉게 해서 미안해. 네가 다쳐서 정말 마음이 안 좋았어."

진심이라는 게 느껴졌다.

하늘이 살구색으로 물들고 있었다. 나는 수첩을 꺼냈다.

"그래서 인터뷰 할래 말래?"

필드 한복판에서 잠시 이야기를 나누다 보니 야간 조명들이 켜졌다. 나는 호르헤에게 이제까지 어떻게 훈련했는지, 팀 생활은 어떤지, 풋볼이 무식하다고 생각하는 사람들에게 뭐라고 말하고 싶은지 질문을 쏟아 냈다. 호르헤는 마지막 질문에 웃음을 터뜨렸다.

인터뷰를 마치고 호르헤에 대해 충분히 정보를 얻었을 때쯤 한 가지 묻지 않은 것이 떠올랐다.

"너희 가족은 네가 운동하는 걸 적극 지지해?"

"어. 엄마는 대학교수고 아빠는 시공업자야. 엄마가 신장이 안 좋아서 투석하러 병원에 자주 가는데, 입원할 때는 아빠가 간병하러 가. 근데 두 분 다 정말 진심으로 응원해 줘. 형편 닿는 대로 경기 보러 오려고 애쓰고. 특히 지금 같은 스카우트 시즌에는. 엄마가 전임직을 그만둬서 내가 대학 가려면 장학금은 필수고 대출도 좀 껴야 할 거야."

나는 가슴이 덜컥 내려앉는 걸 느끼며 호르헤를 쳐다봤다. 호르헤도 그걸 느꼈는지 입술을 살짝 깨물었다.

"이 얘긴 빼 줘. 그리고 딱하게 볼 필요 없어. 풋볼이 그 저 무식해 보일지 몰라도, 단순히 경기가 목적은 아니야. 풋볼은 다른 스포츠보다 대학 장학금이 후해. 난 다 떠나서 엄마 아빠한테 부담 주기 싫거든."

"그렇구나."

나는 달리 할 말이 떠오르지 않았다.

"필요한 거 다 땄어?"

"응. 충분해."

"애써 줘서 고마워."

"어머니가 좋아지시길 바랄게. 그러니까, 하루빨리 회복되시길."

나는 쭈뼛쭈뼛 말했지만 호르헤는 시원하게 웃었다.

"고마워. 너도."

자리에서 일어나 백팩 지퍼를 올리다가 내 스페인어 단어 카드 묶음이 잔디에 툭 떨어졌다. 호르헤가 그걸 주웠다.

"페로카릴(ferrocarril)?"

맨 앞 카드를 보고 호르헤가 그 단어를 음악처럼 발음했다.

"단어 시험용이야. 페로카릴은 철도, 맞지?"

나는 맞는지 확인하려고 카드를 뒤집었다.

"맞아. 근데 알(r) 발음을 좀 더 굴려야 해."

호르헤가 눈썹을 치켜올리며 말했다. 나는 미간을 찌푸렸다. 혀를 어떻게 움직여야 그 소리가 나올지 감이 안 왔다.

"키에레스 아유다(Quieres ayuda, 도와줄까)?"

"노, 그라시아스(No, gracias, 고맙지만 괜찮아). 도움은 사양할게."

나는 호르헤의 능글맞은 표정에 웃음을 꾹 참으며 말했다. 호르헤는 분명 이 상황을 즐기고 있었다.

"그래. 근데 네가 사양하는 도움을 굳이 주자면, 알 발음할 때 혀로 입천장을 긁으며 뱉어 봐. 누르진 말고, 스치듯 굴려."

"고마워."

나는 쪽팔림을 미리 방지하고자 영어로 답했다.

호르헤는 자기 차를 향해 멀어졌고, 거리가 충분히 벌어지자 나는 조언대로 혀를 굴려 봤다.

효과가 있어서 살짝 짜증이 났다.

마침 귀가하는 부모님을 집 앞에서 만났다. 엄마는 골반으로 차 문을 밀어 닫고서 장 본 것들을 두 팔 가득 안고 현관으로 향했다.

"고마워, 우리 딸."

내가 장바구니 하나를 거둬 가자 엄마는 내 볼에 입 맞추고 허리를 굽혀 신발을 벗었다.

"이 여자 정말 보통내기가 아니야."

엄마는 장바구니에 쑤셔 넣었던 전단을 나에게 건네며 덧붙였다.

"누가 차 앞 유리에 끼워 놨더라고."

나는 그 전단을 확인했다.

책임 있는 시민 검열 연합
부도덕을 물리칩시다.

여러분은 자녀가 온라인에서 무엇을 하는지
알고 있나요?

아래에는 내 블로그 주소와 함께 이렇게 적혀 있었다.

떳떳하다면 왜 익명으로 활동할까요?
정체가 탄로 나는 건 시간문제입니다.

얼음덩어리를 삼킨 것 같은 기분에 안고 있던 장바구니
를 떨어뜨릴 뻔했다. 그건 나를 폭로하겠다는 협박도, 남들
한테 내 신상을 캐라고 부추기는 것도 아니었지만, 꼭 이렇
게 주장하는 듯했다.

'만약 누군가가 이 친구의 정체를 까발리고 인생을 짓밟
는다면 얼마나 유감이겠습니까?'

침착해. 아무도 나인 줄 몰라. 나는 심호흡했다.

"그 여자 시장 선거 출마하는 거 알아?"

아빠가 차 트렁크에서 보험 규정 바인더들이 든 무거운
상자를 들어 올리며 끼어들었다.

"무서운 건 추종자들이 있다는 거야. 그 여자가 그 블로
그에 반대하는 사람들을 끌어 모으고 있다는 게 믿어져?"

아빠는 신발 끈을 안 풀고 신발을 벗으려다가 발을 헛
디뎠다.

"뭐, 나도 그 블로그를 지지하지는 않아. 그래도 이런 전단을 뿌리고 다니는 건 좀 과해."

엄마가 냉장고에서 풋강낭콩을 한 움큼 꺼내며 말했다.

"왜 이 블로그를 지지하지 않는데?"

나는 말을 꺼내자마자 후회했다. 엄마는 풋강낭콩을 씻느라 나를 보지도 않았다.

"필요하지 않으니까. 그냥 남들을 자극하려고 쓰는 것 같아."

"읽어 봤어?"

내가 물었다. 하지만 엄마가 대답하기 전에 아빠가 부엌에 달걀 한 판을 떨어뜨리면서 소란을 피웠다.

나는 전단을 다시 들여다봤다.

올리브 가지를 문 하얀 비둘기 그림 아래 '브룩허스트를 시장으로'라는 금색 문구가 있었다.

우리 집은 무교지만 그 그림이 기독교적 평화를 상징한다는 건 나도 알았다. 블로그를 시작한 이래 처음으로 수치스러운 기분이 들었다. 내가 쓴 글 때문이 아니었다. 브룩허스트의 무지가 내 블로그의 취지를 다른 것으로 바꾼 듯했다. 어째선지 브룩허스트는 내 글을 개인적인 견해라고 생각하는 듯했다.

〈네모 안의 동그라미〉는 그저 성 지식을 모아 놓았을 뿐인데. 분명 내가 미처 이해할 수 없는 더 큰 쟁점들이 있었

다. 나는 엄마 아빠를 도와 식료품을 정리하며 생각을 정리
하려고 노력했다.

　방에 돌아와 컴퓨터 앞에 앉았을 때 모니카가 준 지퍼
백이 눈에 띄었다. 수첩 낱장들은 너덜너덜했지만 몇 장은
알아볼 만했는데, 어차피 기사를 다 썼으니 쓸모없었다. 득
점 상황과 등 번호 같은 정보들. 그런데 모니카가 구태여 동
그라미를 친 한 줄이 있었다. 나는 그걸 확인하고서 뻣뻣이
굳었다.

　경기 중에 나도 모르게 선수들의 인생을 꼬이게 할 부
상 목록을 작성했더랬다. 그러니까⋯ 성적으로. 다행히 대부
분은 게토레이에 씻겨 나갔으나 음낭 파열/잠재적 고환 외
상 증후군은 버젓이 살아남았다. 모니카가 그걸 어떻게 생각
했을지 짐작도 안 가지만, 걔가 봤다는 것만으로도 마음이
찜찜했다.

　쌓여 가는 불안을 떨쳐 내려고 애써 블로그에 집중했지
만, 질의응답 게시판의 최신 댓글에 이르러 내 노력은 물거
품이 되었다. 그중 일부는 분명 오르가슴 건에 달린 것이었
고, 일부는 그저 악플이었다.

　글쓴이는 의사인가요? 아니라면 이 블로그를 쓸 자
　격이 없어요. 맞는다면 인증 바랍니다.

이 블로그는 신성 모독임.

지옥에나 가라.

질의응답 게시판이 생겨서 좋네요. 근데 여자친구
에게 뭐가 좋은지 물어보라고요? 그냥 남자가 뭐가
좋은지 알려 주면 여자도 좋아하는 법을 배우기 마
련입니다.

마지막 것은 섬뜩했다. 성 관련 블로그에는 종종 기분
나쁜 댓글이 달린다. 지식 자체에 위협을 느끼는 사람들은
작위적으로 정보를 통제하려 든다. 그럴 때마다 소름이 돋는
다.

나는 내 익명성이 좋지만, 가면을 벗고 누군가와 솔직
하게 이야기하고 싶은 순간도 있다. 레예스 선생님에게 다시
한번 이메일을 보냈지만, 여전히 답장이 없었다.

6

브룩허스트가 또 트윗했다.

> @TheRealLydiaBrookhurst: 그 섹스 블로그에
> 질의응답 코너가 있나 봅니다. 그럼 우리 아이들이
> 변태에게 답변을 받을 수 있다는 건가요? 아주 막
> 나가네요.

　꽤 무난한 트윗이고, 예상 밖도 아니었다. 그러나 다음
날, 침대에서 일어나 복도를 가로질러 화장실에 가다가 눈
결에 언뜻 리디아 브룩허스트를 봤다. 실제로 살아 움직이는
리디아 브룩허스트가 금발의 유령처럼 우리 집에 홀연히 나
타난 것이다.

나는 그제야 '지릴 뻔했다'는 말을 진정으로 이해할 수 있었다. 그 여자의 물리적 존재에 내 오장육부가 반응했기 때문이다. 물론 나는 공황에 빠졌고, 누가 보기 전에 방으로 다시 뛰어들었다.

문을 살짝 열고 살피니 복도 거울에 비친 여자가 꽤 잘 보였다. 완벽하게 매만진 머리 모양에 긴 진주 목걸이를 한 브룩허스트는 우리 집 거실에서 아주 편안해 보였다. 엄마는 소파 가장자리에 불안한 고양이처럼 앉아 있었다.

그 찰나의 순간 나는 내 정체가 발각되어 내 인생이 끝나고, 앞으로는 변두리를 전전하는 뜨내기 성 전문가로 살아가야 할 줄 알았다. 그때 이야기 소리가 들렸다.

"따라서 위험 부담을 해결하는 게 아주 중요하고, 내 모든 사업장에 대한 긴밀한 협의가 필요해요. 그래서…."

달콤한 안도감이 덮쳤다. 휴, 지루한 보험 위험 분석이었다니.

브룩허스트는 볼수록 신기했다. 소파 한 귀퉁이에 앉아 물리적 공간을 거의 차지하지 않는데도 목소리와 존재만으로 공간을 가득 메웠다.

사실, 한 손을 휘두르며 말할 때마다 엉덩이가 소파에서 몇 센티미터쯤 떠 있는 것 같았다. 다른 손은 우리 아빠의 최애 머그잔을 움켜쥐고 있었다. 지난번 하와이 본가에 갔을 때 엄마가 사 준 것이었다. 거대한 파도 사진과 함께 "에디라면 기꺼이 갈 거야"*라는 문구가 있었다.

아빠는 전혀 기껍지 않은 표정으로 자기 머그잔을 감싼 브룩허스트의 매끄럽게 손질된 손끝을 보고 있었다.

브룩허스트는 우리 부모님에게 위험 분석을 의뢰했다. 엄마 아빠는 원래 고객을 전문적으로 대하지만 둘 다 어딘가 산만해 보였다. 엄마는 브룩허스트와 아빠를 번갈아 쳐다봤고, 아빠는 브룩허스트에게 자산에 대해 연달아 질문했다. 다른 사람들 눈에는 그저 자기 일을 하는 것처럼 보이겠지만, 아빠는 샤프를 딸각거리며 자잘한 샤프심 조각들을 바닥에 떨어뜨리고 있었다. 아빠를 아는 사람 눈에는 이상했다.

아빠는 어지르는 걸 질색하니까.

나는 내 방 문틈으로 복도 거울에 비친 그들을 계속 지켜보다가 그만 문짝에 너무 세게 기대고 말았다. 어른 세 명의 주의를 끌 만큼 크게 삐걱 소리가 났고, 또다시 공황에 빠진 나는 황급히 나갈 준비를 하는 척했다. 손에 집히는 대로 아무 백팩을 들고 책꽂이에 있던 봉제 인형과 바닥에 있던 책 두 권을 쑤셔 넣은 뒤 복도로 나섰다.

"피비, 브룩허스트 씨 알지?"

나는 아빠를 향해 고개를 끄덕였다.

"안녕, 피비. 백팩이 참 감각적이구나!"

★   Eddie would go, 하와이 해변에서 인명 구조에 목숨을 바친 서퍼 에디 아이카우를 기리고자 만들어진 격언이다.

벌어진 지퍼 사이로 동물 인형 발이 튀어나와 있었다.

칭찬으로 받아야 하나?

하긴 나는 후줄근한 민소매 티셔츠에 추리닝 바지 차림이었다. 브룩허스트도 달리 선택지가 없었으리라.

"고맙습니다."

젠장. 어떻게 웃어야 자연스럽지? 일단 양쪽 입꼬리를 끌어 올리고 적당히 달가운 표정을 짓자.

아빠의 떨떠름한 얼굴을 보니 표정이 잘못 나온 모양이었다. 다행히 브룩허스트는 눈치가 그리 좋지 않았다.

"듣자 하니 신문부 기자라며? 내가 인터뷰해 줄 수 있는데."

브룩허스트가 내게 일생일대의 기회를 주는 것처럼 눈을 빛냈다. 나는 오만상을 찌푸리고 싶은 충동과 맞섰다.

"아···."

그때 아빠가 구세주처럼 끼어들었다.

"글 솜씨가 탁월하죠. 하지만 기획은 편집장이 하는 것 같더군요."

아빠, 잘 막았어요.

"그래요? 그 편집장을 만나 봐야겠네요."

브룩허스트는 싱긋 웃고는 손목시계를 내려다봤다.

"아, 벌써 이렇게 됐나요? 서둘러야겠어요. 오늘 밤 시의회 회의가 있거든요. 피오나, 내일 계약서를 보내 주면 바로 서명할게요. 그리고 여기, 요청하신 모든 금융 정보예요."

브룩허스트는 가방에서 커다란 서류철을 꺼내 엄마에게 건네고는 새처럼 사뿐히 소파에서 일어났다. 그리고 나를 향해 가식적인 웃음과 윙크를 날리며 손을 살랑 흔들더니 쌩하고 사라졌다.

"그럼 이제 우리 저 여자 밑에서 일하는 거야?"

아빠는 엄마 손에 들린 서류철을 보고 물었다. 포스트잇에 요란한 필기체로 L.B.라고 큼지막하게 적혀 있었다.

"맷, 단일 계약으로 이만한 수임료는 처음이야."

"하지만 정치 후보잖아."

"소도시 지방선거 후보지. 우리는 선거에 관여할 필요 없어. 우리한테 영향을 미치진 않을 거야."

엄마 말에 아빠는 인상을 찌푸렸다. 아빠는 지역 정치에 제법 촉각을 세우고 있고 시의회 회의도 여러 번 방청했다.

"어떻게든 미치게 돼. 안 그렇더라도, 다른 사람들에게 어떤 영향을 미치는지는 여전히 중요해."

두 사람이 소리 낮춰 옥신각신하는 동안 나는 엄마가 블로그에 대해 했던 말이 떠올라서 마음이 복잡했다.

나도 그 블로그를 지지하지는 않아.

이제 내 부모님의 가장 큰 고객은 내 블로그에 나보다 더 관심을 가진 유일한 사람이다. 물론 나와는 아주 다른 이유로.

엄마 아빠는 자신들이 돕게 된 사람이 내 적이라는 걸 몰랐다.

꿈에도 모를 것이다….

가끔 나는 내 블로그가 어려서부터 성을 터부시한 부모님에 대한 반발 작용인가 싶을 때가 있다.

영화 속에서 누가 키스하려고 고개라도 기울일라치면 아빠는 빨리 감기로 넘기곤 했다.

"너무 늘어지네."

만화영화도 예외는 아니었다. 어떤 식으로든 성적 긴장감이 연출되면 엄마 아빠는 지나치게 거북해했다. 비록 내가 크면서 텔레비전 시청의 고삐는 조금 느슨해졌지만, 언젠가 화면에 몹시 선정적인 장면이 나타났을 때 엄마가 소스라치며 리모컨을 향해 몸을 날리다 탁자에 걸려 넘어지던 모습을 잊을 수 없다.

"아이스크림 먹으러 가자!"

엄마는 주저앉아 정강이를 문지르며 말했다.

이상했다.

코라의 집에 놀러 갔을 때는 정반대였다. 물론 코라의 부모님은 우리 부모님의 교육 방식을 존중해서 내가 코라와 노는 동안 자극적인 매체에 노출되지 않도록 나름 신경 써 줬지만, 우리 집 감시망에 비하면 매우 허술했다. 우리 부모님은 디즈니 영화 〈라이언 킹〉에서 'Can you feel the love to-night'을 배경음악으로 날라와 심바가 정글에서 정답게 뒹구는 장면에도 기겁할 사람들이었다.

그리고 이상한 건, 내 앞에서는 신체 접촉을 거의 안 하는 우리 부모님이 서로를 엄청나게 사랑한다는 점이다.

두 사람은 늘 함께 하는 걸 즐기고 싸울 때조차 서로를 존중한다. 그건 내가 둘이 입 맞추는 걸 한 번도 본 적이 없다는 사실보다 중요하게 느껴진다.

그래도 좀 이상하다.

나는 예전부터 두 사람이 내 연구 생활을 알게 되면 어떻게 반응할지 궁금했다. 만약 내가 성에 조금이라도 관심이 있다고 해서 우리 부모님이 날 무슨 변태로 본다면, 나는 그 순간을 견디고 더는 그들의 생각을 알아낼 필요가 없다는 것만으로 만족해야 할 거다. 그래서 익명성이 좋은 거다. 브룩허스트가 캠페인을 이어 가면서 증명됐다.

리디아 브룩허스트는 내 블로그를 저격하는 것 말고도 푸드트럭 단지와 비닐봉지 사용 금지 법안을 정치 후보로서 우려 사안에 포함했다.

브룩허스트의 푸드트럭 반대 캠페인의 시발점은 세 가지다.

1. 자기 가게 옆길을 막는다.
2. 자기 가게 앞 미관을 해친다.
3. 자기가 '제3 세계 음식' 냄새를 좋아하지 않는다고 여러 번 말했다.

젊은이들은 오래된 식당보다 푸드트럭을 좋아했다. 그래서 브룩허스트는 푸드트럭 단지에서 가까운 세 식당 주인에게 자연스럽게 지지를 얻었다. 또한 그들은 푸드트럭 단지가 보기 흉하고, 시끌벅적하고, 자신들이 보존하고자 하는 전통적인 중심가의 느낌을 크게 훼손한다고 믿었다. 그것은 숨겨 왔던 인종 차별 심리를 은근히 또는 티 나게 드러내는 편리한 구실이기도 했다.

'제3 세계 음식'이라니….

비닐봉지에 대해서는, 이게 왜 논란인가 싶겠지만, 실제로 캘리포니아주가 환경을 보호하기 위해 가게에서 일회용 비닐봉지를 금지한 사실에 화가 난 사람들이 동네에 꽤 많았다. 이제 마트에서는 개인 장바구니를 가져오지 않으면 종이봉투를 사야 한다. 자기 장바구니를 가지러 차까지 되돌아가지 않아도 된다면 지구에 마지막 남은 유니콘을 목 졸라죽일 사람이 의외로 많다.

이 문제에 대한 리디아의 트윗은 더 구체적이었다.

@TheReall ydiaBrookhurst: '친환겿' 재사용 가방을 '깜빡한' 경우 마트에서 25센트를 청구한다니요?!

@TheRealLydiaBrookhurst: 시민들에게 봉짓값을 청구하지 마세요! 재사용 가능한 가방을 평범한 사람들에게 강요하지 마세요!

@TheRealLydiaBrookhurst: 흉물스러운 푸드트럭 단지는 또 어떻고요! 그게 우리의 아름다운 시내 중심가를 망치고 있어요!

브룩허스트의 충성스러운 똘마니들이 맞장구쳤다.

@ShinyPatty76: 전적으로 동의합니다! 다시 차까지 가는 게 얼마나 짜증 나는데!

@RadDadRoadTripin_88: 이건 무고한 시민에 대한 착취입니다! 브룩허스트를 시장으로!

@GrannyKate: 푸드트럭은 사라져야 해요! 린다 비스타 토박이들의 밥그릇을 빼앗고 있어요!

@XmarkstheSpot: 푸드트럭 음식들은 쓰레기입니다. 린다 비스타 여러분, 브룩허스트에게 투표하세요.

정리하자면, 브룩허스트는 반성관계, 반푸드트럭, 친오염 캠페인을 벌이고 있는 것처럼 보인다. 소름 끼치는 건 그게 괜찮다고 생각하는 사람들이 있다는 점이다.

브룩허스트가 우리 집을 방문한 지 몇 시간 뒤, 아빠는 시의회 회의를 방청하러 갔다가 정치 열기에 잔뜩 취한 모습으로 돌아왔다. 아빠가 가기 전에 예약 녹화를 걸어 둔 그 회의는 지금 우리 집 텔레비전 화면에 일시 정지 상태로 띄워져 있다. 브룩허스트가 특유의 백만 볼트 미소를 만면에 머금은 채 멈춰 있었다.

"일이 이상하게 돌아가더라고."

아빠는 젓가락으로 스파이시 참치 롤을 집으며 말했다.

"홀에 사람들이 갑자기 몰려들었는데, 대부분 브룩허스트 지지자였어."

"나는 왜 당신이 아직 정치판에 몸담지 않는지 모르겠어."

캠페인 얘기에 아빠가 눈을 반짝이는 걸 보고 엄마는 한숨을 내쉬며 말했다.

"아무튼, 그 사람들이 누굴 지지하는지 당신이 어떻게 알아봐?"

"하나같이 구호가 적힌 배지를 달았더라고. '도덕을 수호하는 브룩허스트' 근사하던데."

엄마는 인상을 찌푸렸다.

"나라면 그렇게 표현하지 않을 텐데."

"왜?"

아빠 입이 꽉 차서 내가 대신 물었다.

"그야 '근사하다'는 다른 데 쓰는 말이니까. 리디아는 명 청함의 대변인이잖아."

아빠와 내가 동시에 엄마를 쳐다봤다.

"왜?"

"음. 엄마 입에서 그런 말이 나올 줄 몰랐거든. 그러니까… 안 좋은 말."

"나도 모르게 나왔네."

엄마는 리모컨을 눌러 시의회 회의 녹화본을 재생했다. 아빠와 나는 화면 쪽으로 몸을 틀었다. 텅 빈 연단 주변에서 좌중이 웅성거리다가 시그니처 룩인 새빨간 정장을 입은 브룩허스트가 크게 목청을 가다듬자 일동 침묵했다.

"안녕하세요" 브룩허스트의 인사에 몇몇 사람이 "안녕하세요" 하고 화답했다.

"저는 우리 마을을 사랑합니다. 이곳이 세상에서 가장

살기 좋은 곳이라고 확신해요."

박수.

"하지만."

브룩허스트가 나직하고 매혹적인 목소리로 말했다. 관객들이 웃었다.

"우리는 더 잘살 수 있습니다. 더 나은 삶을 누릴 자격이 있습니다."

더 큰 박수.

"물론 작은 소도시의 고작 시장 선거지만, 이제 소위 '정치적 올바름'을 위시한 불편러들이 우리 일상 전반을 침범하게 내버려 두는 걸 그만둘 때가 되지 않았습니까?"

좀 더 큰 박수.

"평범한 시민이 누군가를 묘사하기 위해 부적절한 단어를 사용했다면, 글쎄요, 달려들어 물어뜯는 대신 융통성을 발휘할 수 있지 않을까요? 꼭 그렇게 사소한 것에 꼬박꼬박 불편해하느라 시간을 낭비해야 할까요? 이제는 이 지긋지긋한 철회 문화를 철회해야 할 것 같습니다!"

좀 더 큰 박수에 이어 휘파람.

"여러분도 잘 아시지만, 제 증조부모가 살아계실 때, 그분들의 과수원은 뭔가 특별했습니다. 저는 그분들로부터 전통적 가치가 최고라고, 그걸 존중하지 않는 사람은 예수님을 마음에 모시지 않은 사람이라고 배웠습니다."

"아멘!"

한 여자가 소리쳤다.

"그리고 우리는 기존 상권을 보호해야 합니다. 우리의 전통 가치를 지키기 위해 싸웁시다. 우리의 뿌리로 돌아가야 합니다! 그리고 무엇보다, 미디어가 우리에게 쏟아붓는 온갖 노골적이고, 난잡하고, 음란한 것들에 맞서야 합니다."

우레 같은 박수.

"제가 시장직에 출마한 건 무엇보다 상대 후보인 헬렌 루비노위츠에 맞서 아름다운 우리 마을을 수호하기 위해서입니다. 왜냐면 저는 헬렌 루비노위츠가 우리의 성장 기회를 무시하고 이민자들에게 상권을 내줘서 우리 마을의 미풍양속을 해칠 것이라고 보기 때문입니다."

이 시점에서는 박수 소리가 너무 커서 마무리 발언이 잘 안 들렸다.

"우리는 더 나은 삶을 누릴 자격이 있습니다!"

브룩허스트가 외쳤다.

"그리고 그걸 제가 안겨 드리겠습니다!"

그때 갑자기 누군가가 외치기 시작했다.

"찢어라. 찢어라. 찢어라. 찢어라. 찢어라."

사람들이 너도나도 합류했다. 어느새 모두가 손뼉 치며 부르짖었다.

"아이참, 저 이제 그거 안 해요."

브룩허스트가 손사래 치며 웃었다. 그러더니 돌연 양다리를 쭉 찢으며 주저앉았다. 박수갈채가 쏟아졌다.

엄마는 텔레비전을 끄고 진지한 표정으로 아빠를 바라봤다.

"리디아는 머리가 좋지 않아. 그래서 항상 자기보다 똑똑한 사람들을 측근에 두지. 하지만 속이 시커먼 여자야. 자기가 원하는 걸 얻을 때까지 멈추지 않을걸."

"여보."

아빠는 갑자기 발끈한 엄마에게 조금 놀란 듯했다.

"어차피 충분한 표를 얻진 못할 거야. 브룩허스트가 이길 리 없어."

"시내 푸드트럭을 금지하자는 청원을 냈대. 거기서 지지를 꽤 많이 얻었나 봐. 식당들이 점심 고객들을 점점 뺏기니까."

"그래. 하지만 그건 그저 시장 경쟁이야. 브룩허스트는 경쟁 상대의 숨통을 조이려는 거고. 비열하지만, 불법은 아니지."

"오늘 시내에 못 보던 벽보가 수두룩하더라고. 푸드트럭 건너편 식당들은 거의 도배를 해 놨던데."

아빠와 내가 설마 하는 표정을 짓자 엄마가 핸드폰의 사진을 보여 줬다. 푸드트럭 단지를 마주 보고 흰 벽보가 늘어서 있었다. 하단마다 브룩허스트표 비둘기 상징이 있었다.

107

벽보들은 이렇게 외쳤다.

우리 것이 최고!
지역 가게를 도와주세요!
100% 미국산!
린다 비스타를 되살립시다!

"그 여자 화법이야. 분노를 조장하지."

엄마가 나지막이 말했다. 이쯤에서 나는 역겨운 표정을 지었을 거다.

"이런 방식으론 못 이겨."

아빠가 바로 받아쳤다.

"'100% 미국산'? 무슨 이따위 인종 차별 발언이 다 있어?"

아빠가 한숨을 쉬며 말을 이었다.

"게다가, 그 여자는 그냥 미인 대회 우승 경력이 있는 장사꾼일 뿐이야. 사람들도 그 정도는 꿰뚫어 보겠지."

"당신은 리디아 브룩허스트를 몰라."

엄마가 힘없이 말했다.

"학교 몇 년 선배라 건너 건너 아는데, 그 집에서 급하게 덮은 소문들이 있어. 구린내 나는 소문들. 하지만 알 만한 사람들은 알아. 리디아가 어울렸던 패거리 안에서는 모르는 사람이 없고."

"피오나, 그 여자와 먼저 계약하자고 한 건 당신이야! 물리고 싶다면 지금이라도 물려서 아예 엮이지 말자고."

아빠가 욱해서 말했다.

"일로 엮인 관계랑 가치관까지 맞아야 할 필요는 없어."

엄마가 침착하게 말했다. 우리는 묵묵히 남은 저녁을 마저 먹었다.

식탁에서의 불편한 대화를 뒤로하고 나는 블로그의 질의응답 게시판에 몰두하면서 브룩허스트의 전단과 시장 선거 캠페인을 잠시 무시할 수 있었다. 몇 시간 뒤엔 닐과 온라인 인터뷰가 있다.

시간을 보내는 김에 어제 코라가 내 옆에서 블로그에 올린 질문에 답변하기로 했다. 코라는 자기가 그 질문을 소리 내어 말한 줄도 모르는 눈치였다. 그리고 다른 댓글에서도 음모 관련 질문을 받았기 때문에 코라가 이렇게 금방 답변받는 걸 이상하게 여길 리도 없다. 어쨌거나 좋은 질문이니까 나는 답변을 쓰기 시작했다.

부디 생식기 주위에 핫 왁스를 바르지 마세요.

그래, 실제로 이렇게 답변하진 않았지만, 하고 싶었다.

물론 나도 질문을 받고 나서 주목하게 됐지만, 그건 내 컴퓨터 일기장에 적어 둔 질문이기도 했다. 나는 블로그에 모든 정보를 공유하지만, 일기는 나만을 위한 기록이다. 새로운 정보에서 생겨난 의문들을 담아 두는 곳이다.

실제로 여성의 음모를 신경 쓰는 사람이 있나? 만약 제모가 남성을 자극하기 위해 여성에게 요구하는 또 하나의 이상한 미의 기준이라면? 아니면 훨씬 더 끔찍한 차원에서, 여성을 어린아이처럼 보려는 또 다른 방법이라면?

나는 여러 가지로 생각을 했지만 결론을 내리지 못했고, 그래서 블로그에 담지 않았다.

〈네모 안의 동그라미〉는 일기와 달리 객관적 사실만 다루는 공간이니까.

그래도, 나는 사람들이 걱정하는 부분에 대해 나름대로 객관적인 답변을 이끌어 냈다.

음모도 우리 몸에서 담당하는 기능이 있습니다. 피부 자극을 방지하고 일부 박테리아로부터 성기를 보호하죠. 생식기의 안전과 건강 문제는 다음 링크를 참고하세요. (…)
브라질리언 왁싱(성기 주변 음모를 전부 제거하는 제모법)이 근본적으로 위험하지는 않습니다만, 피부 자극을 일으키거나 특정 부위를 질병 감염에 더 취약하게 만들 수 있습니다. 게다가 뜨거운 왁스를 이용해 민감한 부위를 제모하는 것은, 정도의 차이는 있으나, 통증을 동반합니다. 반드시 위생적이고 평판이 좋은 전문 시설을 이용하세요. 피부가 손상된 경우에는 우선 해당 부위를 청결하게 유지하고….

나는 가끔 특정 질문에 코라라면 어떻게 대답할지 상상하곤 한다.

제 소중이에서 나는 냄새 어떻게 없애죠?
코라: 안 없애죠. 그게 당신 소중이예요. 그건 소중이 향
     이랍니다.

나는 킥킥 웃었다. 닐과 하는 인터뷰가 슬슬 긴장되면서도 말이다. 사실 요청을 받아들일 때만 해도 뿌듯하기만 했는데, 이제 브룩허스트가 여기저기 들쑤시고 다니는 걸 보니 왠지 무모한 짓을 벌인 것 같다. 닐이 내가 누군지 알아내서 폭로하리라고 생각하지는 않는다. 불안의 이면에는 닐이 물을 게 뻔한 질문들에 분명한 답을 마련하지 못한 것도 있었다.
첫 번째 질문은 아마 내가 블로그를 시작한 동기일 것

이다. 명쾌한 답이 없다. 호기심에 대해선 얼마든지 말할 수 있지만, 호기심이 블로그를 시작한 이유라고는 확실히 말할 수 없었다. 나는 연구를 좋아하고 생물학을 좋아한다. 언젠가 특정 주제의 권위자가 되고 싶기도 하다. 하지만 이 중에서 어느 것도 내가 들키면 민망해질 정보들을 수집한 이유를 설명하지는 못한다. 그리고 닐이 내가 가면을 벗도록 유도하리란 걸 알고 있었다.

악의는 없을 거다. 그저 기자 정신이겠지. 가능한 한 많은 정보를 캐내려고. 나도 내가 이 기사를 맡았다면 그렇게 했을 것이다.

마지막 한 시간이 느리게 지나갔다. 나는 엄마 아빠가 자러 간 걸 확인하고 내 방 블라인드를 내리고 문을 잘 닫았다.

닐은 내가 보낸 링크를 통해 채팅방에 접속했고, 나는 닐이 타이핑하는 동안 심호흡했다.

닐 안녕하세요, 폼. 준비됐나요?
폼 가시죠.
닐 그러니까 인터뷰의 목적은 이 블로그가 왜 필요한지에 대해 좀 더 이야기를 듣고 싶어서예요.
　　사람들이 성에 대해 알 만큼 알지 않나요?
폼 아뇨.

나는 닐을 위해 쉽게 갈 생각이 없었다. 닐은 이보다 더 잘할 수 있었다.

닐 음. 자세히 설명해 주실래요? 왜 사람들이 성에 대해 잘 모른다고 생각하나요?

폼 그 질문이 낫긴 하지만, 저는 꼭 그렇다고 생각 하지 않아요. 잘 모르는 게 문제가 아니에요. 사 람들, 특히 10대들은 궁금해도 잘 물어보지 않아 요. 금기시되는 주제이기 때문이죠. 부모들은 자 녀가 기본 지식은 갖추기 바라지만, 민망한 주제 라서 이야기하길 꺼려요. 성관계의 메커니즘은 쉽게 설명할 수 있지만, 10대들이 흔히 하는 질 문은 아니죠.

또 잘못된 정보가 많아요. 심지어 학교 성교육 에도요. 동의에 대한 논의가 부족해요. 강간의 정의도 부정확하고요. 피임에 관해서도 엇갈린 메시지를 보내죠. 올바른 정보조차 얻지 못하는 상황에서 누가 어떤 질문을 어떻게 하겠어요?

닐 그럼 10대들이 이 블로그에서 무엇을 얻길 바라 나요?

폼 전 그저 그들이 정보를 찾을 안전한 공간이 있었 으면 해요.

닐 어떤 동기로 성 관련 블로그를 시작했나요?

폼 저도 모르겠어요.

나는 엔터키를 치자마자 후회했다.

닐 아마 답이 있을 텐데요. 왜 이런 글을 쓰게 됐는
지 본인이 전혀 모른다고는 상상하기 어렵네요.

폼 제가 한때 궁금했던 주제고, 아마 다른 사람들도
궁금할 거라고 생각한 것 같아요.

닐 그럴 수 있겠네요. 혹시 개인적인 배경에 대해
뭐라도 알려 주실 수 있나요?

폼 아뇨.

닐 그렇군요… 이렇게 학술적으로 잘 정리된 블로
그를 꾸려 나가려면 제법 공이 들어갈 텐데요,
꼭 익명을 고집하는 이유가 있나요? 왜 자신이
썼다고 밝히길 꺼리나요?

나는 잠시 생각하고 나서 답변했다.

폼 말씀대로 학술적으로 잘 정리되었다면, 제가 누
구이고 어떤 배경이 있는지는 중요하지 않아요.
이 블로그가 10대들에게 유익한 매체로서 기능

하는 게 중요하죠.

나는 닐이 더는 캐묻지 않아서 한시름 놓았다.

닐 리디아 브룩허스트 씨의 시장 선거 캠페인에 대
해 알고 있나요?
폼 네.
닐 그분이 폼의 블로그를 그렇게 반대한다는 사실
을 어떻게 생각하세요?
폼 저는 그렇게 반대하는 사람이 있다는 게 흥미롭
다고 생각해요. 제 글은 개인적 견해가 아니라
사실에 입각한 정보들을 근거로 한 작업물이니
까요. 저는 의학 저널과 의학 전문가들의 의견을
인용해요. 그분이 제기한 문제는 사실이나 현실
에 근거한 것으로 보이지 않아요.

닐은 잠시 시간을 두고 다음 질문을 입력했다.

닐 최근 리디아 브룩허스트 씨는 이 블로그에 기술
된 낙태, 성관계, 동정의 정의에 공개적으로 이
의를 제기했어요. 또 질의응답 게시판이 추가된
것에 대해 '막 나간다'고 표현하며 폼을 여러 차

례 '변태'라고 지칭했는데요. 이런 비난에 대해 어떻게 생각하나요?

폼 제 생각에 브룩허스트 씨는 주로 종교적 프레임으로 세상을 보는 것 같아요. 물론 그건 자기 마음이죠. 하지만 종교적 관점으로 과학적 사실을 보는 건 문제가 있어요. 제가 알기로 신앙을 유지하면서 검증된 사실을 존중하는 사람도 많거든요.

저를 변태라고 하는 건 옳지 않아요.

그리고 제가 10대들에게 긴요한 주제에 대해 질문할 기회를 주는 것을 '막 나간다'고 표현하는 것도 옳지 않고요.

그분의 주장은 근거가 빈약해요.

닐 리디아 브룩허스트 씨가 시장 후보로서 자격 미달이라고 생각하나요?

폼 저는 정치적인 발언은 안 해요.

닐 그렇다면 연구자로서, 어느 정치 후보가 자신과 의견이 다른 사람의 웹사이트를 막고 신상을 털어 조리돌림 하려 한다면 그게 연구계에 이로울까요?

폼 전혀요.

닐은 이 답을 내게 떠먹여 줬고, 이럴 때 닐은 정말 반할 만했다.

> 닐 그렇다면 이 블로그를 애독하고 존중하는 사람으로서 묻겠습니다. 유권자들에게 한마디 한다면 뭐라고 말하고 싶으신가요? 그리고 '오직 금욕'이 아닌 피임법을 가르치는 성교육에 반대의 목소리를 내고 이 블로그를 '음란물'로 규정한 리디아 브룩허스트 씨에게는요?

나는 멈칫했다. 인터뷰가 정치적으로 흘러갈 줄은 몰랐다. 정치적인 발언은 하지 않겠다고 말한 게 방금이었다. 하지만….

> 폼 정치적으로 답변하라는 거면, 저는 유권자들이 객관적인 사실을 보고 공약과 경력에 믿음이 가는 후보에게 투표했으면 합니다.
> 그리고 브룩허스트 씨는 더 이상 성교육에 관여하지 않았으면 합니다. 정보에 반대하는 태도의 실상을 모두가 알았으면 해요. 한심하고 위험하죠. 성 위험 방지를 유일한 피임법으로 가르치자는 주장은 터무니없는 억지예요. 성관계가 본

래 나쁜 것이며 논의 자체가 더 많은 성관계로
이어지기 때문에 논의해서는 안 된다는 논리죠.
하지만 실제로 건강한 논의는 더 안전한 성관계
로 이어집니다.

제 블로그가 '음란물'이라는 발언에 대해서는
한마디로 요약하겠습니다. 음란물의 목적은 성
욕을 자극하는 것이고, 제 블로그의 목적은 정
보를 제공하는 것입니다.

이 사실에 대한 오해는 아마도 그분이 이 블로
그를 직접 읽고 주제 의식을 좀 더 이해해야 한
다는 증거일 거예요. 뭔가 배울 수도 있고요.

닐 정성스러운 답변 감사합니다! 마지막으로, 자녀
가 이 블로그를 읽지 않길 바라는 학부모에게 한
마디 한다면요?

폼 이 블로그를 반대하고 자녀가 읽지 못하게 막는
건 전적으로 부모의 권한입니다. 그러나 단순히
주제가 꺼려진다는 이유로 대중에게 제공된 과
학적 사실을 검열하는 건 적절하지도, 적법하지
도 않습니다.

몇 분 뒤 로그아웃하고 보니, 코라한테서 문자가 두 통
와 있었다. 하나는 닐과 커피를 마실 때 입을 옷을 제안하는

것이었고, 다른 하나는 콘돔 한 팩을 찍은 사진이었다.

나는 코라에게 엄지 척 이모티콘 하나로 답했지만, 그마저도 좀 과한 느낌이었다.

솔직히, 어떻게 반응해야 할지 모르겠다. 성 전문가 지망생으로서 누군가의 성관계를 말릴 마음부터 든다는 게 좀 이상했지만, 나는 코라가 좀 앞서가는 것 같았다. 꼭 섹스를 대학 가기 전에 해치워야 할 숙제로 보는 것 같달까? 코라는 늘 그랬다. 실제로 하고 싶어서가 아니라 남들이 하는 건 다 해 봐야 직성이 풀렸다. 하지만 이번에도 그런지는 단언할 수 없다.

그리고 내가 과학적 성 지식을 넘어 배운 것이 있다면, 성관계는 개인의 선택이라는 것이다. 적절한 시기는 사람마다 다르다. 그래서 내가 콘돔 사진에 엄지 척 이모티콘을 보낸 것이다. 어쨌든 안전한 성관계는 칭찬받을 만하니까. 무엇보다 코라는 내 친구다. 나는 친구의 결정을 지지해 줘야 했다.

7

트위터를 이렇게 오래 할 생각은 없었는데, 막상 그만하려고 할 때마다 댓글 지옥에 빠져들었다. 그리고 가끔 브룩허스트가 멍청한 말을 지껄이면 나도 모르게 몇 시간 동안 잉여력이 폭발했다. 팔로워 수 상승은 덤이었다.

> @TheRealLydiaBrookhurst: 학생 여러분, 결혼 전까지 몸을 아끼세요. 순결을 지키세요! 그 블로그를 멀리하세요!

이 트윗을 보니 블로그에서 받은 질문들이 떠올랐다. "저 아직 동정인가요? 만약에…"로 시작하는 질문들.

항문성교를 했다면요?

구강성교를 했다면요?

누가 제 거기에 손가락을 넣었다면요?

누가 제 거기를 빨았다면요?

탐폰을 쓴다면요?

나는 브룩허스트의 트윗을 캡처하고 내 블로그 링크를 걸어 트윗을 작성했다.

> @CircleintheSquare: 여성이 순결을 지켜야 한다는 이러한 믿음의 본질에 대해 더 알고 싶다면, 이 링크를 따라 흔히 처녀막이라고 하는 질 입구 주름의 정의를 확인하세요.

그 부위의 존재 여부와 여성의 성관계 경험은 무관하지만, 처녀막이라는 용어에 갇힌 고릿적 인식과 오해를 다룰 필요가 있다고 느꼈다.

나는 트윗을 올리고 닐과의 약속 장소로 향했다.

공식적인 데이트는 아니었다.

하지만 11시 자유 시간에 단둘이 커피를 마신다면 사실상 데이트 아닐까?

그러니까 한 사람이 커피값을 내고, 둘 다 적당히 차려입었다. 다만 그간 닐이 그런 쪽으로 신호를 보낸 적이 없으니 좀 헷갈렸다.

학교 바로 옆에 있는 카페라 학생들로 붐볐다. 카페 주인은 뉴욕 느낌을 내고 싶었는데 막상 한 번도 뉴욕에 가 본 적 없고 인터넷으로 관광 기념품을 대량 구매한 티가 났다.

닐은 내가 쓰기로 한 교직원 탐구 기사 이야기부터 꺼냈다. 그리고 내가 쓴 풋볼 기사에 대해 이야기했다.

"우리가 지금까지 실었던 기사 중에 역대급으로 웃긴 작품이었어."

겉으론 여유롭게 받아넘겼지만 내 속은 흐물흐물 녹아 웅덩이가 되었다. 닐이 언론인으로서 내 미래에 대해 이야기할 때는 약간 면접처럼 느껴지기 시작했다. 그때 닐이 내 손을 가볍게 만졌고, 나는 어떻게 반응해야 할지 몰랐다.

"마음에 들었다니 다행이네."

내가 아무렇지 않게 말했다. 다행히 커피를 들고 있어서 손을 어디에 두어야 할지 걱정할 필요는 없었다.

두 테이블 건너에 모니카 한센이 앉아 있었다. 나랑 보건 수업을 함께 듣는 여자애 두 명과 함께였다. 모니카의 눈길이 내 새 부츠를 지나 닐에게 향하더니 흥미로운 듯이 머물렀다. 닐은 너드와 인싸의 절묘한 중간체였다. 지적 허세를 부리지 않고 실컷 책 얘기를 하거나 어휘력이 다소 달리는 애들과도 웃고 떠들 수 있었다. 대화 상대가 누구냐에 따라 대응 방식이 달라지는 걸 볼 때마다 좀 놀라웠다.

"선수 집중 조명은 완벽했어."

닐이 아메리카노를 한 모금 마시고 의자에 기대며 고맙다는 듯이 웃었다.

"호르헤에게 생생한 개성을 부여하면서 마무리 지은 게 특히 좋았어."

"고마워. 하지만 정말 생생한 개성을 지닌 애였어. 내가 부여한 건 아니야."

"물론 그랬겠지. 저기, 부탁이 하나 더 있는데."

"널 위해 얼마나 더 많은 기사를 맡아야 하는지 모르겠는데, 닐."

나는 쿨한 척하며 말했다.

잘했어, 피비.

"아, 걱정 마. 내가 부탁하려던 건 다른 게 아니라….'

닐이 약간 쑥스러운 듯이 웃었다. 나는 그 모습에 묘하게 기분이 으쓱했다.

"실은 이번에 '어린이 돕기 미디어 축제'에 나랑 같이 가 줄 수 있나 해서. 초대권을 두 장 받았는데, 올해 네가 기사를 많이 써 주기도 했고, 그래서…."

닐이 말끝을 흐렸다.

고등학교 신문부는 보통 그 행사에 초대되지 않는다. 초대된 적이 있기는 할까? '어린이 돕기 미디어 축제'는 몇몇 대학 신문, 잡지, 온라인 뉴스도 참석하지만 주로 큰 출판사와 지역 케이블 채널이 모여 부유한 사람들에게 저녁 식사와 연극을 제공하고 어린이들을 위해 자선기금을 모으는 잔치였다. 꽤 성대한 행사고, 실질적으로 언론 분야의 영향력 있는 사람들과 만날 기회였다.

"그래, 같이 갈게."

좋아. 방금 대수롭지 않은 척 잘했어. 그런 초대에 익숙한 것처럼 보였을 거야.

"좋아."

닐이 말했다. 그리고 손목시계를 봤다.

"저녁까지 점검할 기사가 있어서 먼저 일어날게."

나는 내 얼굴이 뿜어내는 열기를 느낄 수 있었다.

"시간 내줘서 고마워."

닐이 진지하게 말했다. 닐이 우리의 데이트 아닌 데이트 자리를 떠나는 순간, 좀 유난스럽지만, 마음이 아팠다. 나는 카페를 벗어나는 닐의 뒷모습을 바라보다가 내가 또 그러고 있다는 걸 깨닫고 멈췄다.

고개를 돌리자 모니카가 벽에 기댄 채 분홍색 프라푸치노인지 뭔지를 들고 날 보고 있었다. 나는 사람들이 녹은 젤리와 인공 색소 맛이 물씬 나는 그런 음료를 왜 먹는지 결코 이해할 수 없었다.

"닐이 미디어 축제에 초대했구나."

모니카가 말했다. 질문이 아니었다. 어떻게 알았지? 내가 알기로 닐은 자기 주말 계획을 떠들고 다니는 스타일이 아니었다. 설마 얘는 남의 입술을 읽나?

"아, 응."

내 손이 본능적으로 머리로 올라갔다. 응급 이발 뒤에 모니카가 했던 칭찬을 의식하듯이. 내 안의 소심한 중학생이 움츠러들었다.

"잘됐다. 닐은 예전부터 똑똑하고 내성적인 타입을 좋아했거든. 둘이 정말 잘 어울려."

그럴듯한 덕담이 어떻게 한 단어로 악담이 되는지 신기했다. '내성적인'. 그 단어만 없었다면 나는 그 말을 그저 또 찜찜한 여운을 남기는 무성의한 칭찬으로 받아들였을지도 모른다. 모니카는 빨대를 씹으며 싱긋 웃었지만, 나는 웃지 않았다. 이런 식의 화법에 당한 게 한두 번이 아니었다. 한번은 사춘기 때 걷잡을 수 없이 돋아난 곱슬거리는 내 잔머리를 보고 '꼬불털'이라고 한 적도 있다. 그때 난 제대로 따지지도 못했다.

"네 이빨에 딸기 꼈어."

나는 입을 가리키며 말했다. 모니카가 혀로 앞니를 훑는 사이 내가 덧붙였다.

"아무래도 거울 봐야 할 거 같은데. 저 안에 완전 크게 박혀 있어."

모니카는 당황한 얼굴로 연신 혀로 이를 훑었다. 나는 짐을 챙겼다. 모니카가 뭔가 다른 말을 찾듯이 눈을 빠르게 깜빡였다. 하지만 내가 선수 쳤다.

"그 옷 완전 깜찍하다."

나중에 코라를 만났을 때 모니카와 있었던 일은 말하지 않았다. 코라의 환호성과 눈물 훔치는 척하는 걸 감당할 자신이 없었기 때문이다. 모니카 한센이 내 인생의 빌런이라면 내 절친한테도 마찬가지였다. 비록 코라는 자기가 한 수 위라고 큰소리치지만 말이다. 아무튼, 코라가 번번이 역성을 들어 줘서 너무 의지했던 것 같다.

"얼른 와."

코라가 복도 저편에서 날 발견하고 말했다.

"밖에서 홈커밍 코트* 발표한대."

"내가 거기 가야 해?"

* 홈커밍은 학교 풋볼 팀을 응원하기 위해 전교생이 모이는 행사다. 학교를 대표할 킹과 퀸 후보들을 홈커밍 코트라고 하며 학생들의 투표로 뽑는다.

"좋은 글감은 인간사 경험에서 나오는 거야."

반박할 수 없어, 그쪽으로 가다가 누군가와 부딪쳤다.

"안녕."

고개를 드니 호르헤가 날 내려다보고 있었다.

"안녕."

"잠깐 얘기 좀 할 수 있어?"

"어…."

나는 머뭇거렸다.

"그럼 밖에서 봐, 피비."

코라가 날 향해 능글맞게 웃었다. 나는 호르헤가 눈치 못 챘길 바랐다.

훈련 가던 길인지 호르헤는 티셔츠와 반바지 차림이었다. 헝클어진 머리는 뒤쪽 몇 가닥이 심하게 뻗쳐 있어서 의도적으로 만진 것 같지는 않았다. 목덜미에 옷 태그가 튀어나온 걸 보니 막 갈아입고 체육관에서 뛰쳐나온 듯했다. 나는 그것을 넣어 주고 싶은 충동을 참았다.

"선수 집중 조명 기사 고맙다는 말 하고 싶었어. 실은, 우리 엄마가 고맙다고 전해 달래. 온 동네에 자랑하고 다녔나 봐. 막, 슈퍼에서 만난 사람한테도 보여 줬대. 이번 주에 스카우트 쪽에 서류 보낼 때 같이 보냈어. 정말 고마워."

"진짜 잘됐다."

나는 진심을 담아 말했다. 그런데 호르헤는 할 말이 더 남아 있는 눈치였다.

"그게 다야?"

결국 내가 물었다.

"아아, 아니."

"뭔데?"

호르헤는 목덜미를 쓸며 쭈뼛거렸다.

"내가 풋볼에만 관심 있는 건 아니거든. 지난번 과일 바
구니 기억하지?"

"아, 그 '미안해' 과일. 인상적이었지."

뭔가 부탁할 조짐이 보여서 나는 싱긋 웃었지만 무슨
부탁인지 감이 안 왔다.

"그게 실은, 내가 교배하는 작물을 소재로 대입 에세이
를 쓰고 있는데, 엄마한테 초안을 보여 주긴 했거든? 근데
뭔가 좀 부족한 것 같아서. 혹시 네가 읽어 보고 어떤지 말해
줄 수 있어? 고쳐 달라는 건 아니야. 그냥 네 감상만 말해 주
면 돼. 물론 바쁘면…."

호르헤가 말꼬리를 흐렸다.

"읽어 달라고?"

"그러니까, 혹시 시간이 된다면."

호르헤는 시선을 피하더니 잠시 틈을 두고 내 눈치를
봤다. 그 연약한 표정은 마음이 가지 않을 수 없었다.

"그래. 읽어 볼게."

"고마워."

호르헤가 활짝 웃었다.

"며칠 안에 보낼게."

호르헤가 떠나자 나는 속으로 웃었다. 나한테 부탁해서 뿌듯한 건 절대 아니었다.

코라는 이미 노천강당에 앉아서 학생회가 홈커밍 코트를 발표하려고 모여 앉은 테이블을 쳐다보고 있었다. 오늘 코라는 자기 엄마가 디자인한 티셔츠를 입고 있었다. 겨털이 무성한 대지의 여신이 공공장소에 쓰레기 버리는 인간들을 짓밟는 디자인으로, 코라가 퍽 좋아하는 옷이었다.

나는 주위를 둘러보며 내가 왜 웬만하면 노천강당에 발을 들이지 않는지 다시금 절감했다. 당장이라도 이유 없이 인파가 몰릴 듯한 아슬아슬한 군중심리의 기운이 감돌았다. 갑자기 누가 "공짜 피자다!" 하고 외치면 몇 명은 깔려 죽을지도 모른다.

"그냥 앉아서 사람들과 어울리는 척이라도 해 봐."

코라가 말했다.

"그래야 해?"

내 대꾸에 코라는 눈썹을 치켜올렸다. 나는 피식 웃으며 한 커플 옆에 앉았다. 내가 살면서 본 어떤 커플보다 격렬하게 키스하고 있었다.

"너무 빤히 보지 마, 피비."

하지만 그러는 코라도 떫은 낯으로 그들을 흘겨봤다.

올해 홈커밍 코트 발표는 이상하게도 하교 시간에 야외에서 한다는 사실이다. 누군가가 이제껏 체육관에서 풋볼 응원 공연 중에 발표했다고 말하기 전까지는 다들 이상함을 감지하지 못한 듯했다.

하나둘 쭈뼛거리며 콘크리트 계단에 앉았다. 이렇게 많은 사람이 모인 곳에서는 누구나 괜히 뻣뻣해지기 마련이다.

마이크가 끼익 소리를 내자 다들 움츠러들었다. 무대 위에 모여 있던 학생회 임원들이 일렬로 서고, 회장 티파니 스티븐스가 앞으로 나섰다. 티파니는 질문 화법의 대가였다. 자기 입에서 나오는 모든 말에 확신이 없다는 듯이 말끝이 위로 들렸다.

"오늘 우리는 여러분의 투표를 바탕으로 올해의 홈커밍 코트를 발표하기 위해 이 자리에 모였습니다? 먼저 와일리 교장 선생님께서 한 말씀 해 주시겠습니다?"

와일리 교장 선생님은 만화 캐릭터처럼 생겼다. 비둘기에게 먹이를 주는 귀여운 노인풍으로. 그리자면 꽤 쉽게 그릴 수 있을 거다. 항상 푸른 반소매 셔츠와 카키색 면바지 차림에 앞주머니에 볼펜이 꽂혀 있다. 아마 옷장에 이미 볼펜을 꽂아 둔 엷은 푸른색 셔츠가 줄지어 있을 것이다.

"모두 모여 주셔서 감사합니다!"

교장 선생님이 마이크에 대고 소리쳤다. 박수가 쏟아졌다.

"어디, 할배가 무슨 말씀을 하시는지 들어 볼까?"

코라가 말했다. 와일리 교장 선생님이 전교생의 할아버지 같다는 건 상식이다. 적당히 푸근하고 적당히 진부한 농담을 하곤 해서 지난 세기 사람 같은 인상을 준다. 그 덕에 많은 문제에서 책임을 면하기도 하고.

그는 관중을 향해 약간 어리벙벙하게 웃으며 말했다.

"오늘 본교의 코트를 발표하기에 앞서 우리 지역 주니어 올림픽 곡예 팀을 소개합니다!"

솔직히 우리 동네에 그런 팀이 있는지조차 몰랐는데, 무대 뒤에서 갑자기 체조 선수들이 튀어나오는 바람에 앞줄에 앉아 있던 몇몇은 놀라서 소리를 질렀다.

"핵깜놀."

언제 왔는지 데이비드가 제 손에 코라의 손가락을 하나하나 얽으며 말했다. 로맨틱 코미디에서는 귀여워 보일 행동이 현실에서는 못 견디게 오글거렸다.

체조 선수들은 현란한 동작과 터무니없는 에너지로 무대를 뛰어다녔다. 보기만 해도 아픈 다리 찢기, 말도 안 되게 빠른 12회 연속 핸드스프링을 포함해 4분간의 곡예를 마치고 선수들은 무대에서 쪼르르 내려왔다. 드문드문 박수가 새어 나왔지만 우리 대부분은 그들의 뜬금없는 출현에 너무 놀라서 그 작고 탄탄한 몸들이 공중에 날아다니는 광경을 제대로 즐기지 못했다.

그때 무대 양쪽에 달린 기계에서 보라색 연기가 뿜어져 나오는가 싶더니 곧바로 증발했다. 푸시식거리는 소리와 함께 와플 탄내가 자욱하게 번졌다.

"아마 노린 효과는 아니겠지."

몇 사람이 콜록대며 앞줄을 떠나는 걸 보고 코라가 말했다.

"저 여잔 여기 왜 왔지?"

무대 뒤편에서 낯익은 얼굴이 보이자 내가 물었다.

교장 선생님은 눈앞의 보라색 연기를 손으로 휘휘 젓고 콜록거리며 말했다.

"올해 홈커밍 후원자를 이 자리에 모시게 되어 대단히 기쁩니다. 리디아 브룩허스트 씨가 직접 본교의 홈커밍 코트를 발표해 주시겠습니다."

난데없이 나타난 그 금발 유령은 능숙하게 턴하며 무대 중앙으로 걸어가더니 교장과 악수한 뒤 관중을 향해 환하게 웃었다.

"와일리 교장 선생님, 감사합니다. 여러분의 홈커밍 코트를 발표하게 되어 영광입니다!"

브룩허스트는 봉투를 열고 남학생과 여학생을 번갈아
가며 호명했다.

"앤서니 윈체스터, 에밀리 응우옌, 제프 손더스, 레이첼
헨더슨, 호르헤 세르반테스, 타티아나 마우나, 헥터 로하스,
모니카 한센, 자말 리, 델라 슈워츠, 아딧야 파텔, 코라 안토
노프…."

코라는 얼떨떨한 얼굴로 몇몇 애들한테 떠밀려 꽃다발
을 받으러 무대로 향했다. 다른 애들은 졸업 앨범에 실릴 사
진을 위해 방긋방긋 웃는데 코라는 입꼬리만 겨우 끌어올릴
뿐 누가 봐도 일그러진 표정이었다.

"올해 홈커밍 코트에 선발되신 걸 축하합니다!"

학생회가 일제히 외쳤다. 브룩허스트가 무대 뒤 누군가
에게 신호를 보내자, 준비된 줄도 몰랐던 거대한 새장에서
흰 비둘기 수백 마리가 풀려났다. 흰 비둘기들은 아주 토실
토실했다. 녀석들은 일제히 공중으로 푸드덕 날아올랐고, 그
광경을 따라 코트 선발자들이 고개를 젖히는 순간ㅡ.

"대박, 애네 똥 싸질러!"

코라가 외쳤다. 마이크 가까이 있어서 그 말은 스피커를
통해 쩌렁쩌렁 울려 퍼졌다. '싸질러'가 콘크리트 계단에 부
딪혀 메아리쳤다.

어느새 무대 위 여자애 두 명이 머리에서 신선한 비둘
기 똥을 뚝뚝 흘렸고, 한 남자애는 "악! 내 눈에 쌌어!" 하고

악을 썼다.

군중은 혼비백산해서 뿔뿔이 흩어졌다. 브룩허스트가 진정시키려 했으나 소용없었다. 데이비드와 나는 가장자리로 이동했다. 코라가 꽃다발을 검처럼 들고 무대에서 쿵쿵거리며 내려왔다.

"폐하."

데이비드가 코라 앞에 무릎을 꿇으며 말했다. 그리고 잽싸게 일어나 얼굴로 날아오는 장미 다발을 용케 막았다.

"실화임?"

코라가 물었다.

"실화임?"

나는 꽃다발을 집어 들고 향기를 깊이 들이마시며 되물었다.

"이 후보 지명 말이야."

비록 코라가 치어리더나 스포츠 선수처럼 정통적인 인기인은 아니어도, 여러 동아리에 발을 걸치고 있고 부모님의 주문 제작 티셔츠 사업이 꽤 인지도가 있어서, 확실히 두루두루 아는 애가 많았다.

"내 말이. 이제 '밖에 나가 사람들과 좀 어울리면' 어떻게 되는지 알겠지?"

내 말에 데이비드가 웃음을 터뜨리며 날 향해 눈을 부라리는 코라를 끌어안았다.

"적어도 새똥은 안 맞았잖아."

데이비드가 코라의 뺨에 입술을 찍으며 말했다.

그때 체조 선수 한 명이 울면서 지나갔다. 머리카락이
새똥으로 얼룩져 있었다. 그리고 반바지 아래쪽에서 못 보던
로고가 눈에 띄었다.

'LB'가 적힌 비둘기였다.

리디아 브룩허스트.

그 아래 작은 글씨로 '도덕 수호'라고 적혀 있었다.

문득 호르헤가 후보인데도 무대에 오르지 않았다는 걸
깨달았다. 아마 일찌감치 훈련장이나 체력 단련실이나 필드
나… 어디든 풋볼 선수들이 경기 없을 때 갈 만한 곳에 갔을
것이다.

부모님이 싸웠다.

남들에게는 흔한 일일지 몰라도, 나는 그전까지 우리 엄
마 아빠 사이에 1분 이상 큰 소리가 오가는 걸 들어 본 적이
없다. 두 사람은 웬만하면 뜻이 맞았기에 브룩허스트와 관련
해 그렇게 싸우는 게 몹시 이상했다. 마치 내가 좋아하는 곡
을 누가 일부러 가사를 틀리게 부르는 것 같달까. 차라리 아
무것도 못 들었으면 좋았으련만, 하필 그때 나는 가구의 일

부가 된 상태였다. 엄마가 집에 왔을 때 나는 맨투맨 안에 두 무릎을 끼운 채 아빠 전용 회전 안락의자에 깊숙이 파묻혀 있었다.

엄마는 전화기를 귀에 댄 채 지친 얼굴로 비척비척 들어왔다. 아끼는 녹색 스웨터가 한쪽으로 늘어지고 가방끈이 어깨를 파고들기 직전이길래 가방 안에 뭐가 들었는지 궁금했다. 엄마의 모든 말은 문장의 형태를 갖추기도 전에 뚝뚝 끊겼다.

"네, 리디아, 제가 꼭—."

엄마는 말을 멈추고 펜을 집으려고 손안의 열쇠를 테이블 위 그릇으로 던졌다. 하지만 열쇠 꾸러미는 테이블에 빗맞고 타일 바닥에 쩔그럭 떨어졌다. 엄마는 우편물 뒷면에 정신없이 펜을 놀렸다.

"아니, 맞아요. 그건 충분히 이해하는데요—."

엄마는 자기가 아직 가방을 메고 있는 줄도 모르고 스웨터에서 팔을 빼려고 낑낑댔다.

여느 때 같았다면 '스웨터한테 지지 마' 하고 농담이라도 던졌을 텐데, 엄마의 다음 말에 거친 숨소리가 섞여 나왔다. 마치 몸에서 유독 가스를 몰아내려 애쓰는 것 같았다.

"그래요, 단기적으로는 비용이 절감되겠죠. 제가 이사회에 제시할 수도 있지만—."

다시 말이 끊긴 엄마는 고개를 뒤로 젖힌 채 이를 악물고 듣기만 했다.

애초에 엄마 말이 옳았던 모양이다.

리디아 브룩허스트에게 싫다고 하면 안 된다.

딴지를 걸면 안 된다.

그래서 엄마가 자진해서 그와 계약을 맺은 게 그렇게 이상했던 것이다.

그때 아빠가 침실에서 나와 부엌으로 들어갔다. 내가 아직 거실 안락의자의 회색 천에 카멜레온처럼 녹아들어 있는 걸 모른 채.

"이건 내가 원한 방향이 아니야."

마침내 엄마가 통화를 끝내자 아빠가 말했다.

"당신 좀 봐! 진이 다 빠졌잖아. 우린 그 여자 비위를 맞춰 줘야 할 만큼 궁하지 않아."

"난 괜찮아!"

엄마가 전혀 괜찮지 않은 목소리로 말했다.

"당신은 그 여자를 몰라."

엄마가 눈가에 내려온 앞머리를 걷으며 덧붙였다.

"돈 때문만이 아니야."

말끝이 거칠었다. 마치 더 말하려다 억누른 듯이.

"자꾸 그렇게 말하는데, 결국 돈 아니야? 물론 큰돈이지만, 없어도 문제없잖아."

아빠는 딱딱한 분위기를 조금이라도 풀고자 웃음 지었

지만, 엄마는 말이 안 통한다는 듯이 아빠를 바라봤고, 그 표정은 무척 서글펐다. 나는 엄마 생각을 읽고 싶어 몹시 답답했다.

"그래, 그럼, 이제 난 손 떼겠어. 그렇게 제멋대로에 우릴 아랫사람처럼 다루는 사람이랑은 일 못 해. 그 여자든 그 망할 금욕 반지든 다 망하라고 해."

"난 이 계약 못 놔."

엄마는 단호하게 말했다. 제 말투에 자기도 움찔했지만.

"놓으라는 거 아니야. 다만 이제 당신 혼자 해야 할 거야."

아빠는 차고로 뛰쳐나갔고, 잠시 후 자전거 체인 푸는 소리가 들렸다. 아마 동네에서 커피 한잔할 모양이다.

엄마는 잠시 그 자리에 서서 아직 팔에 걸린 가방을 멍하니 보다가 끌어내고서 샤워하러 침실로 들어갔다. 바닥에 떨어진 열쇠를 줍지도 않았다.

둘 다 나를 전혀 눈치채지 못했다. 늘 부모님의 관심과 행동의 중심에 있던 나로서는 얼떨떨했다. 나는 그 후로도 몇 분 동안 일어나지 않고 두 사람의 언쟁이 남긴 후폭풍을 앓았다.

가정의 불화에서 벗어나기 위해 블로그는 꽤 효과적이

었다. 집 안의 침묵이 곪는 동안 나는 블로그에 올라온 질문들에 정신을 쏟아부었다. 옛 게시물로 연결해 주기만 하면 되는 쉬운 질문이 있다면, 늘 망령처럼 따라다니는 질문도 있었다.

안전한 성관계가 정말 안전한가요?
ㄴ네. 콘돔을 올바르게 사용한다면요. 하지만 그렇더라
　도…

관계할 준비가 되었다는 걸 언제 알 수 있나요?
ㄴ그건 자신만이 답할 수 있어요.

이럴 때마다 내가 꼭 안전 요원 캐릭터처럼 느껴졌다. '무심코 버린 불씨, 큰불 되어 돌아온다.' 식으로.

풍선을 콘돔으로 사용해도 되나요?
ㄴ안 됩니다.

콘돔을 사용해도 임신할 가능성이 있나요?
ㄴ네. 하지만 올바르게 사용할 경우 가능성은 희박합니
　다. 임신과 성병 확산을 막기 위한 안전한 성관계 지
　침을 보려면 다음 링크를 클릭하세요.

방금 것은 코라를 위한 답변이기도 했다. 직접 당부하기도 했지만, 코라가 믿고 보는 블로그에 쓰는 게 더 잘 통할 것 같았다.

나는 또 블로그에 '예/아니요' 카테고리를 추가했다. 일부 반복적인 질문에 간단히 답하고 더 자세한 정보로 이어지는 링크를 달기 위해서였다.

질에 이빨 같은 게 달려 있나요?
  ㄴ아니요.

음경에도 뼈가 있나요?
  ㄴ아니요.

여자들은 정말 밑에 구멍이 3개 있어요?
  ㄴ예.

정자는 눈에 보이나요?
  ㄴ아니요.

여자도 오르가슴을 한 번 이상 느낄 수 있나요?
  ㄴ예.

지스팟이 진짜 있나요?

　ㄴ예.

　　이 활동으로 묘한 보람을 느꼈지만, 그 주 악몽의 보건 수업을 견디기엔 역부족이었다. 목요일에 스노든 코치가 '동의'의 중요성을 설명하고자 음경과 음부 인형을 꺼냈을 때 내 인내력은 사상 최저치에 도달했다.

　　그 인형들의 출처가 성인용품점이 아닐 리 없었다. 신부 들러리들이 결혼식 전날 파티에 쓸 음경 모양 젤리를 사는 곳에서 스노든 코치가 이 '교육 자재'를 구매하는 모습은 상상만으로 아찔했다.

　　이 수업이 더 화가 나는 건 내가 '동의'를 조사하느라 적지 않은 시간을 보냈기 때문이다. 나는 블로그에 글을 쓰기 시작하자마자 성 관련 용어집이 필요했고, 세상에 정의하기 쉬운 용어들은 따로 있다는 걸 깨달았다.

　　예를 들어 '강간'은 어떤 사전에도 정의가 미흡했다. 그래서 이 주제로 글을 쓰기 전에 실제로 미국 법무부 데이터를 확인해야 했다. 1927년 미연방수사국(FBI)의 범죄 통계 보고서에 적혀 있는 강간의 정의는 "여성의 의사에 반한 강제적 육체관계"로, 이는 무려 85년 동안 바뀌지 않았다.

　　끔찍했다.

　　'육체관계(Carnal knowledge)'는 성경에서 유래한 모호

한 표현이며, 그 정의는 남성 피해자를 배제했다. 또 누군가를 다른 성적 수단으로 폭행했을 때, 예를 들어 신체 부위에 무언가를 강제로 집어넣는 행위를 뭐라고 할 것인지에 대한 언급도 없었다. 질에 손가락을 쑤셔 넣거나 항문에 면도날을 집어넣어도 강간으로 분류하지 않는 것이다. 2012년에야 개정된 강간의 정의는 다음과 같다. "아무리 가벼운 행위라도 피해자의 동의 없이 일어난 신체 일부나 도구를 사용한 질 및 항문 삽입, 혹은 성기의 구강 삽입."

10대들에게 동의에 대해 가르쳐야 할 수업에서 이야기한다면 좋을 내용이다. 하지만 스노든 코치는 화이트보드에 낡은 정의를 써 놓고 앉아 핸드폰을 들여다보고 있었다. 그동안 앞줄에 앉은 애들은 음경과 음부 인형을 가지고 인형극을 했다.

"저녁부터 사 줘."

음부 인형을 든 풋볼 팀 남자애가 말했다. 앞줄이 웃음을 터뜨렸다.

수업 꼴 잘 돌아간다. 나는 속으로 뇌까렸다.

"맹세코 추워서 쪼그라든 거야."

음경 인형을 든 졸업반 여자애가 말했다. 이번엔 반 전체가 웃었다.

부질없는 일에 발끈할 필요는 없지만, 열이 받았다. 심각한 주제를 우습게 다루는 스노든 코치에게, 웃는 사람 모두에게 짜증이 났다. 그때 교실 앞쪽 의자에 비스듬히 기대 앉은 호르헤가 눈에 들어왔다. 자기 동료들을 한심하게 보고 있는 것 같은데, 확실하지 않았다. 적어도 웃고 있지는 않았다. 호르헤는 나와 눈을 마주치자 어깨를 으쓱했다. 읽어 달라던 에세이는 아직 소식이 없기에, 마음을 바꿨나 했다.

"자, 자, 좋아."

스노든 코치가 소란을 가라앉혔다.

"놀 만큼 놀았으니, 이제 영상 하나 보자. 보고 싶지 않은 사람은 그냥 조용히 앉아 있어라."

코치는 짐짓 엄한 표정을 지어 보이고서 고대 유물 같은 비디오테이프를 꺼내 들었다. 시청각 당번들이 거대한 텔레비전이 실린 카트를 밀고 들어왔다. 우리 학교는 아직 최신 기자재에 투자할 생각이 없다. 그렇다고 책이나 교재에 투자하는 것도 아니지만.

주머니 속 핸드폰이 진동했다. 어차피 들을 가치도 없는 수업이었기에 나는 수업 시간에 핸드폰을 안 보는 나만의 철칙을 어기고 문자를 확인했다. 코라였다.

> 데이비드한테 요즘 네 삼각관계에
> 대해 말했더니, 이걸 그려 줬어.

코라는 몇 초 뒤 데이비드의 드로잉 공책 한 면을 찍은 사진을 보냈다. 나는 웃음을 꾹 참았다. 닐이 분명한 캐릭터가 한 손으로 책상을 짚고 날 향해 안경을 내리고 있었다. 뒷주머니에 신문이 꽂혀 있었다. 이런 말풍선과 함께였다. "네 정확한 맞춤법 사용에 반했어, 피비." 내 아래쪽에는 과일 바구니를 든 호르헤가 나에게 사과를 내밀며 이렇게 말하고 있었다. "피비, 널 유혹해도 될까?"

나는 킥킥 웃었다. 호르헤의 과일에서 힌트를 얻어 에덴동산에서 이브가 아담을 유혹하는 장면을 성별을 바꿔 연출한 건 꽤 센스 있었다. 그리고 호르헤는 꽤 매력 있게 그려졌다.

> 삼각관계 따위 없어. 다만
> 데이비드한테 우리 신문에
> 만화 연재해 보라고 전해 줘.

나는 이렇게 덧붙였다.

> 그리고 너희 둘 다 머저리야.

시청각 당번들이 텔레비전에 비디오테이프를 세팅하는 동안 나는 계속 히죽거렸다. 데이비드의 만화 덕분에 기분이 한결 나아졌다. 하지만 그것은 영상이 시작되기 전까지였다.

부풀린 금발 머리에 핫팬츠를 입은 여자와 가죽 재킷

을 입은 남자가 화면에 등장했다. 1980년대에 문외한인 나도 가죽 재킷이 악당이고 금발 머리가 피해자가 될 운명임을 알아봤다. 몇 분간의 무난한 대화 뒤에 남자가 몸을 부적절하게 만지려 하자 여자는 "싫어"라고 분명히 말했다. 잠시 후, 대학 과잠을 입은 남자가 끼어들며 준엄하게 말했다. "싫다잖아, 토니. '싫어'의 뜻은 **싫어야.**" 토니가 가 버리자 키스 (선량한 사람)가 에이미(피해자)에게 다가와 괜찮냐고 물었다.

두 사람은 웃으며 함께 떠났고, 나는 헛구역질이 났다.

내가 동의에 관해 본 영상 중에 최악이었다. 에이미는 크고 아름다운 키스가 나타났기에 토니에게서 벗어날 수 있었다. 토니는 이 상황에서 아무것도 배우지 못했고, 아마 앞으로도 허락 없이 남의 몸을 건드리고 다닐 것이다. 그리고 키스가 영웅이었다. 그가 모든 피해를 막았기 때문이다. 키스가 에이미가 안전한 이유였다.

바로 그때 호르헤가 날 쳐다보고 있는 걸 알아차렸다. 호르헤는 무심한 표정으로 의자에 등을 기대고 있다가 내가 그쪽을 보자 의자에서 일어나 내 자리로 다가왔다. 스노든 코치는 잡지를 읽고 나머지는 각자 핸드폰을 보고 있었기에 아무도 이상하게 여기지 않았다.

"누구랑 얘기해?"

호르헤가 내 옆에 앉으며 물었다.

"뭐? 아닌데."

나는 단숨에 말했다.

"화면 보면서 입술 움직이던데."

"아."

"반박 안 해?"

"들켰네. 그냥, 영상이 좀 거북해서."

"토니가 서슴없이 에이미를 더듬으려고 한 거? 아니면 키스가 영웅이 된 거?"

"둘 다. 과잠 입은 영웅 쪽이 살짝 덜 거슬리지만."

"살짝."

호르헤가 동의했다.

"저 이야기의 교훈이 뭐라고 생각해?"

내가 묻자 호르헤는 잠시 생각하더니 말했다.

"여자들아, 타이밍 딱 좋게 너흴 구하러 올 금발 남자 하나씩 알아 놔. 언제 토니가 나타나 엉덩이를 움켜쥐려고 할지 모르니까."

나는 피식 웃었다.

"그건 그렇고, 네 에세이는?"

"다듬고 있어. 며칠 더 걸릴 것 같아."

"이미 다른 사람 보여 준 줄 알았어."

"너한테도 아직 안 보여 줬는데, 설마. 그저 광을 좀 내는 중이야."

나는 웃다가 실수로 호르헤 발 앞으로 내 핸드폰을 떨어뜨렸다.

주책아.

"내가 주울게."

하지만 호르헤가 핸드폰을 건드리는 순간 화면에 코라의 문자가 번쩍 나타났고, 데이비드의 그림이 어둑어둑한 교실을 등진 호르헤의 얼굴을 밝혔다. 기겁한 내가 핸드폰으로 손을 뻗었지만 호르헤의 손이 빨랐다. 호르헤의 시선이 닐 그림을 쓱 훑고 그 아래 자기 그림에 꽂혔다.

"아, 그건… 코라, 내 친구인데, 걔가 그냥… 그냥…."

망할 망할 망할 곱하기 무한대….

호르헤가 날 보고 웃음을 터뜨렸다.

"그렇게 더듬을 줄도 아는구나."

호르헤가 핸드폰을 돌려주며 말했다.

"미안."

나는 얼굴이 새빨개지는 걸 느꼈다.

"코라가 괜히 장난친 거야. 걔가 망상이 좀 심해. 미안. 진짜 미안."

"믿을게. 그리고 괜찮아. 기분 안 나쁘니까."

"다행이다."

나는 달리 뭐라고 말해야 할지 몰랐다. 몇 초 뒤 종이 울렸고, 호르헤는 가방을 어깨에 걸치고 일어났다.

"내일 봐. 과일로 유혹하진 않을 테니 안심해."

호르헤는 내가 뭐라고 대꾸하기도 전에 가 버렸다.

"피비."

스노든 코치가 교실 앞에서 나를 불렀다.

"네?"

나는 약간 당황했다. 스노든 코치가 내 이름을 아는 줄도 몰랐다. 아마 방금 누군가에게 물어봤을 거다.

"오늘 신문부 가니?"

"아니요. 근데 갈 수 있어요. 뭐 필요하세요?"

"아, 내 친구가 다음 호에 뭐 좀 실어 달라고 부탁한 게 있어서. 이거 네가 닐 노튼에게 전해 주겠니?"

"네."

나는 숨을 참고 대답했다.

스노든 코치가 운동 가방에서 폴더를 꺼내자마자 가방 지퍼가 벌어지며 영수증, 껌 종이, 인쇄물 따위가 우수수 쏟아졌다. 나는 코치를 도와 그것들을 주우면서 어떻게 사람이 자기 쓰레기도 제대로 안 치우고 그 나이까지 이를 수 있는지 생각했다.

"고맙다."

코치가 중얼거리며 폴더를 건네고는 허둥지둥 교실을 나갔다. 나도 떠나려고 막 일어나는데, 바닥의 뭔가가 눈에 띄었다. 빛나는 녹색 유에스비였다. 스노든 코치의 모든 피피티 자료가 담긴 유에스비. 매번 수업 시작 전에 컴퓨터에 끼우느라 법석을 떨어서 바로 알아봤다. 코치는 늘 반대로 끼우면서 안 맞는다고 툴툴댔고, 그 불평은 좀 더 단순했던 옛 시절을 향한 그리움과 기술이 우리를 다 망쳐 놓았다는 농담으로 이어지곤 했다.

바로 코치를 부르려는데, 무언가가 나를 가로막았다. 뭔가 짜릿한 일탈의 유혹이.

복도로 나와서 코치가 준 폴더를 슬쩍 열어 보니 리디아 브룩허스트의 기독교 잡화점 전단이었다. 몇 가지 금욕 반지 디자인이 실린 그 전단은 지역신문에 실린 광고들과 같았다. 홍보 문구에 한 줄이 추가된 것만 빼면.

금욕은 예수님을 선택하는 길입니다.
하나님의 축복이 임하기를.
순결을 지키세요.
브룩허스트를 시장으로!

안타깝게도 그 전단은 신문부에 이르지 못했다.

작은 도취감은 그리 오래 가지 않았다. 그날 저녁 엄마의 귀가가 늦어졌다. 또.

식탁에 앉은 아빠의 맞은편, 손도 대지 않은 초밥 한 세트가 서글퍼 보였다. 아빠는 고추냉이까지 풀어 놓은 엄마의 간장 종지를 물끄러미 바라보고 있었다. 마치 데이트 약속에 바람맞은 것처럼.

엄마는 브룩허스트 회의에 잡혀 있는 게 뻔했다. 나는 아빠에게 그만 가서 자라거나 엄마 초밥을 냉장고에 넣어 두라고 말하지 않았다. 그저 내 스파이시 참치 롤을 다 먹고 조용히 일어났다.

"숙제 있어서."

공연히 젓가락을 까딱거리는 아빠를 향해 내가 말했다.

"얼른 해라."

아빠는 고개도 안 들고 말했다.

엄마가 지금 어디 있고 왜 그곳에 있는지 입에 올리지 않았지만, 우리 둘 다 평범한 일상이 못내 그리웠다. 우리 집은 규칙을 좋아한다. 집 안에서는 신발 금지. 고기 해동은 싱크대 오른쪽. 과일은 냉장고에 넣기 전에 씻기. 매일 한 끼는 다 같이 먹기. 예외는 없음.

이미 늦은 시간이라 아빠와 나는 먼저 밥을 먹었고, 그게 오늘로 사흘째였다.

이미 브룩허스트 계약 건은 엄마 혼자 진행하는 것으로 일단락했기에 엄마가 집에 왔을 때 굳이 그 얘기로 다시 부딪치는 게 이해가 안 갔다. 차고 문이 열릴 때만 해도 두 사람이 대화다운 대화를 하지 않을까 하는 기대로 가슴이 부풀었다. 하지만 그때부터 말다툼이 시작됐다.

내가 들을 수 있었던 부분은 이랬다.

"난 내 일을 하는 것뿐이야, 맷. 내가 마냥 그 여자를 싸고도는 것처럼 몰아가지 마. 한두 푼이 아니잖아. 적어도 피비의 대학 1년 치 등록금은 될 거야. 그리고 계약을 갱신하면—"

"돈 때문만이 아니라며."

아빠가 엄마 말을 자르고 끼어들었다. 우리 아빠는 말을 자르지 않는다.

아빠가 부엌을 가로지르는 소리가 들렸다. 냉장고 문이 열렸다가 쾅 닫혔다.

"이건 비즈니스야, 맷. 그냥—"

"내가 모르는 게 뭔데?!"

우리 아빠는 고함을 치지도 않는다.

아빠가 의자를 어찌나 세게 밀어 넣었는지 바닥 긁히는 소리와 함께 식탁에 있던 무언가가 떨어져 깨지는 소리가 났다.

아마도 간장 병.

곧 들리는 소리로 짐작하면 엄마가 구두도 안 벗고 빗자루와 쓰레받기를 가지러 다용도실로 향했다.

"그냥 둬. 내가 치울게."

아빠가 다급히 말했다.

그 뒤에 이어진 침묵을 나는 상상으로 채웠다. 아빠가 바닥에 쏟아진 간장을 닦고 깨진 유리 조각들을 쓸어 모아 쓰레기통에 버리는 동안 엄마가 묵묵히 바라보다가 침실로 걸어 들어가는 모습.

언젠가 야광 조깅복을 맞춰 입겠다고 해서 내가 놀려댄 한 쌍이 맞는지.

8

내 팔로워 수는 꾸물꾸물 늘었고 가끔 브룩허스트가 "정체를 밝혀라 @CircleintheSquare"라고 할 때마다 확 뛰었다.

코라가 문자를 보냈다.

야, 고마워.

뭐가?

알잖아. 데이비드도 고맙대.

데이비드가 직접 말할 수 있잖아. 나는 속으로 꿍얼거렸다.

나도 그게 왜 거슬리는지 모르겠다. 가끔 여자들이 자기가 준비한 선물에 남친 이름을 함께 적는 심리는 뭘까. 정작 남친은 그게 뭔지도 모르는데.

그런데 그때 데이비드가 진짜 문자를 보냈다.

> 안녕, 나 데이비드. 신문부에 내 습작
> 전해 줘서 정말 고마워.

나는 엄지 척 이모티콘을 보내고서 왠지 성의 없어 보일까 봐 스마일 이모티콘과 함께 한마디 더 보냈다.

> 우리 신문에 네 만화가 딱이야.

다행히 닐도 동의했다.

이제 데이비드는 스케치를 보여 주며 내 의견을 묻기 시작했다.

롤러블레이드를 신는 코라를 완벽하게 포착한 그림은 놀라웠다. 비록 내가 아직 데이비드에게 마음을 열지 않았더라도, 정말 멋졌다.

스케치의 초점은 코라를 모델처럼 보이게 하는 게 아니었다. 코라가 옷을 끌어 내리거나 신발 끈을 푸는 방식이었다. 코라가 무언가에 집중할 때의 모습. 데이비드가 코라를 주의 깊게 본다는 증거였다.

그 집중한 표정은 코라가 내 블로그를 읽으며 피임약과 임신 관련 내용을 찾아보던 표정을 떠올리게 했다. 그래서 나는 다음 게시물을 쓸 때 그게 꼭 코라에게 보내는 답변이 아니어도 코라가 읽으리란 걸 알고 좀 더 마음이 놓였다.

가끔 특정 질문이 파도처럼 밀려올 때가 있다. 지난주에는 피임 관련 질문으로 넘쳐 났다. 가장 흔한 질문은 경구피임약에 관해서였다. 그것이,

1. 암을 유발하는지.

2. 살을 찌게 하는지.

3. 불임을 초래하는지.

나는 여러 의학 저널과 신뢰할 만한 웹사이트를 참고해 답변했다.

1. 경구피임약은 실제로 난소암과 자궁암의 발병률을 감소시키는 것으로 나타났습니다.

2. 이중 맹검* 연구에 따르면 다른 요인(생활 방식, 식습관, 운동 등)이 간섭하지 않는 이상 체중은 영향받지

★   약의 효과를 판정할 때 의사와 피검자 모두 모르게 진행하는 시험법.

않습니다.

3. 불임과 경구피임약 장기 복용 사이에 직접적인 연관
   성은 없습니다.

이 정보에 대한 트위터 반응은 엇갈렸다. 한쪽은 안도로, 다른 한쪽은 10대를 문란한 길로 인도하여 끝내 지옥에 빠뜨린다는 비난으로.

이번 주에는 "임신 가능성이 있을까요? 만약에…"로 시작하는 질문이 유난히 많았다.

생리를 한 번도 안 해 봤다면요?

질외 사정을 한다면요?

피임약을 먹고 콘돔까지 쓴다면요?

네, 네 그리고 안타깝게도 네. 하지만 콘돔과 피임약을 올바르게 사용하면 임신 가능성은 매우 낮습니다.

나는 내 답변을 뒷받침하기 위해 올바른 콘돔 사용법을 포함해 여러 링크를 덧붙였다. 막 로그아웃하려는데, 피드에 다른 질문이 떴다.

'사후' 피임약은 낙태약인가요?

나는 망설였다. 답은 이미 마련돼 있고 학술적 근거도 있지만, 뭔가가 발목을 잡았다. 누군가가 내 답변을 구실로 이 블로그를 정치적이라고 비난할 수 있었다.

하지만 사실 자체는 정치적 발언이 아니다. 그래서 답변을 썼다.

> 사후 피임약은 보통 응급 피임으로 묘사됩니다. 응급 피임약은 성관계 후 임신이 시작되기 전에 효과가 있으며, 이미 임신을 한 뒤에는 효과가 없습니다.
> 국립 보건원과 미국 산부인과 대학에 따르면, 임신은 포궁 내막에 수정란이 착상될 때 발생합니다. 착상은 정자가 난자를 수정시키고 5~7일 뒤에 시작됩니다. 따라서 저는 아니라고 답하겠습니다. 사후 피임약은 응급 피임약이지, 낙태약이 아닙니다.

나는 '낙태'의 정의에 링크를 몇 개 추가하고서 답변을 올린 뒤 로그아웃했다. 그사이에 호르헤한테서 이메일이 와 있었다.

> 안녕, 피비.
> 이렇게 또 도와줘서 고마워. 네 일상도 있고 신문부 활동으로 바쁠 텐데. (편집실 게시판 보니까 교직

원 탐구도 맡았더라.)

아무튼, 첨부 확인해 줘!

호르헤가

나는 얼굴이 살짝 달아오르는 걸 느끼며 첨부 문서를
열었다.

에세이의 주제는 식물 섹스였다.

그래, 그건 아니지만, 비슷했다.

알고 보니 호르헤는 교배 작물 마니아였다. 에세이 내용
은 호르헤가 플럼코트(자두와 살구의 교배종)와 테이베리
(블랙베리와 라즈베리의 교배종) 생산에 도전하여 실패를
거듭하다가 면봉으로 일일이 꽃가루를 묻히는 방식으로 마
침내 성공해 일요일 농산물 직판장에서 판매까지 한 과정이
었다.

나는 호르헤에게 에세이가 거의 완벽하며 자세한 이야
기는 보건 수업 때 하자고 답장했다.

"식물에 관한 에세이였다고?"

다음 날 하굣길에 코라가 물었다. 코라는 롤러블레이드
바퀴를 손으로 굴리며 네온 불빛이 제대로 들어오는지 확인

했다. 원래 우리는 롤러블레이드를 타고 집에 갈 계획이었다. 코라가 문자 한 통을 받기 전까지.

"어. 평범한 식물은 아니지만. 완전 흥미롭고一."

그때 코라가 핸드폰을 보고 입술을 일그러뜨렸다.

"으, 학생회야."

"또 사진 찍으러 오래?"

나는 반농담으로 물었다. 막 롤러블레이드를 신고 힘겹게 일어선 참이었다.

"어. 시간 있으면 지금 체육관으로 오래. 단체 샷 좀 더 찍자고."

코라는 신음했고 나는 웃었다.

"가서 해치워 버려. 난 집에 혼자 가면 되고, 넌 이따 데이비드 불러서 같이 가면 되잖아?"

코라가 고개를 끄덕였다.

"진짜 미안."

코라가 체육관 쪽으로 달려가며 말했다.

코라가 행정실 너머로 사라지자 나는 호르헤의 에세이를 다시 읽어 보려고 핸드폰을 꺼냈다. 바로 그때 레예스 선생님이 성큼성큼 복도로 들어섰다.

"레예스 선생님!"

나는 롤러블레이드를 탄 채로 달려갔다. 선생님이 몸을 틀어 날 마주했다.

"저, 피비 타운센드라고 해요. 몇 번 메일 드렸는데요, 혹시 네모 안의 동그라ㅡ."

"아, 알아. 미안하게 됐어. 그다지 좋은 생각 같지 않더라고. 솔직히, 내 인터뷰 기사는 싣지도 못하고 잘릴 거야."

닐이 부탁한 건 튀고 뻔하지 않은 기사였다.

"안 잘릴 거예요."

나는 우리 기사를 검토하는 척도 안 하는 에드먼드선 선생님을 떠올리며 말했다.

"너도 아는지 모르겠지만, 내가 성교육 자료 목록에 그 블로그를 포함했던 사람이야. 교육위원회에서 다른 자료들과 함께 잘렸지만."

"알아요. 그래서 선생님이랑 이야기하고 싶은 거예요."

레예스 선생님은 보건실 문틀에 비스듬히 기댔다.

"리디아 브룩허스트에 관한 언급 없이 가면 어때요?"

내 말에 레예스 선생님이 웃었다.

"나도 웬만하면 그 인간은 언급하기 싫은걸."

"잘됐네요. 그럼…?"

나는 여전히 롤러블레이드를 탄 채 서 있었고, 선생님은 마침내 팔짱을 끼고 말했다.

"좋아. 일단 들어와. 너 그거 잘 타니?"

나는 문지방을 넘다가 발을 헛디디는 것으로 답했다.

보건실은 작았고, 사진이나 개인 물건은 없었다. 오래

머물 생각이 없는 사람의 공간이었다. 딱 하나, 막대 사탕들이 담긴 큰 병이 책상에 놓여 있었다.

"그 블로그의 어떤 점이 마음에 드셨어요?"

"훌륭한 자원이라고 생각하거든. 내가 10대였을 때 이용했다면 좋았을 자원. 접근하기 쉽고 정보의 질도 높고."

"그런데 왜 요즘 논란이 된다고 생각하세요?"

"객관적인 사실에 극도로 민감하게 구는 사람들이 있지."

레예스 선생님이 눈알을 굴렸다.

"그리고 청소년에게 정보를 제공해야 한다고 어른들을 설득하기 쉽지 않아. 안 하는 게 낫다고들 여기니까. 하지만 연구에 따르면 적절한 성교육은 원치 않는 임신과 성병을 감소시키지."

레예스 선생님은 블로그에서 마음에 들었던 항목들을 이야기했다. 기존 성교육에서 빠진 항목들. 이를테면 피임에 대한 좀 더 심도 있는 논의. 그리고 왜 동의를 중심으로 가르쳐야 하는지. 그러면서도 레예스 선생님은 브룩허스트에 관한 얘기는 교묘하게 피했다.

"학교에서 이 정보를 불편하게 여기는 사람들에게 뭐라고 말하고 싶으세요?"

"이 정보가 불편한 건 올바르지 않아서가 아니라 아직 말하기 익숙하지 않아서라고. 우리 할머니가 가끔은 실렌시

오 인코모도(Silencio incómodo), 다시 말해 '불편한 침묵'을 만들어야 한다고 했지. 그리고 그저 지켜보라고. 그러면 사람들은 대부분 어찌할 바를 몰라. 때때로 불편한 침묵이 우리에게 생각할 기회를 주지."

"비공식적으로 여쭙는데요."

내 말에 레예스 선생님이 고개를 들었다.

"학생들을 위한 자료 목록에 그 블로그를 넣었다가 어떤 불이익을 당하셨나요?"

레예스 선생님은 잠시 고민하다가 입을 뗐다.

"비공식적으로, 학교에 돈 대는 사람들의 심기를 불편하게 하지 말라는 경고를 들었지."

"혹시 그 내용을 기사에 실어도 될까요? 이름은 거론하지 않고ㅡ."

"꼭 실어라."

레예스 선생님이 결연하게 말했다.

"불이익을 당해도 괜찮아. 고등학교 보건 교사라는 매력적인 직책이 살짝 그립긴 하겠지만."

그는 싱긋 웃었다. 나는 고맙다는 인사를 하고 보건실을 나서자마자 바닥의 균열에 걸려 뒤로 자빠졌다. 다행히 백팩이 쿠션 역할을 해 줬다.

"코라, 다른 취미 생활도 많은데 꼭 날 바퀴 위에 올려놔야 했니?"

나는 망연히 중얼거렸다.

"혼잣말하는 거야?"

호르헤가 날 거꾸로 내려다보며 물었다.

"손 필요해?"

"아, 고마워. 어디서 오는 거야?"

난 호르헤가 내민 손을 잡고 일어섰다.

"아, 사실, 너희 집에 들르려고 했는데, 마침 네가 보건실로 들어가는 걸 보고 기다리기로 했지."

"우리 집엔 왜?"

호르헤가 들고 있는 로드리고스 타코 봉지를 보자마자 내 배가 요동쳤다. 치즈, 과카몰레, 살사소스가 들어간 틀림없는 하드 롤 타코의 냄새가 황홀했다.

"이거. 에세이 읽어 줘서 고맙다고."

"대박. 냄새 쩐다."

나는 그 봉지에 온 정신을 뺏겼다.

"맞지. 난 이미 먹었어. 우리 엄마 아빠가 로드리고 씨랑 꽤 친하거든. 그래서 나도 거기서 점심 자주 사 먹어."

"나도야."

"알아."

호르헤가 씩 웃다가 아차 싶었는지 말을 보탰다.

"저번에 경기 때 보니까 네 가방에 이 봉지가 끼어 있더라고. 집에 태워다 줄 테니 차에서 먹을래?"

"아, 괜찮아. 이거 타고 가면 돼."

"확실해?"

호르헤와 나는 내 롤러블레이드를 내려다봤다.

"음, 네 차 어딨는데?"

잠시 후, 호르헤는 안전띠를 매면서 나에게 타코 봉지를
건넸고, 나는 그것을 평범한 인간처럼 먹으려고 최선을 다했
다. 하드 롤 타코를 베어 물며 가까스로 치즈와 과카몰레를
줄줄 흘리지 않았다. 차가 학교 주차장에서 벗어나면서 나는
호르헤의 에세이를 떠올렸다.

"그래서, 플럼코트라고?"

내가 운을 떼자 호르헤는 기다렸다는 듯이 흥분했다.

"아직 시도하지 않은 교배종이 얼마나 많은데!"

호르헤는 눈을 빛내며 자기가 좋아하는 과일들을 하나
하나 설명했다. 나는 타코를 먹느라 입이 바빠서 잠자코 듣
기만 했다. 그때 엔진이 털털거리며 멎었다.

"망할. 내 이럴 줄 알았다."

호르헤가 길가에 차를 세우며 말했다.

아직 우리 집까지 10분 정도 남은 거리였다.

"난 괜찮아. 걸어가면 돼."

내가 손에 묻은 기름기를 닦고 쓰레기를 백팩에 쑤셔
넣으며 말했다.

"그래. 데려다줄게."

"안 그래도 돼. 진짜로. 여기서 멀지도 않아."

"실은 에세이 건으로 좀 더 귀찮게 하려고 꼼수 부리는 거야. 차는 서비스 센터에 문자 한 통 넣으면 되고, 나는 너희 집 길가에 있는 스타벅스에서 우리 엄마 차 만나면 돼."

내가 물끄러미 쳐다보자 호르헤가 내 롤러블레이드를 챙겨 들고 먼지투성이 길을 향해 손을 쭉 뻗었다.

"가실까요?"

"그러지 뭐."

나는 어깨를 으쓱했다.

"좋아. 지금이 딱 우리 우정을 발전시킬 좋은 기회인 것 같거든. 네 꿈과 희망에 대해서도 좀 들어 보고."

호르헤가 말했다.

"아, 우리 이제 친구야?"

"그런 거 같은데. 이제 누가 나한테 너에 관해 물어도 모르는 척 안 할 테니까?"

호르헤가 웃었다.

"다정해라."

나는 흙먼지가 날리지 않도록 사뿐사뿐 걸으며 말했다.

"그래서, 글 쓰는 게 네가 원하는 진로야?"

"아마도."

"아마도? 무슨 대답이 그따위야?"

"아니, 맞아. 신문부도 적성에 맞고 글 쓰는 것도 좋아해. 근데 또 과학도 좋아하거든."

그리고 남몰래 일류 성 전문가가 되고 싶어 하지.

"글 쓰면서 과학 하면 안 되나?"

"그렇게 말하니까 내가 무슨 발레리나도 되고 싶고 수의사도 되고 싶은 다섯 살짜리 꼬마 같다."

"아니 내 말은, 둘 다 좋으면 길을 찾을 수 있을 거야."

"그건 그래. 그럼 넌 뭘 하고 싶은데? 전공 생각해 봤어?"

"아니, 모르겠어."

"훌륭하네. 그러면서 나보고 무슨 대답이 그따위냐고?"

내 말에 호르헤는 그저 어깨를 으쓱했다.

"난 과일이랑 채소 기르는 걸 좋아해. 사실, 할 수만 있다면 땅을 크게 사서 농장을 운영하고 싶어. 여러 교배종도 기르고 블러드 오렌지도 기르고. 내가 제일 좋아하는 과일이거든."

호르헤가 교배 작물을 향한 영원한 사랑을 맹세할 때마다 묘하게 마음이 편안해졌다.

"좋은데?"

나는 진심으로 말했다.

"딱 그게 네 에세이에서 빠진 부분인 거 같아. 그게 너한테 왜 그렇게 중요한지 이야기할 필요가 있어. 그럼 완벽할 거야."

"고마워. 네 허가를 받으니 안심이다."

호르헤가 고개를 살짝 숙였다. 작은 몸짓이지만 기뻐하는 걸 알 수 있었다.

"우리 할머니 할아버지가 알면 무덤에서 탄식할 거야. 아니, 내 꿈까지 찾아와서 괴롭힐걸. 멕시코 할머니들은 악착스럽거든. 우리 할머니는 늘 내가 편안한 직업을 갖길 바랐어. 이왕이면 화이트칼라."

호르헤는 고개를 들고 웃었다.

"그리고 우리 엄마는 내가 뭐든 될 수 있다고 생각하는 사람이긴 한데, 이왕이면 변호사가 되길 바라는 소망은 도무지 깰 수가 없더라."

"뭐, 그럼 둘 다 하면 되겠네."

내가 씩 웃으며 말했다.

"수의사 겸 발레리나처럼?"

"그렇지."

어느새 길 어귀에 있는 스타벅스 앞에 도착했다. 먼발치에 우리 집 진입로에 주차해 놓은 아빠 차가 보였다.

"저기, 토요일 저녁에 안 바쁘면, '시 경연의 밤'에서 만날래? 거기 참석하면 영어 가산점 붙는 거 알지? 그날 네 친구 코라도 낭송하지 않아?"

"어. 근데 이번에 못 가. 미디어 축제에 가게 돼서."

"오, 큰물에서 노네."

호르헤가 놀리듯 말했다.

"신문부 대표로 혼자 가는 거야?"

"누가 혼자 간대?"

"그럼 누구랑 가는데?"

호르헤가 입꼬리를 말아 올리며 물었다. 이미 답을 알고 있는 모양이었다.

"닐 노튼."

"서른 살처럼 행동하는 그 녀석?"

호르헤가 얼굴을 찡그렸다.

"안 그래."

"제가 〈린다 비스타 고교 크로니클〉에 기고하는 이유는 진실을 중시하기 때문입니다. 여러분도 저와 같기를 바랍니다."

호르헤는 닐을 흉내 내듯 턱을 내밀고 나불거렸다.

"그렇게 말한 적 없잖아."

내가 쏘아붙였다.

"없지. 근데 페이스북 프로필에 그런 식으로 써 놨더라고. 프사는 무슨 꺼벙한 부동산 중개인처럼 보이던데. 사실, 어릴 때부터 좀 그런 인상이었지."

호르헤는 기억을 더듬었다.

"어릴 때부터 알고 지냈어?"

"한때는 절친이었어. 같은 야구팀이었고."

"그런데 어쩌다가?"

"크면서 갈라졌지, 뭐."

호르헤가 얼버무렸다.

"아무튼, 제안은 고맙지만 토요일은 선약이 있어서. 시경연 재밌게 들어."

호르헤는 뭔가 말하려다 만 것처럼 한순간 얼굴에 웃음기가 지워졌다. 나는 손을 흔들고 집 쪽으로 몸을 틀었다.

"타코 잘 먹었어. 내일 봐."

내가 발걸음을 옮기며 말했다.

"천만에. 당분간 블레이드는 집에 모셔 두는 거 어때?"

"넓은 데서 타면 썩 잘 타는 편이거든?"

"아아. 반경 10미터 내 아무것도 없는 평지에서는 날아다니겠네."

"정확해."

나는 다시 손을 흔들었다.

그날 밤 나는 수첩을 넘기며 교직원 탐구 기사가 브룩허스트 캠페인을 저격하는 것처럼 보일 것에 대해 생각했다. 하지만 레예스 선생님은 기사화하라고 했다. 닐도 나한테 모든 걸 맡겼다. 거기다 닐은 내 블로그 편이잖아?

사실 자체는 정치적 발언이 아니야. 나는 속으로 되새겼다.

자기 전에 블로그에 접속했을 때 내 머릿속은 여전히 인터뷰 때 나눈 말로 꽉 차 있었고 새로 올라온 질문도 없었다. 다만 사후 피임약에 대한 내 답변에 누군가가 댓글을 남겼다.

태아 살인마. 넌 죽어도 싸.

9

"성적 끌림에 관한 이 대목 좀 들어 봐."

코라가 말했지만 나는 무시했다.

코라는 내 침대에 누워 핸드폰을 보며 내가 쓴 글을 읽어 주었다. 솔직히 말해서, 코라는 생각보다 도움이 안 됐다. 미디어 축제가 네 시간 뒤였다. 코라는 축제에는 관심도 없고, 그저 제 생각에 오늘 밤 하이라이트가 될 순간의 날 준비시키려 했다.

"그래서 만약 혀가 들어오려고 하면, 너는—"

"키스 강의는 필요 없어, 코라. 그냥 옷 입고 화장하는 거나 좀 도와줘."

코라가 들고 온 커다란 짐 가방 안에는 자기 이모가 크리스마스 선물로 준 옷들이 있었다. 조카가 천방지축 요정처

럼 입지 않고 좀 더 얌전하게 입게 유도하려는 노력. 코라는
그 옷들을 걸친 적은 없지만 나중에 이모가 알고 서운해할
까 봐 처분하지는 않았다.

나는 가방을 뒤적거리며 성숙해 보이려고 용쓰는 것처
럼 보일 만한 옷들을 한쪽으로 걸렀다.

"키스 관련 글도 있어. 진짜 유용해. 키스에 숨겨진 과학
이랑 그게 섹스와 어떤 연관이 있는지 설명하거든. 네가 이
걸 여태 안 읽었다니."

"그럴 시간 없어."

나는 거짓말했다. 코라가 멋모르고 내 글을 나한테 읊어
주는 걸 태연하게 듣기 어려웠다.

"알았어. 하여간 언론인들의 잔치라 이거지?"

"어."

코라는 가방 밑바닥에서 은색 클러치를 꺼내 건네주었
다.

"옷부터 골라야 하지 않을까?"

"열어 봐."

클러치 안에는 목선이 낮은 검정 니트 원피스가 들어
있었다.

"너희 이모가 이걸 줬다고?"

내가 놀라서 물었다. 짐 가방 안에 있던 옷은 대개 차분
한 정장 바지와 재킷이었지만 내 상상 속 매력적인 도서관

사서 느낌은 아니었다. 이 원피스만 빼고.

"이모 여자친구가 보수적인 스타일 옷 가게를 하는데, 어쩌다 한번씩 살짝 과감한 스타일을 들여와. 아마 이것도 이모가 안 볼 때 들여온 걸걸."

나는 옷장 안에서 그 원피스를 입어 봤다. 거울 속 변신한 내 모습이 꽤 마음에 들었다. 이제 좀 익숙해진 머리는 길이가 딱 좋았고 원피스는 내 몸을 맵시 있게 감쌌다. 평생 청바지와 티셔츠만 입다가 원피스는 처음 입어 봤는데 생각보다 즐거웠다.

"자."

웃으며 내 반응을 지켜보던 코라가 정장 재킷과 자신의 검정 펌프스를 건넸다.

"이제 넌 범생이들의 축제에서 가장 아름다운 범생이일 거야."

코라가 손뼉 치며 말했다.

"맘에 들어."

나는 거울 앞에서 한 바퀴 돌아 보며 말했다.

코라는 화장 도구를 늘어놓으며 스모키 메이크업을 설명했다. 내가 멍한 표정으로 듣고 있자 코라는 하던 말을 멈추고 손짓했다.

"앉아 봐."

내가 구두 위에 올라서자 코라는 휘파람을 불더니 핸드

폰을 꺼내 사진을 찍었다. 나는 방 문틀에 기대어 어지럼증을 느낀 할리우드 스타처럼 손등을 우아하게 이마에 댄 포즈를 취했다.

나는 코라의 액세서리를 이것저것 걸쳐 보며 시간을 보냈다. 정말 하고 싶었던 이야기는 꺼내지 않고. 코라도 그 화제를 피하는 것 같았다.

내가 뭔가 물어볼 것처럼 보이면 코라는 말머리를 돌렸다. 코라는 내가 친구로서 궁금해한다고 생각했고, 정말 그랬지만, 친구로서만은 아니었다. 바로 지금, 내 연구 주제, 다시 말해 성관계를 실제로 앞둔 사람이 내 앞에 앉아 있었다. 아니, 확실하지는 않았다. 내가 아는 거라곤 코라가 콘돔을 준비했다는 것뿐이다.

내가 폼인 걸 알게 되면 코라는 뭐라고 할까?

코라가 떠난 뒤 나는 미디어 축제에 가기 전에 질의응답 게시판의 몇 없는 질문에 답했다. 토요일 저녁이라 그런지 악플러들도 잠잠했고, 나야 고마웠다. 마침내 방에서 나왔을 때 엄마 아빠는 복도에 서 있었다. 변신한 내 모습에 호들갑을 떨어야 할지, 덤덤한 척해야 할지 갈팡질팡하는 눈치였다. 아빠가 내 볼에 입 맞추며 말했다.

"잘 어울린다. 너무 늦지는 말고, 알았지?"

닐과 동행한다고 말하진 않았지만, 속인 것은 아니었다. 애초에 안 물어봤으니까.

엄마는 옷 단단히 여미라고 잔소리하면서도 내가 다 큰 여자라는 걸 인정하지 않았다. 그게 내가 아빠에게 차 키를 받아 현관문을 나서면서 든 감상이었다. 땀이 나는 걸 깨닫자마자 나는 재킷을 벗었다.

그리고 출발했다. 장소는 시내에 있는 펨버튼 극장이었고, 초청객들을 위해 〈레미제라블〉 공연이 예정돼 있었다. 흰 건물 기둥 앞에서 닐을 만나 함께 입장하기로 했다. 나는 아빠의 토요타를 대리 주차 요원에게 맡기고 약속 장소로 향했다.

닐을 발견한 순간의 느낌은 말로 설명하기 어려웠다. 평소에도 매력적이었지만 짙은 남색 정장 차림으로 행사장 입구에 서서 날 기다리는 모습은 실로 강렬했다. 가슴이 벌렁거린다는 게 무슨 말인지 처음으로 실감했다. 그 느낌이 학술 용어로 뭔지 찾아본 기억이 나는데 정확히 떠오르지 않았다. 나는 그저 초조하게 웃었다. 클러치 안에서 진동하는 핸드폰은 무시했다.

"오늘 멋지다. 준비됐어?"

"준비됐어."

그러자 닐이 홀 안으로 날 이끌었다.

눈앞에 흑백의 향연이 펼쳐졌다. 코라의 진녹색 원피스를 선택하지 않아서 다행이었다. 이 군중 사이에서는 엄청나게 튈 게 뻔했다. 안쪽 테이블에는 뉴스와 잡지 이름이 적힌 작은 이름패가 주르르 세워져 있었다. 나는 〈스탠퍼드 데일리〉 앞에 우뚝 멈췄다.

"1지망 대학?"

"맞아."

나는 거의 아련하게 대답했다.

"그럼 만나러 가 보자."

닐이 고개를 홱 돌려 스탠퍼드 현수막이 걸린 테이블을 향해 말했다.

"우선 이거 받아. 우릴 좀 더 전문적으로 보이게끔 제작했거든."

닐이 명함 한 묶음을 건네줬다. 내 이름이 적혀 있었다.

피비 타운센드

린다 비스타 고교 크로니클

전속 기자

"고마워. 근데 〈스탠퍼드 데일리〉에 아는 사람 있어?"

"아니. 이제 알아 가야지."

닐이 씩 웃으며 내 손을 잡고 그 테이블 쪽으로 이끌었다.

"안녕하세요. 〈린다 비스타 고교 크로니클〉 편집장 닐 노튼입니다. 이쪽은 저희 소속 기자 피비 타운센드고요."

닐은 테이블 끝에 앉은 노인과 말을 텄다. 머리가 솜털 같고 코에 파란 뿔테 안경을 걸친 남자였다. 그 왼쪽에 앉은 여자가 한 손을 들어 자신을 소개했다.

"어맨다라고 해요. 나도 린다 비스타 나왔는데."

어맨다는 나에게 자기 명함을 내밀며 말했다.

"스탠퍼드에 관심 있어요?"

그 순간 나는 딴사람이 되었다. 자기 안의 열정을 억누르던 내성적인 피비 타운센드는 사라지고 스탠퍼드 열성 팬이 깨어났다. 그 팬은 입을 열자마자 스탠퍼드대학의 비공식 마스코트가 나무인 게 얼마나 멋진지 지껄여 댔다. 어맨다는 내가 쏟아 내는 말을 정중하게 들었다. 진심으로 경청하는 것 같았다. 나는 그 테이블을 떠나고 나서야 내가 얼마나 쓸데없는 말을 늘어놓았는지 깨닫고 헉했다.

"헐, 내가 왜 그랬지."

방금 내가 정녕 내 소개를 하자마자 그 나무가 얼마나 사랑스러운지 떠들어 댄 거 맞나? 그 마스코트 너무 사랑스러우니까 제발 절 입학시켜 주세요?!

"괜찮아. 누구나 열정적인 사람을 좋아해."

닐이 주위를 둘러보고 웃으며 말했다.

옆 테이블에서는 닐이 대화를 이끌었고, 나는 그사이에

유체 이탈을 경험했다. 나와 비슷한 사람들 사이에 녹아드는
듯한 기분이었다. 좋은 쪽으로. 어느새 나는 좀 더 어른스럽
고 능숙한 버전의 내가 되고 있었다. 이윽고 닐이 〈로스앤젤
레스 타임즈〉 사람들에게 막 감사 인사를 할 때였다. 리디아
브룩허스트가 홀에 들어서서 몇몇 중년 남자들과 악수하는
모습이 눈에 들어왔다. 내가 그쪽을 보고 있는 걸 닐이 눈치
챘다.

"젠장."

닐이 검은 재킷 무리 뒤로 나를 부드럽게 이끌었다.

"왜?"

"고등학교 신문부는 원래 이런 행사에 초청 안 받아."

닐이 빠르게 말했다.

"알아. 근데 어떻게―."

"어머, 닐!"

뒤에서 귀에 익은 목소리가 들려왔다. 순간적으로 닐은
뭔가 잘못하다 들킨 아이처럼 보였지만 빠르게 표정을 가다
듬었다.

"안녕하세요."

닐이 몸을 기울여 리디아 브룩허스트의 뺨에 가볍게 입
맞췄다. 잘 모르는 사람과 나누기엔 지나치게 다정한 인사였
다.

"브룩허스트 씨, 이쪽은 제 친구 피비예요. 저희 신문부

기자죠."

"오, 알지! 피비의 어머니가 내 사업을 도와주고 있거든. 그… 같이 오셨니?"

브룩허스트는 얼버무렸다.

"저희 엄마는 피ー."

내가 입을 열었지만 브룩허스트는 이미 내 머리 너머 누군가를 향해 손을 흔들고 있었다. 브룩허스트가 나를 어떻게 대하든 상관없지만, 우리 엄마가 자기를 위해 그렇게 열심히 일하는데 어떻게 이름도 기억 못 할까? 브룩허스트는 외투를 벗어 몸을 랩처럼 감싼 금색 드레스를 드러냈다.

"오늘 밤 못 오시는 줄 알았어요. 그래서 초청권 주신 거 아니었어요?"

닐이 웃으며 물었다.

"음, 회의 하나가 취소됐고, 입구에서 웃돈을 좀 얹어 줬지. 하지만 나한테 신경 쓸 필요 없단다. 가서 사람들하고 어울려! 만나서 반가웠다, 피비."

나는 닐을 따라 홀 가장자리로 가며 의심스러운 눈을 거두지 않았다.

"좋아, 들어 봐."

닐이 말했다.

"네가 폼과 한 인터뷰, 저 사람도 읽지 않았을까?"

그 인터뷰의 비밀 대상자가 하기엔 좀 이상한 질문이었

지만, 어쨌든 닐은 약간 불편한 얼굴로 머리를 쓸어 넘겼다. 놀랍게도 더 잘생겨 보였다.

"어. 그래서 나한테 초청권을 준 거야. 얼마 전에 편집실에 나타나 나더러 폼이 누군지 아냐고 묻더라."

"알아?"

"아니."

닐이 한숨을 쉬고 이어서 말했다.

"그러더니 나보고 편집장으로서 잘하고 있다며 칭찬하더라고."

"그러면서 초청권을 준 거야? 그 인터뷰에서 자기가 좋게 그려진 것도 아닌데."

"그래서 나도 껄끄러웠어. 근데 여기 너무 오고 싶어서 누가 줬는지는 무시했어. 너랑 오게 돼서 정말 기쁘고."

"왜?"

나는 뱉고 나서야 나를 어떻게 생각하는지 묻는 것처럼 들릴 수 있다는 걸 깨달았다. 나는 닐을 그렇게 몰아갈 의도가 없었다.

"널 좋아하니까."

그러고서 닐은 몸을 기울여 속삭였다.

"그리고 중요한 건 아니지만, 너 그렇게 입으니까 정말 근사해."

나는 대꾸할 말을 열심히 찾았지만 닐은 내 반응을 보

고 빙그레 웃었다.

"가자. 사람들 더 만나러."

닐과 나는 홀을 돌아다니며 사람들과 인사를 나눴다. 한 시간 가까이 잡담하며 명함을 50장쯤 받았다. 나는 그중에서도 어맨다가 준 명함을 보며 흐뭇하게 웃었다. 〈스탠퍼드 데일리〉의 어맨다 휘터커.

"너 이런 거 되게 능숙하다."

내가 닐에게 말했다.

"아빠가 영업 쪽이거든. 사람들을 만나서 배우는 게 얼마나 중요한지 늘 얘기해. 언제 그 정보가 필요할지, 누가 도움이 될지 모른다며."

닐은 고개를 돌려 홀을 쓱 훑었다. 리디아 브룩허스트는 우리 지역 뉴스 국장인 칼 오리어리와 CNQB 앵커인 토드 바우어스턴을 양팔에 끼고 있었다. 브룩허스트가 홀을 누비며 맹금류처럼 대화들을 낚아채는 모습을 보자니 감탄이 나왔다. 웃을 타이밍과 칭찬을 건넬 타이밍을 정확히 아는 것 같았다. 그런데 그가 이 행사에 초청된 걸 이상하게 생각하는 사람은 나뿐인가? 언론인들의 축제에서 사업자인 브룩허스트의 입장은 좀 애매했다. 하지만 지역 정치 후보로서는? 나는 내가 쓸 교직원 탐구 기사를 브룩허스트가 읽는다고 생각하니 마음이 불편했다.

또 내가 폼이란 걸 어떻게든 알아낼 거라는 작은 두려

움도 있었다. 매의 눈으로 자신에게 도움이 될 만한 사람들을 찾는 모습을 보니 그런 느낌이 들었다.

사람들 틈에 어찌나 잘 섞이는지, 나는 브룩허스트가 다시 내 근처에 온 걸 목소리로 알아챘다.

"신상을 알아낼 방법이 있긴 해요. FBI급 최신 소프트웨어 프로그램이죠. 물론 미성년자를 건드릴 생각은 없어요. 그 친구가 미성년자라고는 추호도 생각 안 하지만요. 어차피 누군가가 알아내지 않겠어요?"

브룩허스트가 웃었다.

닐이 내 얼굴을 보고 속삭였다.

"괜찮아?"

"어, 괜찮아."

나는 들킨 듯한 기분으로 말했다. 브룩허스트가 그리 충격적인 말을 한 건 아니었다. 그 소프트웨어란 것도 낯선 기술이 아니었다. 나더러 들으라고 한 말이 아니다. 나는 그저 내가 지척에 있는 줄 모르는 적과 한자리에 있을 뿐이다.

"좀 조용한 데로 갈래?"

닐이 두리번거리며 물었다. 우리가 사라져도 신경 쓸 사람은 없었다. 나는 고개를 끄덕였다. 가슴이 쿵쿵 뛰었지만 덤덤하게 보이려고 노력했다. 한 가지 걱정이 갑자기 다른 걱정들로 대체됐다.

1. 여름 캠프에서의 단편적인 경험과 블로그를 쓰며 얻은 지식은 있지만 나는 실제로 좋아하는 사람과 키스해 본 적 없다.
2. 내가 분석하려 들지 않고 누군가와 입술을 겹칠 수 있을까?
3. 혀는 또 어떻게 한담?

나는 머리카락을 귀 뒤에 꽂으며 그게 아마도 첫 키스를 앞둔 사람의 자연스러운 반응이었으면 했다.

극장으로 연결되는 문이 휙 열리며 은쟁반에 새우 칵테일을 담은 웨이터가 홀 안으로 들어오는 순간 닐이 문 쪽으로 눈짓했다. 우리는 극장의 어둑어둑한 복도를 따라가 낡은 계단을 통해 꼭대기 층으로 올라갔다.

"우리 여기 와도 되는 거야?"

내가 빈 무대와 오케스트라 좌석을 내려다보며 물었다.

"신경 쓰여?"

닐이 짙은 자주색 커튼 뒤로 나를 부드럽게 이끌며 말했다. 아니, 라고 말하려고 했는데 닐의 입술이 바로 눈앞에 있었다. 나는 침착하려고 노력하면서 밭은 숨을 내쉬었다. 처음 겪는 상황이고, 귀에서 맥박 뛰는 소리가 들렸다.

"입장 시작하려면 한 시간은 더 있어야 할걸."

"아."

이때 내가 보일 수 있는 매력적인 반응은 많았다. '오, 한 시간이나?'라든지, '그때까지 뭐 할까?'라든지. 내 연구가 순전히 과학적이라고 해서 내가 로맨틱한 말장난에 관심이 없는 건 아니었다. 다만 이 상황에서는 그저 실수하지 않는 데 온 신경이 쏠렸다.

다행히 닐은 내 긴장을 눈치채지 못한 것 같았다. 내 등에 두 손을 얹고 먼지투성이 커튼 속으로 나를 더 깊숙이 몰아넣었다. 그리고 내게 키스하기 시작했다.

개떡같이.

아아, 그래. 개떡 같았다.

내 비루한 경험에 비추어 공정한 판단이 아닐 수 있지만, 적어도 이론상으로는 형편없는 키스였다. 침 좀 그만. 나는 허덕였다. 닐은 말 그대로 입을 뻐끔거리면서 자기 혀를 빠르게 넣었다 뺐다. 익사할 것 같았다.

문득 코라가 이 상황을 봤다면 뭐라고 할지 상상됐다.

"피비 타운센드. 만 16.5세. 펨버튼 극장 꼭대기 층에서 죽은 채로 발견. 어떤 훈남과 키스하다가 익사함. 애도의 표시로 국화꽃을 던지는 대신 주변 사람에게 콘돔을 나눠 주세요. 최소한 그들은 동정으로 죽지 않게요. 성관계를 한다면 안전하게 하게요."

그래, 코라라면 내 뜻을 이어 주겠지.

리디아 브룩허스트는 그 블로거의 행방이 묘연해져서

184

기뻐할 거다. 심지어 신의 개입이라고 생각할 수도 있다.

도저히 더 이상 난감할 수 없는 상황에서 커튼에 쌓인 먼지가 코를 간질이기 시작했다. 닐은 나를 자기 침으로 익사시키려 하고 나는 그 거친 혀 놀림에 맞서 싸우며 동시에 재채기를 억누르고 있었다.

기적적으로, 재채기가 가라앉았다.

그리고 마치 하늘이 보낸 신호처럼, 닐의 주머니에서 핸드폰이 진동하기 시작했다. 닐은 무시했다. 전화보다 나와 키스하는 게 중요하다는 걸 어필하려는 가상한 노력이었다. 그래서 내가 몸을 뒤로 물리고 헐떡이며 말했다.

"전화 받아."

닐이 전화를 받았다.

"여보세요."

닐은 바로 얼굴을 찌푸렸다.

"아, 네, 브룩허스트 씨. 네, 아직 안 갔어요. 잠깐 밖에 좀—"

그러더니 잠자코 들었다.

"네, 저야 영광이죠. 지금 갈게요."

닐은 전화를 끊고 나와 눈을 맞췄다.

"〈뷰글〉지 편집장인 인그리드 라이언스를 소개해 주겠다네."

"다녀와. 여기서 기다릴게."

내가 작게 말했다.

"괜찮겠어?"

그러면서 닐은 이미 핸드폰을 주머니에 쑤셔 넣고 재킷 단추를 채우고 있었다.

"물론이지."

내 말에 닐은 몸을 숙여 다시 내게 짧게 입 맞추고 속삭였다.

"이어서 계속."

닐은 계단을 뛰어 내려갔다. 나는 얼굴에 묻은 침을 닦고 입술을 만져 봤다. 쓰라렸다.

실망감이 차올랐다. 방금 일어난 일이 이해가 안 갔다. 그동안 육체적으로나 정신적으로나 닐에게 끌렸는데, 키스는 정말 별로였다. 내가 상상한 느낌과 딴판이었다. 키스가 원래 이렇게 거친 행위인가? 입술이 터질 만큼? 아니면 그저 우리 둘 다 서툴러서?

키스가 어떤 느낌인지 내가 어떻게 알겠어? 연구로 모든 걸 알 수는 없어, 피비.

머릿속에서 메아리치는 생각을 내버려 뒀다. 생각보다 오래. 왜냐면 문득 시계를 내려다보니 벌써 30분이 지나 있었다. 어느새 극장 로비로 연결된 문들이 활짝 열리고 극장의 2층 앞부분 좌석은 관객이 들어차고 있었다.

나는 로비로 내려가자마자 닐을 발견했다. 닐은 술 취

해 얼굴이 벌게진 한 남자를 부축하고 있었다. 남자는 닐의 등을 연신 두드렸다. "잘하고 있어", "좋은 기자로 만들어 줄게" 같은 말이 드문드문 들렸다. 그 곁에는 브룩허스트가 완고해 보이는 백발 여자와 이야기를 나누고 있었다. 그때 내 앞에 있던 사람들이 그들을 에워쌌고, 나는 그 틈을 비집고 갈 수 없었다.

닐이 고개를 돌리다가 날 발견했다. 그러더니 사과하는 몸짓과 함께 입 모양으로 말했다. 미안, 미안, 미안.

나는 닐이 주머니에서 초청권을 꺼내 브룩허스트에게 한 장을 건네는 걸 지켜봤다. 내 표를.

"표 볼게요."

입구에서 안내원이 말했다.

"없는 거 같네요."

나는 방금까지 닐이 서 있던 자리를 멍하니 바라보며 말했다. 닐이 인파에 떠밀려 가는 모습이 눈에 선했다. 그러자 안내원의 눈빛이 안쓰러운 열 살짜리 애를 보듯 변했다.

"표가 없으면 입장이 안 됩니다. 죄송합니다."

이윽고 내 눈앞에서 문이 닫혔다. 나는 지금까지 벌어진 일들을 정리하려고 애쓰며 터덜터덜 주차장 쪽으로 걸어갔다.

다행이라면 다들 공연을 보고 있는 중이라서 아주 신속하게 주차 요원에게 차를 넘겨받았다는 것이다. 〈스탠퍼드 데일리〉기자들과 인사를 나눈 것도 좋았다. 그러니 완전히 시간 낭비는 아니었다. 비록 꽤 쓸쓸하게 종지부를 찍었지만.

나는 떠나기 전에 핸드폰을 확인했다. 코라한테서 문자가 열네 통 와 있었다.

첫 문자를 확인했다.

피비, 연락 가능해? 도와줘.

내가 코라의 집 앞에 도착했을 때 코라는 진입로에 나와 있었다.

"늦게 올 줄 알았는데."

"무슨 일인지 다시 말해 봐."

내가 물었다. 코라는 조수석에 올라타 안전띠를 맸다.

"벗겨졌다고. 콘돔이, 중간에…."

"그래, 그러면─."

"안에 흘린 거 같다고! 그게 말이 되냐고 묻고 싶은 거야?"

"아니."

코라는 씩씩거렸다. 겁먹은 티가 역력했다.

"다행인 건 네가 피임약도 먹고 있었다는 거야. 임신 가
능성은 아주 낮아."

"근데 아주 없지는 않잖아?"

코라가 눈을 부릅뜨고 물었다.

"그래. 근데 사후 피임약을 먹으면 괜찮을 거야."

"알았어."

코라가 목멘 소리로 답했다.

"하나 더. 콘돔이 빠졌으니까 병원 가서 검사받는 게 나
을 거 같아. 만일에 대비해서."

"무슨 검사?"

코라가 이를 악물고 물었다.

"아무 문제 없는지. 성병이라든지 네가 혹시ㅡ."

"데이비드는 내가 처음이었어!"

코라가 쏘아붙였다. 눈물이 볼을 타고 흘렀다.

"알았어."

일단 그 얘기는 나중에 다시 꺼내기로 했다.

"데이비드는 뭐 하고?"

"뭔 말이야?"

내가 약국 앞에 차를 세우자 코라가 물었다. 코라는 약
국 자동문을 향해 뛰듯이 걸었다. 나는 서둘러 따라갔다.

"그러니까, 지금 어딨어? 왜 너랑 같이 안 있고?"

"몰라."

코라는 씨근덕거리며 말했다.

"헉, 텔리 아줌마야. 우리 엄마 주사위 게임 모임."

우리는 위생용품 코너 뒤에 숨어서 긴 웨이브 머리 여자가 떠날 때까지 기다렸다. 그러고서 가족계획 코너로 갔다. 코라의 상태가 영 좋지 않아서 아무도 없는 게 다행이었다.

"이 중 하나면 돼."

코라가 핸드폰 화면을 보여 줬다. 응급 피임의 다양한 형태를 열거한 내 블로그 페이지였다,

"어, 여깄다."

내가 물건을 집었다. 계산대로 걸어가는데 뒤에서 또 발소리가 들렸다. 코라는 핏기가 싹 가신 얼굴로 뒤를 돌아봤다가 누군지 확인하고 안도했다. 데이비드가 코라와 비슷한 몰골로 서 있었다. 옷은 다 구겨지고 바보 같은 비니가 반쯤 벗겨진 양말처럼 머리에 엉성하게 걸려 있었다.

"미안해. 나보다 네가 더 놀랐을 텐데….'

데이비드가 쭈뼛쭈뼛 말했다.

코라는 물끄러미 바라보다 고개를 끄덕였다. 만약 그대로 데이비드의 품 안으로 뛰어들었다면 나는 실망했을 거다.

"그럼 난… 먼저 갈게."

내가 코라의 눈치를 살피며 말했다. 아무 말 없기에 나는 후다닥 약국을 빠져나왔다. 그리고 막 차 문을 열려고 할

때, 코라가 달려와 날 와락 껴안았다. 이렇게 꽉 안기는 건 처음이었다.

"고마워. 그리고 미안, 내가―."

"괜찮아. 얼른 약 사 먹어. 그리고 검사도 받고. 정말 널 위해서 하는 말이야."

"알아."

코라가 볼에서 눈물을 닦아 내며 말했다.

"가."

나는 데이비드에게 돌아가는 코라를 지켜봤다. 데이비드가 여전히 미안한 얼굴로 코라의 손을 잡는 걸 보니 왠지 마음이 뭉클했다.

"내일 에스텔스에서 아침 먹기로 한 거 잊지 마."

코라가 말했다. 나는 고개를 끄덕이며 손을 흔들었다. 실은 내일 아침에 코라와 시 경연 친구들을 만나기로 한 걸 깜빡 잊고 있었다.

마침내 집에 도착했을 때, 아빠는 입가에 팝콘 조각을 붙이고, 엄마는 고개를 젖힌 채 소파에서 코를 골고 있었다. 비록 예전 같지는 않지만 두 사람이 같이 있는 모습이 보기 좋았다. 엄마는 핸드폰을 옆에 두고, 아빠는 팔짱을 낀 채 불편하게 자고 있었다.

나는 두 사람을 깨워 무사히 귀가했음을 알렸다. 둘이 비척비척 방으로 돌아가는 걸 보고서 나도 잠옷을 꿰입고

이불 안으로 파고들었다. 쓰라린 입술이 다시금 키스의 이론
과 경험의 차이를 상기시켰다.

그때 핸드폰 진동이 울렸다. 닐일 줄 알았는데 뜻밖에
도 호르헤의 문자였다. 연필로 그린 그림을 찍은 사진이었
다. 글 쓰는 내 모습을 그린 그림. 엉터리였다. 그림 속 나는
망토를 두르고 팔뚝이 말도 안 되게 우람했다. 나는 피식 웃
었다.

> 잘 그렸네. 나랑 판박이야.

벌써 답장할 줄 몰랐는데.
축제는 즐거웠어?

> 아니, 별로. 끔찍했어.

왜?

> 문자로 하긴 길어.
> 월요일에 말해 줄게.

문자 창에 '…'가 떴다가 금방 사라졌다.
참 이상한 저녁이었다.
나는 컴퓨터 일기장에 실제 키스 경험담을 기록해 두고

싶은 충동을 참았다. 그야 첫째, 너무 실망스러웠고 둘째, 너무 피곤해서.

한밤중 어느 순간 다시 핸드폰이 울렸지만, 다음 날 아침이 되어서야 닐의 사과 문자를 확인했다.

> 아까는 미안했어. 너한테 가려고 했는데
> 언론사 사람들한테 잡혀서 그만.
> 그리고 브룩허스트가 공연 보겠다고
> 자기 표 좀 달라길래.

나는 답장하지 않았다.

10

동네 어르신들이 즐겨 찾는 작은 농가형 조식 전문점 에스텔스에 도착해 직원에게 코라의 이름을 댔다. 예약 테이블로 안내받았는데, 한 사람이 나보다 먼저 와 있었다. 호르헤였다.

날 보자 호르헤가 일어나 손을 들어 인사했다.

"우리가 제일 먼저 왔나 봐."

내가 말했다. 보면 모르니. 나는 속으로 혀를 찼다.

그때 직원이 전화를 받으러 돌아갔다가 우리 쪽을 향해 말했다.

"너희 친구 코라인가 본데, 약속이 취소된 모양이구나."

"아."

호르헤가 떨떠름하게 반응했다. 어색함에 짓눌려 빠져

나갈 구멍을 필사적으로 찾는 중일지도 몰랐다. 나는 코라의 목을 조르는 상상을 했다. 계획된 냄새가 짙게 풍겼다.

코라의 반응은 뻔했다. 난 널 도와준 거야, 피비. 내가 네 안에서 널 구해 준 거라고.

"더 있을 거면 저쪽 작은 테이블로 옮길래?"

"그럴게요."

내가 반응하기도 전에 호르헤가 냉큼 대답했다.

"그러니까, 너도 괜찮다면."

"물론이지."

나는 선뜻 답하고 겨드랑이에 가방을 낀 채 직원을 따라 오리 연못이 내려다보이는 창가 테이블로 갔다. 나는 우선 커피를 주문했고 호르헤는 물, 오렌지 주스 그리고 따뜻한 차를 주문했다.

"원래 아침 먹으면서 음료를 석 잔씩 마셔?"

"어. 따뜻한 건 의무적으로, 오렌지 주스는 좋아해서, 물은 갈증 해소용으로 마시지. 나도 별도리가 없어."

마지막 말이 너무 진지해서 웃음이 나왔지만 꾹 참았다.

"아직 월요일은 아니지만, 어젯밤 축제 후기 들려줄래?"

호르헤는 어딘가 들떠 보였다. 즐거운 것 같기도 했다. 호르헤는 차에 설탕을 세 봉지나 털어 넣었다.

"내가… 끔찍한 시간을 보내서 기쁜 건 아니지?"

"설마. 근데 네가 진작 물어봤다면, 닐이 썩 괜찮은 녀석은 아니라고 말해 줬을 거야. 왜 끔찍한 시간이었는데?"

호르헤는 씩 웃으며 상체를 가까이 기울였다. 내가 눈살을 찌푸리자 호르헤가 하하 웃었다.

다양한 대답이 떠올랐지만 나는 진실을 택했다. 브룩허스트가 독수리처럼 나타나 홀 안을 누비다가 내 표를 낚아챘다고 했다. 그로 인해 닐한테 버림받은 사실도 말했지만 닐이 내 입술을 초토화한 건 생략했다. 어차피 심하게 부르튼 걸 보고 짐작할 테니까. 그 생각에 얼굴이 홧홧해졌다.

"황당하게 끔찍한 시간으로 정정해야겠네."

그러고서 호르헤는 차를 한 모금 마셨다.

"뭐, 그래도 몇몇 신문사 기자도 만나고, 〈스탠퍼드 데일리〉 사람들이랑 이야기한 건 좋았어."

호르헤는 내 말을 잠시 곱씹었다.

"그래도 닐이 쓰레기같이 군 건 사실이지."

맞는 말이었지만, 나는 아직 인정하고 싶지 않아서 그저 어깨를 으쓱하며 메뉴판으로 시선을 돌렸다. 그리고 일상적인 딜레마에 빠졌다. 나는 아침으로 늘 짭조름한 무언가를 곁들인 달콤한 무언가를 먹고 싶은데, 그게 꼭 달걀을 곁들인 팬케이크는 아니었다. 그렇다고 주방장을 귀찮게 하면서까지 특별 주문하기도 싫었다. 나도 모르게 입 밖으로 중얼중얼했나 보다. 고개를 드니 호르헤가 히죽거리고 있었다.

"왜?"

"너도 참 별나다."

"아닌데."

"너 뭘 주문할지 한참 중얼거린 거 알아? 아까 내가 음료 석 잔 주문한 걸 비웃더니 지금 넌 시나몬 롤 프렌치토스트에 에그 부리토를 반만 시킬 수 없는지 고민하고 있잖아."

호르헤는 아예 대놓고 웃더니 이렇게 덧붙였다.

"달콤한 거랑 짭짤한 거 하나씩 시켜서 나눠 먹으면 어때?"

"나눠 먹자고?"

"어. 두 개 시켜서 너랑 나랑 반반씩."

호르헤는 우스갯소리처럼 말했지만 그 제안은 미처 생각 못 한 게 어이없을 정도로 합리적이었다. 아무리 '커플'스러울지라도. 그래서 동의했다.

결국 그것은 내가 에스텔스에서 경험한 최고의 아침 식사였다. 아니, 아마 내 인생을 통틀어 최고일 것이다. 그리스 오믈렛과 크렘브륄레 프렌치토스트의 만남.

"최고의 선택이었어."

차와 오렌지 주스에 이어 물을 비우며 호르헤가 말했다.

"스페인어는 잘되어 가?"

"비엔(Bien, 좋아)."

"알 발음은 좀 나아졌고?"

호르헤는 내가 그 발음에 약한 걸 즐겼다.

"아니. 에스 무이 엠바라싸다(Es muy embarazada)."

"그거 '임신했다'는 뜻인 거 알지?"

"제기랄."

나는 얼굴이 확 달아올랐다. 호르헤는 한참 웃었다. 화제는 미디어 축제에서 홈커밍으로 넘어갔다. 우리는 홈커밍 코트에 지명된 코라의 반응을 얘기하며 웃었다. 드물게도 우리 학교는 4학년뿐 아니라 3학년도 코트에 선발된다. 비록 퀸과 킹에 등극하는 건 4학년뿐이지만.

"다른 애들은 그저 기뻐 보이던데, 코라는 남이 방귀 뀐 엘리베이터에 탄 얼굴이더라."

"꽤 정확해."

나는 웃었다. 사실 코라도 코트의 영광을 조금은 즐길 것이다. 겉으로는 인정 안 하겠지만.

우리 뒤쪽 테이블이 점점 떠들썩해지자 호르헤가 귀를 쫑긋 세웠다.

"흥미로운데."

호르헤가 눈을 가늘게 뜨고 말했다.

"뭐가 흥미ㅡ."

내가 입을 열어 묻기 전에 뒤에서 한 할머니가 소리를 높였다.

"내 말이 그 말이야, 마틸다. 난 리디아 브룩허스트가 할 일은 한다고 봐. 그 블로그가 뭔지 몰라도 듣자 하니 아주 남사스럽던데. 우리 며느리 말로는 온갖 성관계 조언이 담긴 실용서나 다름없대. 근데 그게 애들용이라잖아. 상상해 봐."

호르헤가 코웃음을 쳤다.

"상상해 봐. 애들용 성관계 실용서."

호르헤가 빈정대는 말투로 속삭였다. 나는 씩 웃었다. 그때 마틸다 할머니가 더 크게 말했다.

"요즘 애들은 아주 발랑 까졌다니까. 우리 때 그런 건 목숨 내놓고 읽어야 했어. 혹시 읽어 봤어, 마비스?"

"설마. 난 죽어도 안 읽지."

그때 호르헤가 테이블에 몸을 바짝 붙이고 속삭였다.

"저 어르신들 좀 놀려 먹으면 네가 많이 민망할까?"

"아마도."

"어쨌든 해도 돼?"

내가 피식 웃으며 허락하자마자 호르헤는 목소리를 한껏 높여 외쳤다.

"그 섹스 블로그가 그렇게 유용할지 몰랐다니까!"

나는 두 손에 얼굴을 묻었다.

"여자 무릎 뒤가 성감대일 수도 있다니!"

"난교 파티 벌일 수 있는 장소도 다 나와 있잖아."

내가 덤덤히 맞받아쳤다. 호르헤는 한 방 먹은 표정을 짓더니 입술을 말아 물고 씩 웃었다. 우리 뒤쪽 테이블은 잠잠해졌다.

"거기 입장할 때 암호 대야 하는 거 알아?"

호르헤가 말했다.

"알지. 근데 매주 바뀌어. 이번 주는 '티 팬티'야. 저번 주는 '음핵'이었고."

호르헤는 물을 마시다 사레가 들렸다. 뒤 테이블의 누군가는 식기를 떨어트렸다. 우리는 직원이 가져다준 계산서를 나눠 부담하고 가까스로 무표정을 유지한 채 뒤 테이블을 지나 문밖으로 나가서야 웃음을 터뜨렸다.

"끝내줬어."

호르헤의 말에 나는 그저 웃었다.

"근데 그 여자는 왜 그 블로그에 그렇게 발악하지?"

"브룩허스트?"

"어. 더러운 게 아니잖아. 그냥 섹스 얘기인데."

나는 어깨를 으쓱했다.

"너도 읽어 봤어?"

나는 충동을 못 참고 물어봤다.

"읽어 봤지. 왜?"

호르헤가 당당하게 말했다.

"그냥."

나는 물어본 내가 바보처럼 느껴져서 얼버무렸다. 우리는 차를 향해 주차장을 가로질렀다. 문득 호르헤도 홈커밍 코트에 지명된 사실이 떠올랐다. 내가 그 얘기를 꺼내자 호르혜는 턱을 쳐들고 지엄하게 말했다.

"아, 백성들이 원한다면 이 몸이 기꺼이 나서야지."

나는 피식 웃다가 문득 대화가 끊겼다는 걸 깨달았다. 아까 테이블에 앉은 후로 처음 맞는 소강상태였다.

"즐거웠어."

내가 말했다.

"아침 식사? 아니면 지저분한 섹스 블로그 얘기로 노부인들 놀라게 한 거?"

"둘 다지."

내 말에 호르헤가 웃었다.

"코라한테 바람맞혀 줘서 고맙다고 해야겠는걸."

젠장. 너무 멀리 갔다. 상대가 그런 말 꺼내지도 않았는데 혼자 들뜬 것 같잖아.

"실은 말이야. 코라가 다른 날로 옮기자고 했는데 내가 너한테 말하지 말라고 했어."

"왜?"

"너랑 데이트하고 싶었는데 이게 좋은 기회다 싶었거든. 알지? 하이에나처럼."

나는 의외라는 듯이 쳐다보았다.

"그래도 진짜 데이트 신청하고 싶은데. 나랑 홈커밍 같이 가 줄래?"

다시 날 보는 호르헤의 눈빛이 지금까지와 달랐다. 주머니에 손을 넣은 채 눈만 들어 날 보는 표정이 왠지 애틋했다. 늘 자신만만한 사람치고는 수줍어 보이기까지 했다.

"안 내킨다면 네 뜻 존중할게. 왕실의 특권이 아무리 크더라도─."

나는 손을 들어 실없는 소리를 막았다.

"좋아."

내 허락에 호르헤가 활짝 웃었다.

"근데 3학년은 왕관 못 쓰는 거 알지? 혹시 왕실 인맥을 원했다면 나는 가망 없다는 걸 알아 둬."

문득 우리가 부쩍 가까워졌음을 실감했다. 그런데 기분이 좋았다. 조금도 어색하거나 불편하지 않았다. 그 순간 나는 이제까지의 나라면 절대 하지 않을 일을 했다. 호르헤의 볼에 스치듯 가볍게 입을 맞췄다.

차를 향해 발걸음을 돌리기 직전, 호르헤의 목에 소름이 돋은 걸 확인했다. 기분이 묘했다. 거의 통쾌했다.

자신감이란 게 이런 느낌인가?

마음에 들었다.

그날 밤 나는 블로그에 접속해서 한 번 이상 올라온 질문들에 답했다.

정액이 가슴을 커지게 하나요?

  ㄴ아니요.

정액을 가슴에 바른다는 건지 섭취한다는 건지 모르겠지만 어차피 둘 다 '아니요'이기 때문에 설명할 필요는 없어 보였다.

실수로 남자친구 음경을 부러뜨릴 수도 있나요?

  ㄴ네. 비록 음경에는 뼈가 없지만 '부러질' 수 있습니다.

   발기한 음경에 강한 충격을 가하면 음경 골절을 일으

   킬 수 있습니다. 아래 링크를 참고해….

이 질문은 블로그에서 다양한 형태로 다뤄졌다. 겁 많은 여자친구 말고도 질의 파괴력 때문에 삽입을 두려워하는 남자친구도 있었다.

남자친구 거기에 사마귀가 있다는데 관계하는 데는 문

제없대요. 맞아요?

  ㄴ아니요. 병원 가서 치료받아야 합니다. 그동안 안전한

   성관계 지침을 숙지하세요.

내가 의사는 아니지만, 남자친구가 '괜찮아, 문제없어.'

라고 해서 성관계를 하겠다는 여자는 자신 있게 말릴 수 있었다.

    첫 경험은 많이 아픈가요?
    ㄴ아프지 않아야 합니다. 첫 삽입 때 다소 불편할 수 있
      지만, 불편함을 넘어선 고통이 느껴지면 의사와 상의
      해야 합니다.

    관계 도중에 콘돔이 벗겨지면 어떻게 하나요?

    코라의 질문일 수도 있었다.

    ㄴ즉시 병원에서 검사를 받고 응급 피임을 알아보세요.

    그리고 관련 링크들을 덧붙였다. 블로그를 나가려는데
다른 질문이 떴다.

    섹스 얘기를 그렇게 많이 하면 흥분되나요?

    나는 그 질문을 삭제했다.

11

호르헤와 함께한 아침 식사는 아마 그다음 날부터 이어질 구토 대장정 전 마지막으로 행복한 순간이었을 거다. 하지만 월요일 아침 등교했을 때만 해도 상태가 괜찮았다. 타이밍이 절묘했다. 왜냐면 그사이 뜻밖의 결과를 부를 세 가지 일탈을 저질렀기 때문이다.

1. 레예스 선생님을 인터뷰한 기사를 신문부 고문 에드먼드선 선생님에게 일요일 밤에 제출함으로써 월요일 오전 발행에 성공했다. 물론 그가 안 읽을 줄 알았다.
2. 스노든 코치의 책상에 몰래 유에스비를 갖다 놓았다. 그 안의 몇 가지 오류를 바로잡은 뒤였다.
3. 모니카 한센에게 내가 맡은 기사를 양보했다.

그러고 정오부터 몸살 기운이 덮쳐서 조퇴했다.

내가 언제 토를 내뿜을지 몰라 거리를 두었던 호르헤는 며칠 뒤 의료용 마스크를 쓰고 우리 집을 방문했다.

"아직 아픈 거야, 아니면 닐이 화 풀 때까지 피하려는 거야?"

내가 문을 열어 주자마자 호르헤가 물었다. 호르헤는 내 핼쑥한 낯을 보고 마스크를 단단히 고쳐 쓰더니 유인물을 한 아름 안겼다. 코라가 기쁘게 전달한 과제물들이었다. 실은 월요일에 조퇴하기 전에 닐과 잠깐 대화를 나눴다. 그걸 대화라고 할 수 있다면.

영어 수업을 들으러 가면서 블로그에 올라온 윤활제 질문에 머릿속으로 답하고 있는데 닐이 끼어들었다.

"어떻게 그럴 수 있어?"

닐이 내 앞에 우뚝 서서 물었다.

"기사 제출한 거?"

나는 답답하게 굴 생각이 없었다.

"그래. 그 기사. 게재 철회해야겠어."

"허위 정보 있어?"

"아니."

"내가 허접하게 썼어?"

"그건 아니지만―."

"그럼 왜 철회해야―."

"누구나 빌어먹을 의인이 될 순 없어, 피비. 가끔은 돈 대는 사람 눈치를 봐야 할 때도 있어."

레예스 선생님이 했던 말이다.

닐은 제풀에 얼굴이 벌게졌다. 자기도 모르게 욕을 뱉고 당황한 듯했다.

"좋은 기자가 할 말은 아닌 거 같은데."

"넌 선을 넘었어."

닐이 표정을 가다듬고 말했다.

"무슨 선? 네가 폼과 한 인터뷰는 괜찮고, 내가 레예스 선생님과 한 인터뷰는 아니야?"

"타이밍의 문제야."

"그러니까, 넌 브룩허스트에게 뭔가 얻기 전에 기사를 썼고, 난 그 후에 기사를 썼다는 말이야? 네가 잃을 게 생긴 뒤에?"

닐은 평소와 달라 보였다. 습관처럼 머리를 쓸어 넘기는데, 이제 더는 매력적이지 않고 오히려 거슬렸다. 게다가 눈에 띄게 창백하고 땀을 많이 흘렸다.

"축제 때 일 때문이야? 복수라도 하는 거야? 내가 널—"

"아니."

나는 닐의 말을 끊었다.

"그건 물론 무례했지. 하지만 난 이 기사를 소신껏 썼고, 발행해 줄 사람에게 제출한 것뿐이야."

닐은 셔츠 매무새를 가다듬었다. 순간 호르헤가 묘사한 서른 살 부동산 중개인이 겹쳐 보였다.

"아무튼, 실망이야. 난 네가 믿을 만한 사람인 줄 알았어."

닐은 사과를 기다리는 것처럼 보였다. 나는 울컥 치미는 화를 참고 그저 닐을 빤히 바라봤다. 그러자 닐이 먼저 시선을 피했다.

"그래, 내가 잘못 봤나 보네."

내가 계속 아무 대꾸 없이 그저 옅게 웃어 보이자 닐은 발걸음을 돌렸다.

'불편한 침묵'을 만들어야 해. 그리고 지켜봐.

레예스 선생님 말이 옳았다. 사람들은 어찌할 바를 모른다.

게다가 닐과의 키스는 최악이었다. 비록 실질적인 비교 대상은 없지만, 홍수 같은 침과 부르튼 입술은 결코 능숙한 기교의 결과로 볼 수 없었다.

여태 속으로 코르넬리우스라고 불렀다니. 쪽팔려.

코라에게 전해 듣기로 닐은 편집실에서 거하게 토하고 조퇴했다. 그리고 나는 작문 수업으로 향하다가 발길을 틀어 (다행히) 텅 빈 화장실에서 한바탕 쏟아 냈다.

그리고 트위터에서 브룩허스트가 레예스 선생님 인터뷰 기사에 반응한 걸 발견했다.

> @TheRealLydiaBrookhurst: 성교육에 한마디 얹을 전문가가 필요했다면 '진짜 의사'를 섭외했어야지.

고급스러워라.

"닐 그 녀석, 꽤 열받은 거 같던데."

호르헤가 마스크 뒤에서 말했다.

"화낼 사람은 너 아니야? 그 녀석한테 병까지 옮고."

벌게진 내 얼굴을 호르헤는 못 본 척했지만, 그 병의 감염 원인을 따지지 않고 화제를 돌리는 목소리에 짜증 난 기미가 묻어났다.

"어제 학교에서 브룩허스트 봤어. 네가 쓴 기사 때문에 교장한테 따지러 온 거 같던데."

"자기 마음에 안 든다고 정직한 기사를 막을 순 없어."

"없지. 하지만 자기가 원하면 학교에 대던 돈줄을 끊을 수는 있겠지. 그 기사가 자기한테 불리해서 빡쳤을걸."

"교장이 뭘 어쩌겠어?"

"넌 잘못한 거 없지만, 혹시 모르지. 그리고 그 풍자만화도 도움이 안 됐어."

호르헤가 마스크 뒤에서 웃는 티가 나서 나도 그만 웃고 말았다.

데이비드는 내 제안에 따라 한 컷 풍자만화를 그렸고, 나는 그걸 내 기사에 슬쩍 끼워 에드먼드선 선생님에게 보냈다.

진심, 그 인간은 허수아비다.

그 만화는 걸스카우트 복장을 한 리디아 브룩허스트가 책 더미로 지핀 모닥불에 마시멜로를 굽는 모습을 묘사했다. 꽤 은근한 풍자였고, 코라는 말 그대로 동네방네 자랑했다. 곧장 부모님 가게에서 티셔츠와 머그잔으로 제작해서 보건 수업 교실에 뿌렸고, 온라인에서도 벌써 품절됐다. 작고 보수적인 동네치고 개성 있는 티셔츠에 열광하는 편이었다.

그리고 유에스비를 되찾은 스노든 코치는 어떻게 되었느냐.

블로거로서 개인용 컴퓨터 소프트웨어에 꽤 친숙한 나는 최근 그 기술을 내 삶의 다른 방면에 응용했다. 다시 말해 좀 짓궂은 해커로 변했다는 뜻이다.

피피티가 펼쳐질 때 나는 (닐의 독감에 당해) 그 자리에 없었다. 호르헤에게 전해 들은 바는 다음과 같다.

1. 스노든 코치는 피피티를 띄우고 실제 사실과 수치가 나타나기 시작하자마자 뭔가 잘못됐음을 직감했다.
2. 거대한, 아주 사실적인 여성 생식기 도해가 스크린에

떴다. 스노든 코치는 '성감대'에 대한 설명과 성관계 시 여성의 쾌락을 담당하는 부위를 다룬 대목을 읽고서 허겁지겁 피피티를 끄려다가 자기 텀블러를 넘어뜨리며 맨 앞줄 학생들에게 물세례를 퍼부었다.

3. 어째선지 코치는 피피티를 종료할 수 없었다. 학생들에게는 얼마나 흥미진진하고 코치에게는 얼마나 당황스러웠을까. 어쩌면 신의 개입이 아니었을까?

4. 슬라이드 쇼는 계속됐다. 남성과 여성의 자위를 함께 다룬 대목이 이어졌다. 여성 자위? 세상에나!

5. 스노든 코치는 그 시점부터 이성을 잃었다.

   "눈 돌려! 보지 마! 이게 뭔 일인지 모르겠지만 이건 내 피피티가 아니야! 다들 나가!"

6. 아수라장.

7. 학생들은 교실에서 쫓겨나 스노든 코치가 피피티를 끄는 법을 알아낼 때까지 복도에서 기다려야 했다.

8. 교감 선생님이 호출됐고, 시청각 당번들은 성난 스노든 코치에게 다른 프로그램들이 모두 먹통이 돼서 피피티를 끌 수 없다고 설명했다. 업데이트 후에 간혹 일어나는 문제였다. 그저 슬라이드 쇼가 끝날 때까지 모니터를 꺼 두는 수밖에 없었다.

9. 스노든 코치는 벌게진 얼굴로 앞자리에 앉아 기다렸다. 어느 순간 피피티에서 소리가 흘러나왔다. 마침

기계음이 영국 억양으로 '음핵'의 정의를 제공했다.

코치는 또다시 허겁지겁 음소거 버튼을 찾아 눌렀다.

10. 종이 울리자 스노든 코치는 누구보다 먼저 교실을 뛰
    쳐나갔다.

"어떻게 된 일인지 아는 사람 없어?"

내가 호르헤에게 물었다.

"어. 아무도 몰라. 스노든 코치는 맹세코 자기 피피티 건
드린 적 없대. 유에스비에 다른 자료 넣은 적도 없고."

호르헤는 고개를 절레절레하며 일어났다.

"숙제 전달해 줘서 고마워."

나는 사실 온라인 수업 자료실에서 쉽게 내려받을 수
있는 유인물들을 보며 말했다.

"천만에. 어차피 코라는 당분간 네 더럽고 병든 숨결을
피하고 싶대."

"걔가 그렇게 상냥하다니까."

"아."

호르헤가 주머니를 뒤적거렸다.

"깜빡할 뻔했다. 레예스 선생님이 너 주라더라. 보건 수
업에 와서 너 찾길래 내가 전해 준다고 했지."

"뭔데?"

호르헤가 꺼내 든 것은 빨간 막대 사탕이었다. 나는 피

식 웃었다.

"기사 좋았다고 전해 달래."

"전해 줘서 고마워."

나는 손가락으로 막대 사탕을 빙빙 돌리며 말했다. 호르헤는 그 자리에서 서성거렸다.

"더 할 말 있어?"

호르헤가 마스크를 내리고 내 쪽으로 상체를 수그렸다. 너무 순식간이라 반응할 시간도 없었다. 호르헤는 고개를 숙여 내 뺨에 입 맞추고는 심각한 표정을 걸친 채 자세를 바로 했다. 입술이 닿았나 싶을 만큼 부드러웠지만, 그 작은 접촉에 온몸이 찌릿했다. 닐과의 재앙 같았던 키스보다 강력했다.

호르헤는 다시 마스크를 쓰고 말했다.

"지금으로선 이게 최선이야. 감염은 사절이거든."

그러고서 호르헤는 떠났다.

그럼 이제 세 번째 일탈로 넘어가자. 모니카 한센.

내 삶에 그림자처럼 도사리는 악역, 모니카가 내가 잠든 사이 우리 집에 다녀갔다. 나는 닐에게 구토증이 심해서 내가 맡은 대입 합격 통지서 관련 기사를 마무리할 수 없다고 정중히 문자를 했고, 닐은 미완성 기사와 자료를 모니카에게 넘기라고 답장했다. 모니카가 나 대신 완성할 거라며.

나는 모니카에게 뭐든 양보하기도, 우리 집에 들이고 싶지도 않았지만, 화요일에 속이 너무 안 좋아서 엄마한테 모니카가 들르면 전해 주라며 자료를 맡기고 잠들었다.

일어났을 때 자료를 두었던 자리에는 분홍색 포스트잇이 남겨져 있었다. "고맙"이라고 갈겨쓴 쪽지를 보고 어이가 없었다. "고마워"라고 쓰기도 귀찮았을까. 하긴 그간의 교류를 떠올리면 꽤 무난한 편이었다⋯. 그 뒤에 온 메시지를 보기 전까지. 모니카는 "흥미로운 거 읽네!"라는 문자에 내 방문틈으로 찍은 사진 한 장을 첨부했다. 사진 뒤쪽에는 내가 고치처럼 이불을 감고 누워 있고 앞쪽에는 내 노트북이 블로그 초기 페이지를 내걸고 있었다.

모니카가 우리 엄마 몰래 이 사진을 찍었다고 생각하니 숨이 턱 막혔다. 적어도 블로그 편집 창을 열어 놓은 건 아니라서 다행이었다.

반응할 필요는 없었다. "ㅋㅋ 맞아"라든지 좀 더 허세를 담아 "다 아는 내용이던걸"이라고 할 수도 있었다. 물론 안 믿겠지만. 나는 그저 그 문자를 삭제했다.

사진으로 증명할 수 있는 건 내가 그 블로그를 읽는다는 것뿐이었다. 만약 편집 화면을 들켰다면⋯.

나는 심호흡했다.

내 익명성은 거기까지였을 거다.

나는 남들에게 도움이 될 만한 글을 써서 보람차다. 하지만 내가 폼이란 게 알려진다면 블로그 자체보다 더 큰 논란이 일어날 거다. 내가 10대 여자애라서.

지나치게 많은 걸 안다고 손가락질받겠지.

나는 놀란 마음을 다스리며 자기 전에 답변할 수 있는 질문이 있나 보려고 블로그에 접속했다.

하나 있었다.

> 안녕하세요. 여기 물어도 되는지 모르겠지만 부모
> 님은 제가 게이란 걸 모르고 물어볼 사람도 없어서
> 요. 게이들은 어떻게 섹스하나요?

나는 질문을 잠시 바라봤다. 그러고 보니 내가 그동안 모은 연구 자료를 통틀어도 이 질문에 도움이 될 내용은 없었다.

그날 밤, 숟가락으로 누텔라를 퍼먹고 싶은 충동에 끌려 방에서 나왔을 때 엄마 아빠가 얘기하는 소리가 들렸다.

"난 당신이 브룩허스트를 싫어하는 줄 알았어. 피비가 뭘 쓰든 무슨 상관이야?"

아빠가 말했다.

"난 그 여자를 알아. 브룩허스트는 그 기사를 자길 향한 공격으로 간주해. 건드려서 좋을 거 없어."

"그 여자의 본모습을 까발릴 기사를 쓸 가치가 없다고?"

"당신은 그 여자가 무슨 짓을 할 수 있는지 몰라."

나는 내 방으로 돌아갔다. 누텔라 생각은 싹 가셨다.

12

게이 섹스 질문에 답변을 올리자 팔로워 수가 급증했다.
브룩허스트는 또 한번 트위터에서 악다구니를 썼다. 또다시
내 게시물을 줄줄이 인용한 트윗이 피드를 다채롭게 물들
였다.

> @TheRealLydiaBrookhurst: 왜 보건 수업에서
> 남학생들한테 월경에 대해 가르치며 시간을 낭비
> 하죠? 그런 걸 알아서 뭐 하겠냐고요.

> @TheRealLydiaBrookhurst: @CircleintheSqu
> are 네 자X 관련 글 역겨워. 네 오물이 떳떳하다면
> 왜 계정 뒤에 숨니?

@TheRealLydiaBrookhurst: @CircleintheS quare 하다 하다 이제 게이 섹스? 정상적인 얘기는 언제 할래?

넌더리가 났지만, 내 최근 게시물에 반응을 보일 줄 알았다.

나는 '정상'이냐 아니냐에 관한 질문을 많이 받는다.

음경이 휘어진 게 정상인가요?

가슴이 짝짝이인데 정상인가요?

섹스는 자주 하는데 오르가슴은 한 번도 못 느낀 게 정상인가요?

섹스가 두려운 게 정상인가요?

섹스를 안 하고 싶은 게 정상인가요?

아무한테도 성적 매력을 못 느끼는 게 정상인가요?

이 사람 저 사람한테 다 끌리는 게 정상인가요?

'정상'은 설명하기 어렵다. 그래서 안 한다.

이런 질문의 대답은 항상 '예'였다.

게이들은 어떻게 섹스하느냐는 질문에 나는 처음으로 당혹스러웠다. 대답하기 민망해서가 아니라, 대답할 수 없어서였다. 그 주제를 한 번도 조사한 적이 없어서. 대답을 뒷받침할 자료도 없어서.

블로그를 시작하고 처음으로 한계를 맞닥뜨린 느낌이었다. 내가 궁금했던 영역에서 벗어난 질문에 답변해야 하니까. 아니, 이제 궁금하지만, 내가 개인적으로 품었던 호기심에 상응하는 문제는 아니었다. 아무래도 내가 알기로 나는 처음부터 이성에게 끌렸으니까.

그 문제를 한 번도 고려해 본 적이 없다니, 실망스러웠다. 어떻게 한 번도 고려해 보지 않았을까?

평소에 참고하던 자료들은 도움이 안 됐다. 확실히 산부인과 자료는 무용지물이었다. 내가 찾아낸 성교육 교재들은 전부 성 소수자를 배제했다. 시스젠더(생물학적 성별과 심리적 성별이 일치하는) 이성애자로서 성을 주제로 글을 쓰고 정보를 수집하는 나한테도 어렵다면, 어디서부터 질문해야 할지도 모르고 주변에 물어볼 사람이나 쉽게 접근할 자료도 없는 애들은 얼마나 답답할까?

나는 도서관 온라인 서비스로 그 질문에 답할 수 있는 책들을 찾았다. 나에게 없는 자세한 정보를 제공할 수 있는 책들. 일단 그것으로 충분하다고 생각했다. 책이 질문자에게 좋은 출발점이 될 거라고.

하지만 그렇지 않았다. 성에 차지 않았다. 내가 좀 더 근본적인 답을 마련할 수 있을 것 같았다. 나는 내가 수집한 책과 잡지 목록을 봤다. 질문자는 읽을거리 목록을 요청한 게 아니었다. 게이들이 어떻게 섹스하느냐고 물었다. 그래서 나는 섹스의 정의부터 살폈다. 그리고 수집한 정보를 바탕으로 답변을 썼다.

질문 감사합니다.

메리엄 웹스터 사전은 "성행위"를 "성적 욕구를 충족하기 위해 다른 사람과 함께 행하는 행위"라고 정의합니다. 나쁘지 않지만, 중요한 정보가 빠져 있습니다. 제가 생각하는 최선의 정의는 "둘 이상의 동의자 사이에서 일어나는 성적 흥분을 수반한 행위"입니다.

요점은 동의와 의도입니다. 예를 들어 산부인과 의사에게 받는 정기 골반 검사는 성행위가 아니죠.

또한 성행위는 삽입, 오르가슴, 생식 가능성을 포함할 수 있지만, 그것들만으로 정의할 수 없고 그것들이 필요조건도 아닙니다. 그리고 다른 행위보다 '진정하다'고 여겨지는 성행위도 없습니다.

성행위는 일반적으로 신체 부위를 이용한 행위를 가리킵니다. 하지만 반드시 육체적이지 않아도 성적 즐거움을 주는 경험이라면 성행위에 포함될 수 있습니다.

두 사람 사이의 성관계는 항문을 통해 이뤄질 수도 있습니다. 항문성교는 한 사람이 자신의 음경을 다른 사람의 항문에 삽입하는 행위입니다. 한 명이 삽입할 수도, 둘 다 삽입할 수도, 둘 다 삽입하지 않을 수 있습니다. 성관계는 상호 수음을 통해 이뤄지기도 합니다.

성관계는 모든 성 정체성과 성적 지향을 지닌 사람 사이에 일어날 수 있습니다. 남자는 남자, 여자, 그 외 성별과 성관계할 수 있고 여자도 여자, 남자, 그 외 성별과 성관계할 수 있습니다.

여기를 클릭해서 항문성교, 구강성교, 상호 수음의 정의를 확인하세요.

성관계는 다양하다는 점을 알아 두세요. 여기 언급되지 않은 행위도 포함될 수 있습니다.

그리고 질문의 요지에서 살짝 벗어나지만, 생물학적 성별(sex)과 사회 심리적 성별(gender)은 다르다는 점도 주목할 필요가 있습니다. 성 정체성, 젠더 이분법, 논 바이너리, 젠더플루이드, 트랜스젠더 같은 정의를 확인하려면 여기를….

그래도 부족했다. 나는 질문에 아주 넓은 의미로 답했고 블로그에서 기존에 다룬 정의들을 알려 줬지만, 분명 더 논의할 점이 많았다. 문제는 내가 뭘 모르는지 모른다는 것이었다.

이 답변이 좋은 출발점이 되길 바라며, 좀 더 자세한 정보는 다음 자료들을 참고하기 바랍니다. 물론 종합적인 목록은 아니지만, 궁금한 것들의 답을 얻는 데 어느 정도 도움이 될 것입니다.

나는 내가 찾은 책, 잡지, 성 소수자 모임 정보를 추가하고 답변을 검토한 뒤 안전한 성관계에 대해 덧붙였다.

그리고 안전한 성관계는 여기서도 적용됩니다. 성병 예방을 위해 콘돔은 필수입니다.
성생활이 활발하다면 정기적으로 검사를 받는 것도 강력히 추천합니다.

그리고 마지막으로 덧붙였다.

부족한 답변 양해 바라며 만약 좀 더 구체적인 질문이 생기면 언제든 남겨 주세요. 기꺼이 조사하겠습니다.

나는 검색하다가 발견한 몇몇 기사도 링크로 달았다. 잡지 〈틴 보그〉에 실린 기사는 두 동의자 사이의 항문성교는 완전히 자연스러운 행위라고 설명했다. 그 기사에서 가장 마음에 든 대목은 "성을 경험하는 잘못된 방법은 없으며 다른 어떤 방법보다 나은 방법도 없다"였다.

나름대로 최선을 다해 답변했다고 만족한 것도 잠시, 댓글이 실시간으로 달리기 시작했다. 긍정적인 반응을 보이는 사람도 있는가 하면 다시는 내 블로그를 읽지 않겠다는 사람도 있었다.

나는 동성애 혐오 발언들을 삭제했다. 반나절 뒤에 브룩허스트가 트위터에 이렇게 올렸다.

> @TheRealLydiaBrookhurst: 이 끔찍한 게시물은 놀랍지도 않네요. 이 문제를 집중적으로 다룰 테니 화요일에 린다 비스타 316.5를 청취하세요.

그래서 나는 화요일에 차를 몰고 등교하면서 라디오를 틀었다. 온종일 캐럴을 트는 크리스마스 시즌을 제외하고는 아무도 안 듣는 보수적인 라디오 프로그램에서 브룩허스트는 〈네모 안의 동그라미〉를 실컷 헐뜯었다.

"글쎄요."

진행자가 말했다.

"이 폼이라는 네티즌은 분명히 우리 학군의 성교육이 부족하다고 믿는 모양이에요. 그래서 블로그를 쓸 필요성을 느꼈고ㅡ."

그때 브룩허스트가 끼어들었다.

"그게 잘못됐다는 거예요. 아기가 어떻게 생기는지는 대단한 비밀이 아니죠. 기본적인 성교육은 필수지만, 불순한 내용을 가르치는 건 학교의 몫이 아니에요. 이 마을의 주민인 우리가 감독해야 해요. 애초에 애들이 무엇을 언제 알아야 하는지는 부모들이 결정할 일 아닌가요?"

"그럼 제안하시는 바는ㅡ."

진행자의 말은 나오자마자 끊겼다.

"'오직 금욕'이죠. 성 위험 방지 교육이요. 우리는 책임감을 가르칠 필요가 있어요. 10대들에게 섹스를 하는 법이 아니라 하지 말라고 가르쳐야 해요. 남자든 여자든 아랫도리를 잘 간수하라는 거죠."

"결혼할 때까지요?"

"그렇죠! 그게 불의의 사고를 막는 가장 확실한 방법이잖아요. 자제력을 가르쳐야죠. 그만큼 간단한 피임법이 어딨어요? 저는 소위 진보주의 교육자들이 왜 우리 아이들에게 일부러 자극적인 내용을 주입하는지 도무지 이해가 안 가요."

"동성애 행위에 관해서도 몇 가지 언급하셨는데요."

진행자는 딱히 질문은 아닌 말을 했다. 브룩허스트는 말하기에 앞서 목을 가다듬었다.

"감수성이 예민한 10대 아이들에게 그런 행위를 극도로 자세히 설명하는 걸 정당화하는 사고방식을 도저히 용납할 수 없습니다. 신앙인으로서 치가 떨립니다. 하나님은 우리 모두를 사랑하십니다. 그러나 이 말도 강조하고 싶군요. 죄는 미워하되 사람은 미워하지 말라."

신의 경고를 마지막으로 나는 시동을 끄고서 교실로 향했다. 그때 핸드폰이 윙윙거렸다. 호르헤의 문자였다.

좀 괜찮아?

13

트위터 팔로워 수: 70,000

팔로워가 급증한 건 라디오 연설 때문인 듯했다.

한편 레예스 선생님 인터뷰 기사가 나간 뒤로 엄마와 나는 서로 피하고 있다. 그 얘기를 꺼내면 둘 다 불편해질 테니 각자 안 보이게 깊이 눌러두는 게 최선이었다.

참 건강하게도.

그래도 엄마가 언짢아하는 건 눈치채지 않을 수 없었다. 엄마는 브룩허스트와 매주 영상 회의를 하는데, 한번은 브룩허스트가 이렇게 말하는 장면을 포착했다.

"선동적인 오보를 쓰는 '언론인'들이 없다면 제가 속 썩을 일이 좀 줄어들겠죠."

브룩허스트는 '오보'를 뱀처럼 속삭이듯 말했고, '언론인'을 말할 때는 손가락으로 허공에 따옴표를 그렸다.

나는 엄마가 날 변호하거나 반박하기를 기다렸다. 뭐라도 좋으니까. 하지만 엄마는 브룩허스트를 향해 그저 고개를 끄덕였다. 나는 신경 쓰지 않으려고 애썼다.

블로그에 올라온 질문들에 답변하느라 아주 늦게 잠들었다. 그리고 일어났을 때, 핸드폰 충전도 안 해 놓고 세탁물을 건조기에 옮기는 것도 깜빡했다는 걸 깨달았다. 꺼진 핸드폰과 꿉꿉한 냄새가 나는 옷가지들. 하루의 시작이 아주 경쾌했다.

목요일이었다. 평소라면 엄마 아빠가 학교 앞에 내려 주지만, 코라가 우리 가족을 둘러싼 어색한 기류에서 날 구하고자 일찌감치 데리러 왔다.

이럴 때 코라는 정말 든든하다.

학교에 도착해서 긴장이 풀리기 시작할 무렵 엄마의 문자를 받았다. 온통 대문자였다. 엄마는 가끔 캡스를 활성화한 채로 문자를 보낸다.

> 피비, 내 컴퓨터가 고장 나서 네 거 좀 빌릴게.
> 더 일찍 부탁했어야 하는데 네가 이미 나갔더라고.
> 이따 오후에 회의만 마치고 다시 가져다 놓을게.

가슴이 철렁했다. 짙은 당혹감이 온몸을 관통했다.

> **내 비밀번호 필요하지 않아?**

겉보기엔 꽤 차분하고 상냥한 답장이었으나 속으로는 딱 죽을 것 같았다.

> **괜찮아. 열려 있더라. 고마워.**

한 가지 가능성이 머릿속에 밀려오자 잇새로 신음이 나왔다. 나는 공포의 근원을 차근차근 되짚었다.

1. 엄마가 내 컴퓨터를 빌렸다. 그것은 사실상 내 정신세계를 빌려준 것과 다름없다.
2. 내 컴퓨터는 잠금 상태가 아니었다. 아마 자기 전에 음악을 틀어 놨기 때문일 거다. 블로그 편집 창을 열어 놓은 채.
3. 젠장!
4. 내 핸드폰으로 원격 로그아웃할 수 있는데, 하필 꺼져 있었다. 어렵할까. 원래 배터리를 75% 이하로는 절대 안 떨어뜨리는데, 딱 한 번 가방에 방치했더니….
5. 학교 도서관에 가야 한다.

"왜 그래?"

내가 발걸음도, 말도, 아마 숨도 멈춘 걸 알아채고 코라
가 물었다.

"주의 좀 끌어 주라. 나 지금 아무한테도 안 들키고 학교
컴퓨터 써야 해. 이유도 묻지 말고."

무슨 첩보 영화 대사처럼 들린다는 걸 알았다. 코라가
머리 굴리는 소리가 들렸다. 나는 우리가 어릴 때부터 쌓은
우정과 추억의 힘이 더 설명할 필요 없이 코라를 설득하리
라 믿었다.

"가자."

종이 울리는 동시에 코라가 내 팔을 잡았다. 우리는 교
실로 가는 애들 틈을 비집고 도서관으로 달렸다. 모퉁이를
돌 때 호르헤가 멀리서 우릴 보고 손을 흔들었다. 나는 어정
쩡하게 손짓하고 발걸음을 재촉할 수밖에 없었다.

도서관은 비어 있었고, 사서가 책을 옮기는 소리만 들렸
다.

"저분 좀 치워 줘."

내가 코라에게 속삭였다.

"살려는 드릴까?"

나는 코라를 물끄러미 봤다.

"알았어. 농담 금지."

코라는 선글라스를 벗고 머리를 하나로 올려 묶은 뒤

사서에게 달려갔다. 남자 선생님이었다. 그는 카트에 책들을 싣느라 여념이 없었다.

"저, 저기, 너무 죄송한데요."

코라가 목소리를 떨면서 말했다.

"제가 방금 생리가 터졌는데 탐폰을 안 해서요."

나는 손으로 입을 막고 그 가엾은 남자의 표정이 허물어지는 걸 지켜봤다. 그는 살면서 그런 말을 처음 듣는 듯했다.

코라가 우는 척을 하면서 극의 본격적인 막이 올랐다.

"정말 죄송해요. 처음 겪는 일이에요. 그래픽 노블 칸에서 쪼그리고 앉아 있었는데 갑자기 터졌어요. 카펫을 더럽히려던 건 아닌데….'

윽, 코라. 너무 자세하잖아. 하지만 잘했어.

얼굴이 싱싱한 자두 빛으로 변한 사서가 청소 도구가 있는 방으로 가는 동안 코라는 연신 죄송하다고, 얼룩이 안 남았으면 좋겠다고 주절거리며 흐느꼈다. 사서는 그저 코라의 입을 틀어막고 싶은 기색이었다.

나는 코라를 축복하며 컴퓨터실로 들어갔다. 〈네모 안의 동그라미〉에 직접 접속하지 않는 한 교내 컴퓨터 보안 프로그램에 걸리지 않을 터였다.

그래픽 노블 칸은 컴퓨터실 반대편에 있었다. 내 컴퓨터에 원격 로그인해서 블로그를 닫기까지 최소한 몇 분은 걸

린다. 엄마가 우연히 자신의 극보수 고객들에게 질의 천연 윤활액에 관한 내 최신 답변을 생중계하기 전에.

나는 사용할 수 있는 첫 번째 컴퓨터에 로그인했다. '안 전한 인터넷 사용' 지침은 모조리 건너뛰었다. 그러고서 내 컴퓨터에 원격 데스크톱 연결을 시도했다. 이윽고 지난번 하 와이 여행 때 찍은 가족사진이 화면에 떠오른 순간, 경고 창 이 뜨며 웹사이트를 비활성화했다.

당신은 교내 컴퓨터에서 음란물을 보고 있으며 이는 징 계 사유입니다. 사서가 도와줄 때까지 자리에 앉아 계십 시오.

아무렴, 고분고분 앉아 징계를 기다리고말고. 나는 이마 에 땀이 차는 걸 느끼며 속으로 뇌까렸다.

그때 멀리서 코라가 청소용품들을 바닥에 와르르 쏟았 다.

"으악, 죄송해요!"

코라가 속삭이듯 외쳤다.

"오늘 정말 되는 일이 없네요!"

사서는 눈을 질끈 감았다. 내 쪽으로는 고개도 돌리지 않기에, 나는 최대한 그의 주의를 끌지 않고 코라에게 입 모 양으로 '카드키'라고 외쳤다. 코라는 간결하게 고개를 까딱

하더니 그때부터 역대급 액션을 펼쳐 보였다. 〈미션 임파서블〉의 한 장면이 따로 없었다.

코라는 방금 쏟은 세제에 극적으로 미끄러지며 휘청거렸다. 하지만 벌러덩 넘어지는 대신 사서를 움켜잡고 주저앉혔다.

"아이고, 제가 일으켜 드릴게요."

코라는 사서를 부축하면서 그의 셔츠 주머니에서 카드키를 빼내고는 전방의 서가 뒤로 휙 던졌다. 나는 그 서가 뒤로 후다닥 달려가 그들이 그래픽 노블 칸으로 가길 기다렸다. 코라가 어떻게든 카펫에 불가사의한 얼룩을 만들어 내야하는 곳. 컴퓨터실로 돌아간 나는 사서의 카드키를 컴퓨터에 꽂고 에러 메시지를 지웠다. 또 다른 문제가 있었다.

엄마가 나와 동시에 내 컴퓨터를 사용하려 한다는 알림이 뜬 것이다.

망할, 망할, 망할.

"종료, 종료, 종료."

나는 주문처럼 뇌까렸다. 컴퓨터가 블로그를 종료하기까지 몇 초가 영원처럼 느껴졌다.

암호를 입력하고 마침내 프로그램을 껐다. 하지만 막 떠나려고 일어났을 때, 화면의 노란 체크 박스 아이콘이 눈에 띄었다. 추적 소프트웨어의 일종이었다.

심장이 두 바퀴 공중제비를 돌았지만 신경 쓸 겨를이

없었다. 나는 코라가 쏟은 세제를 밟고 미끄러지듯 개찰구를 빠져나갔다. 카드키를 책 스캐너 근처에 내팽개치고 사서가 그걸 자기가 떨어뜨렸다고 믿기를 기도했다.

5분쯤 뒤, 코라가 후드티를 벗으며 도서관 모퉁이를 돌아 나타났다.

"너 진짜ㅡ."

"알아."

코라는 선글라스를 다시 쓰고 뿌듯하게 웃었다.

"그저 놀랍다."

"넌 내 사람이잖아."

코라가 내 손을 꼭 쥐며 말했다. 그리고 우리는 말없이 내 보건 수업이 있는 교실을 향해 걸었다. 이미 지각이었다.

"그래픽 노블 칸에 갔는데 얼룩 없어서 어떻게 했어?"

"나 생리 맞아."

코라가 산뜻하게 말했다. 나는 눈만 끔뻑였다.

뭐라고.

"인생은 모험이지."

"아니, 코라, 그럼ㅡ."

코라는 짧은 반바지를 입고 있었다. 그러니까, 사실, 가능했다. 나는 생각하기를 멈췄다.

스노든 코치는 내가 늦은 것도 눈치 못 챘다. 자기 풋볼 팀원들과 전략을 논의하는 중이었고 다른 학생들은 핸드폰

게임을 하고 있었다. 내가 들어가자 호르헤가 영문을 묻는 눈으로 날 바라봤고, 나는 윙크로 답했다.

맙소사, 윙크? 나는 아까 복도를 거의 내달렸다. 내가 설사나 구토가 급해서 화장실에 뛰어갔다고 짐작했다면? 윙크는 적절한 반응이 아니었다. 하지만 호르헤는 빙그레 웃었다.

뭐, 괜찮은 모양이군.

나는 심호흡하고서 호르헤에게 설명하려고 핸드폰을 꺼냈고, 여전히 꺼진 상태라는 걸 깨달았다.

14

　내 노트북은 내게 유사 심장마비를 일으킨 적 없다는 듯이 내 방에 고스란히 돌아와 있었다. 내가 블로그를 닫기 위해 어떤 일을 겪었는지 엄마가 전혀 모른다는 뜻이었다.

　나는 엄마가 블로그를 볼까 봐 걱정하느라 바빠 내 일기장 폴더를 열어 볼 수도 있다는 건 생각도 못 했다. 암호가 걸려 있었지만, 내가 제대로 닫았을 때 한해서였다.

　안 그랬다면 엄마는 주옥같은 연구용 메모를 맞닥뜨렸을 거다. 질 탄력성에 관한. 그랬다면 엄마는 어떻게 반응했을까? 그때 아빠가 내 무의미한 걱정을 방해했다.

　"브룩허스트 캠페인은 이제 내리막이야."

　아빠가 아침을 먹다 말고 말했다. 엄마는 출근 준비로 분주했다. 나는 잠이 덜 깨서 혹시 잘못 들었나 했다.

"헬렌 루비노위츠 알아? 브룩허스트 상대 후보?"

나는 고개를 끄덕였다.

"브룩허스트가 미디어 축제에서 그 여자 험담을 좀 했는데 누가 그걸 녹음했나 봐."

"뭐라고 했길래?"

아빠는 자기 노트북 화면을 내 쪽으로 돌렸다. 녹취록이었다.

"왜, 자기를 가꿀 필요가 없다고 생각하는 여자들
있잖아요. 제 상대 후보를 보세요. 짠하죠. 누가 봐
도 생긴 대로 살자고 작정했잖아요. 남편이 떠난 것
도 무리가 아니죠."

"와."

내가 감탄했다.

"점점 가관이야. 참고로 루비노위츠는 남편과 이혼한 게 아니라 사별했어. 자의로 떠난 게 아니라는 거지. 파장이 클 거야."

나는 브룩허스트의 발언을 계속 읽었다.

"아름다운 여자가 성공할 가능성이 크다는 건 상식
이잖아요. 외모도 경쟁력인데, 얼굴이 오늘내일하

면 그리 멀리 못 가죠. 그게 현실이에요."

　나도 아빠 의견에 동의하고 싶었지만, 브룩허스트 캠페인이 시작된 이래 마을 분위기가 달라졌다. 비록 그 여자가 푸드트럭 단지를 없앨 수는 없지만, 창문에 벽보를 내건 식당이 갈수록 늘어났다. "100% 미국산. 우리의 뿌리를 지켜주세요. 진정한 린다 비스타를 지지하세요."

　거의 모든 벽보가 '도덕 수호' 인장을 달고 있었다. 한 벽보는 심지어 "음란 블로그 삭제하라. 제보 환영"이라고 덧붙였다.

　잠시 후 나는 차를 몰고 등교하며 지역 라디오 방송을 틀었다. 브룩허스트를 옹호하는 청취자 의견이 많았다.

　"농담으로 한 말이겠죠. 누가 몰래 녹음하는 줄 알면 그런 말을 하겠어요? 누가 그런 악랄한 짓을!"

　"사실 틀린 말을 한 것도 아니죠. 다들 생각했던 거잖아요? 그러니까, 다들 헬렌 루비노위츠 본 적 있죠?"

　"적어도 브룩허스트는 인간미가 있잖아요! 루비노위츠 말하는 거 들어 본 적 있나요? 차라리 시리얼 상자 성분표를 읽는 게 재밌겠어요."

　오후에 집에 와서 트위터에 접속했을 때, 브룩허스트가 역겨운 선거 공약을 올렸다는 걸 알게 됐다. 나중에 확인하기로 했다.

"내 안에 작은 기생물 하나가 없는 느낌이 얼마나 가뿐한지 얘기했나?"

코라가 물었다.

"어. 꽤 여러 번."

코라는 임신을 참 곱게도 표현했다. 그리고 그게 틀린 말이었다면 나는 임신 중절 자체에 반대했을지도 모른다. 태아는 성장하고 발달하기 위해 모체에 기생한다. 공간과 영양분을 차지하고, 그 과정에서 모체에 고통을 줄 수 있다. 그러니 엄밀히 말해 '기생물'이 맞다. 말이 좀 심하지만.

임신의 공포를 맛본 뒤로 코라는 조금 달라졌다. 내가 아는 코라는 결과를 크게 신경 쓰지 않고 원하는 일에 뛰어드는 애였다. 하지만 그 결과가 내 몸에서 살아 숨 쉬는 인간이 자랄 수 있다는 가능성이라면 위기의 차원이 다른 듯했다. 나는 코라에게 사후 피임약을 먹기 전에 효능과 부작용을 읽어 보라고 했다. 출혈이 있을 수 있고 당분간 월경 주기가 들쭉날쭉할 수도 있다는 걸 알아 두면 좋으니까. 다행히 코라는 〈네모 안의 동그라미〉에서 다 읽어 본 모양이었다.

데이비드는 코라에게 한쪽 어깨를 내준 채 헤드폰을 끼고 스케치를 하고 있었다. 방금 코라가 한 말을 들었다면 움찔하기라도 했을 거다.

호르헤가 우릴 위해 에그 부리토를 몇 개 사 왔다. 호르헤가 내 옆에 다리를 스치며 앉자 코라가 나에게 의미심장한 눈길을 보냈다.

"편집실 분위기가 싸할 거야."

호르헤가 내 부리토를 건네주며 자기 것을 한 입 베어물었다.

"아주 냉랭할걸."

나는 잠자코 고개를 끄덕였다.

"빈말 아니야. 닐은 자기 말에 동의하고 자길 띄워 줄 때나 다정하게 굴지. 안 그러면—."

종이 울렸다.

코라는 데이비드를 데리고 미술 수업으로 떠났고 호르헤와 나는 야외 콘크리트 계단에 그대로 앉아 있었다. 두 다리는 여전히 맞닿은 채였는데, 내가 알기로는 우리 둘 다 딱히 떨어지고 싶지 않았다. 그동안 이런 접촉이 많았지만, 키스는 아직이었다. 솔직히 말하면, 그게 슬슬 신경 쓰이기 시작했다.

"나중에 봐."

호르헤가 백팩을 어깨에 걸치고 말했다. 눈길이 내 얼굴을 맴돌다 떨어졌다. 나는 긴장하지 않고 호르헤를 만지면 어떤 느낌일지, 어떤 상황에서 그렇게 할 수 있을지 상상했다.

편집실에 도착했을 때 호르헤의 말을 실감했다. 닐은 탁자에 걸터앉아 여자애들에게 둘러싸여 신나게 홈커밍 얘기를 하고 있었는데, 내가 들어가자 시선을 휙 돌렸다. 내가 평소에 앉던 자리는 모니카 한센이 차지하고 앉아 얄미운 낯짝으로 닐을 쳐다보고 있었다. 평소처럼 어깨를 젖히고 모두에게 시큰둥한 태도였지만 눈빛이 뭔가 의기양양해 보였다.

"좋아, 다들. 이번 호 간판은 홈커밍이야."

닐은 억지스럽게 유쾌한 목소리로 말했다. 즉시 박수와 환호가 터진 걸 보아 아무도 눈치 못 챈 듯하지만.

"포털에 다음 호 계획서 올렸으니 각자 임무 확인들 해. 이미 의논했으니 대부분 알겠지만."

닐은 모니카에게 윙크했고, 모니카는 싱긋 웃었다.

편집실은 한동안 떠들썩했다. 나는 학교 노트북을 열어 닐이 나에게 어떤 임무를 맡겼는지 확인했다.

피비 타운센드 - 별자리 운세 교정

아직 응어리가 안 풀린 게 분명했다. 별자리 운세 교정이라니, 신입 부원에게도 안 맡길 일이었다.

나는 다른 임무들을 훑어봤다. 닐은 브룩허스트와의 인터뷰를 맡았다. 그보다 흥미로운 건 모니카가 '섹스 블로그: 무엇을 읽느냐가 그 사람을 결정짓는다'라는 제목으로 논평을 쓰기로 한 것이다. 모니카가 교내 '혼전순결주의자' 모임 소속이라는 걸 떠올리자 불길한 예감이 들었다.

닐은 한때 〈네모 안의 동그라미〉를 애독했고, 신문부 모두의 앞에서 잘 정리된 지식의 보고라며 추켜세웠다. 그런데 이제 모니카를 시켜 깎아내리려는 게 분명했다.

별자리 운세는 각각 두 문장 길이여서 과제를 완성하고 제출하는 데 5분도 안 걸렸다.

나는 닐과 따로 이야기할 틈을 노렸지만 닐은 과제나 홈커밍에 관해 쏟아지는 질문을 받느라 바빴다.

마침내 종이 울렸고, 닐이 무시하는 티가 역력했지만 나는 득달같이 따라잡았다.

"닐."

"피비."

닐이 표정을 지운 얼굴로 대꾸했다.

이제 보니 약간 무턱인데, 그동안 왜 몰랐지?

"내가 맡은 거 다 했거든."

"잘했네."

닐이 거만하게 말했다.

"별자리 운세 애독자들이 네 노고에 감사할 거야. 아주 흥분할 거 같던데. 궁수자리는 기말고사에서 좋은 성적 거둘 테고 사자자리는 드디어 짝사랑 상대랑 말을 트게 된다잖아."

240

말투는 또 원래 이렇게 얼간이 같았나?

"그래. 아무튼, 건의할 게 있는데, 나 헬렌 루비노위츠랑 인터뷰해도 될까? 네가 브룩허스트랑 인터뷰한다면, 알잖아, 균형을 위해서."

"실을 자리가 없어."

닐이 네모반듯한 가죽 가방을 닫으며 말했다.

그야 백팩 같은 건 급에 안 맞으실 테니까.

"내 생각엔 아마ㅡ."

"저기, 피비. 솔직히 말하면 요즘 네 글이 예전 같지 않아. 내가 그동안 너한테 너무 많은 걸 맡겼나 봐. 어쩌면 네가 다른 데 관심이 팔렸거나. 모르겠다. 난 바빠서 이만."

닐은 가 버렸고, 나는 잠시 후 호르헤와 코라를 만나 모든 걸 얘기했다. 데이비드도 있었지만 스케치에 빠져서 듣는 것 같지는 않았다.

"내가 말했잖아."

호르헤가 사물함에 기대며 말했다.

"치졸한 놈."

코라가 맞장구쳤다.

"걔가 쓴다는 브룩허스트 인터뷰 기사, 몇몇 지역신문에도 실릴 거라던데. 다 매수된 셈이지."

코라가 어깨너머로 스케치북을 보려 하자 데이비드는 그것을 멀찌감치 치웠다.

"닐이 루비노위츠 인터뷰 못 하게 하면? 무슨 생각 있어?"

코라가 물었다.

"아니. 사실 인터뷰 따는 건 내 권한 아니야. 난 그냥―."

"아니, 맞아."

데이비드가 고개도 안 들고 말했다. 나는 눈만 깜빡였다.

"네 권한이야. 그게 비록 교과과정에 창조론을 도입할 기세인 후진 마을의 학교신문에 실릴 기사라 해도 넌 균형 있는 중도적 관점을 제공할 능력이 있으니까. 네가 안 하면 누가 하겠어? 아무도 안 하면 닐한테 이야기의 통제권을 주는 거야. 결국은 브룩허스트한테."

데이비드는 마침내 나를 올려다봤다.

"어쨌거나 루비노위츠 인터뷰하지 그래? 우리 삼촌이 〈월넛 프레스〉 편집자야. 지역신문이지만 발행 부수는 괜찮은 편이거든. 실어 줄 수 있을 것 같은데."

우리는 모두 데이비드를 바라봤다.

"난 들으면서 그릴 수 있어."

데이비드가 무덤덤하게 말했다.

"무시하는 게 아니고."

호르헤는 데이비드를 다시 본 듯했다. 이제껏 데이비드가 말하는 걸 처음 들었을 수도 있다.

"사무실에 전화해 봐."

그 부분은 의외로 수월했다. 루비노위츠 법률 사무소 비서는 당장 그날 오후 인터뷰 약속을 잡겠다고 열을 올렸다. 언론 홍보 지원이라면 뭐든 환영인 것 같았다.

루비노위츠 법률 사무소에 도착하자마자 이번 경선에서 그의 가장 큰 약점이 뭔지 알 수 있었다. 브룩허스트는 비열하지만 화통하고, 화려하고, 쇼맨십이 뛰어나다. 그와 달리 루비노위츠는 신중하고 강직하다. 주로 검정 계열 옷을 입고, 자화자찬의 끝인 브룩허스트와 달리 경력으로 말한다.

"피비."

루비노위츠가 나직한 목소리로 날 맞이했다.

"어떻게 왔는지 안다."

루비노위츠에게는 브룩허스트가 흉내도 낼 수 없는 인간적인 따스함이 있었다.

"네."

나는 벽에 걸린 학위 증서들을 둘러보며 그의 책상 맞은편 바퀴 달린 의자에 삐걱 소리를 내며 앉았다. 수첩을 꺼내면서 보니 책꽂이에 크레용으로 그린 그림과 사진 액자들도 있었다. 딱 봐도 손주인 오동통한 아기들, 유대교 전통 모자를 쓴 소년, 디즈니랜드에서 미니 마우스 머리띠를 쓴 소녀의 사진이 보였다.

"시장에 출마하신 이유를 들어 볼 수 있을까요?"

나는 자꾸 내게서 달아나려는 의자를 잡아 두려 애쓰며 말했다.

"리디아 브룩허스트가 출마한 걸 알았거든."

그가 브룩허스트의 이름을 말할 때 눈에 어둡고 불쾌한 기운이 서렸다. 마치 악취를 맡은 듯한 사람의 눈빛이었다.

"묵직한 발언이네요. 단지 누군가가 공직에 출마했다는 이유로 출마하셨다고요. 좀 더 자세히 설명해 주실래요?"

루비노위츠는 목을 가다듬고 내 수첩을 눈짓하며 말했다.

"비공식적인 얘기부터 하마. 네가 전체적인 맥락을 파악했으면 하거든."

나는 펜을 내려놓았다.

"난 사람들이 잘 모르는 브룩허스트를 알아. 인성에 위험한 구석이 있지."

"인성이요?"

"학창 시절에 부정행위를 밥 먹듯이 했어. 그 부모가 혐의를 지우고 대학 입시 점수까지 위조했다는 건 주변인들 사이엔 상식이야. 또 그 집안은 비기독교 축일에 직간접적으로 고약한 인종 차별 발언을 일삼곤 하지. 리디아의 부친이

244

그런 비방에 특히 창의적이었어."

나는 리디아 브룩허스트의 부친을 떠올렸다. 시내 한복
판에는 그의 초상화가 새겨진 금판이 있다.

"다른 일화도 여럿이야. 누구나 아는 미인 대회 이야기
는 둘째치고, 반려동물의 날 사건도 있어. 생일 파티 날짜를
안 바꿔 줬다는 이유로 동급생의 햄스터를 비단뱀 사육장에
떨어뜨렸지."

루비노위츠는 한숨을 푹 쉬었다.

"돈이 많으면 빠져나갈 구멍도 많아."

나는 그를 물끄러미 바라봤다.

"전부 조용히 묻혔지만, 내가 왜 출마하는지 네가 이해
했으면 해서 하는 얘기야."

"이 얘기가 꼭 비공식이어야 하나요? 언급할 가치가 없
어서요?"

루비노위츠는 고개를 저었다. 내 손은 방금 들은 얘기를
기록하고 싶어서 안달이었다.

"하지만—."

그는 다시 고개를 가로저으며 책상 위로 종이 한 장을
내밀었다.

"리디아가 그 블로거를 찾아내려고 안달하는 건 비정상
적이고 불필요하지. 내 외모를 공격하는 것도 마찬가지고.
하지만 진짜 문제는 이런 거야."

루비노위츠가 종이를 두드리며 말했다.

"리디아가 당선되면 재정 지원을 삭감할 정책 목록이야. 이게 우리가 집중해야 할 문제지."

블로그 언급에 속이 울렁거리는 걸 무시하고 목록을 내려다봤다. 내가 나중에 보려고 했던 트윗 내용이었다.

성 소수자 지원
노숙자 고용
이민자 보조

그리고….

"창작 예술 장학금? 장학금은 왜 건드리죠?"

"그중에 가정 형편에 기초한 장학제도도 있다는 걸 이해하지도 못하지만, 진짜 이유는 예술 기금을 아예 없앨 수 없기 때문이지."

"예술 기금을 왜 없애려 하는데요?"

"짐작만 할 뿐이야."

루비노위츠는 입술을 꾹 다물었다.

"그래서, 짐작하자면요?"

"언젠가 리디아는 그 집안 과수원에서 열린 연회에서 예술 장학금을 수여해 달라는 요청을 받았어. 거대한 천막을 세우고 웨이터들을 고용한 화려한 행사였지. 언론사도 여럿

참석했고."

루비노위츠는 상체를 바짝 숙이며 말했다.

"재단과 관련 없이 그냥 발표만 하는 거였는데, 장학생이 짧은 보라색 머리 레즈비언이었지. 독실한 기독교인 할머니와 있었던 일화를 유머러스하게 풀어낸 글을 발표해서 입상했어. 제목이 '내 게이 거시기'였지. 상류층 보수주의자들 앞에서 그걸 큰 소리로 읽어야 했던 리디아는 당황해서 음이탈을 냈고, 한술 더 떠 '아니, 제 거기가 아니라요!' 하고 외치더니 단상에서 거의 뛰쳐나갔어. 학생한테 상금도 전달 안 하고."

"그렇군요."

나는 웃음을 꾹 참고 말했다.

"그 장학제도를 왜 중단하려 하는지 공개적으로 말한 적은 없지만, 그날 밤 행사에 참석한 사람들이라면 짐작할 거야. 그렇게 망신을 당했으니까. 결코 성 소수자들과 친하지도 않았고."

"후보자님도 참석하셨어요? 그 연회?"

"그래."

루비노위츠가 갑자기 말을 아끼는 듯해서 나는 좀 더 밀고 나갔다.

"초대됐어요?"

"그래."

"누구한테요?"

"장학생에게."

"어떻게 아는 사이인데요?"

"내 손녀란다."

"그럼 그 독실한 할머니가…?"

"그렇게 되겠구나."

루비노위츠는 싱긋 웃었다.

한 시간 뒤 내 수첩은 메모로 가득 찼고, 나는 기사를 쓸 준비가 됐다.

인터뷰 도중 코라한테서 문자 몇 통이 와 있었다.

홈커밍 드레스 사러 언제 갈래? / 답장 왜 이렇게 느려? /

핸드폰은 뭐 하러 가지고 다녀? / 장난해?

그리고 10분 뒤.

좋은 말로 할 때 답장해라. 네가 그러고도 친구냐? / 아 맞다.

인터뷰한댔지. 미안.

그리고 호르헤가 어떻게 되었냐고 묻는 문자가 있었다.

> 잘 나올 것 같아.
> 초안 쓰려고 도서관 가는 길이야.

집 근처 공공 도서관은 늘 한산해서 좋았다. 내가 좋아하는 푹신한 소파가 마침 비어 있길래 냉큼 앉았다. 그리고 몇 시간 동안이나 수첩에 기록한 내용을 문서로 옮겼다. 그때 내 뒤에서 구릿빛 팔이 불쑥 넘어와 내 노트북을 덥석 들어 올렸다.

"이봐요—."

나는 소리치려다가 누군지 알고 멈췄다.

"아직 안 끝났어."

호르헤는 내 말을 무시하고 앉아서 내가 쓴 네 쪽짜리 기사를 읽었다. 눈을 가늘게 뜨고 내 글을 뜯어 보는 모습에 나는 그저 기다릴 수밖에 없었다. 다 읽고 나서 호르헤는 씩 웃었다.

"이쯤 되면 훌륭할 거라 예상할 때도 됐는데, 매번 감탄한다니까. 피비, 넌 뭐든 쓸 수 있을 거야. 진심으로."

"닐 생각은 아니겠지. 예전 같지 않다잖아."

"갠 얼간이잖아. 잠깐 나가자."

호르헤는 내 노트북과 필기구들을 내 가방에 쑤셔 넣고 손을 내밀었다. 나는 그 손에 이끌려 도서관 뒤편으로 갔다. 좁은 나선형 계단이 사전 코너를 지나 아무도 기웃거리지 않는 옛날 잡지를 모아 놓은 방으로 이어졌다.

어디로 가는지 알기에 가슴이 두근거렸다. 내 마음의 소리는 오직 하나였다. 맙소사, 드디어.

빈방에 도착했을 때, 호르헤가 바닥에 내 가방을 내려놓고 두 손을 내 허리에 두르며 물었다.

"키스해도 돼?"

나는 잠시 고민하는 척 머뭇거렸다. 그러자 호르헤가 한 손으로 내 턱을 감쌌다. 응? 하고 묻는 듯이.

어, 제발! 나는 속으로 외치며 고개를 끄덕였다.

온몸이 찌르르한 키스였다. 맞물린 입술은 버터처럼 부드러웠고, 나를 놀리듯이 끌어당겼다가 천천히 밀어내며 아주 섬세하게 움직였다. 잠시 숨 쉬는 것도 잊었던 나는 입을 떼고 호르헤의 가슴에 이마를 댄 채 숨을 골라야 했다.

호르헤가 가슴을 들썩이며 웃었다.

"숨은 쉬어야지."

호르헤가 말했다. 나는 이렇게 키스해 본 경험이 없다고 굳이 말하지 않았다. 그건 중요하지 않았다. 호르헤도 약간 호흡이 가빴다. 벼르던 일에 성공한 사람처럼 반짝이는 눈으로 날 보고 있었다.

내 연구에서 키스는 두 사람이 후각과 미각을 이용해 서로를 잠재적인 짝으로 평가하는 수단이었다. 포도주를 시음하듯이 누군가의 땀과 타액을 음미하는 행위였다. 확실히 실제보다 훨씬 징그럽게 들렸다.

호르헤는 나를 그늘진 곳으로 몰아넣고 내 목에 입술을 묻었다. 내가 그걸 즐길 줄 몰랐다. 냄새 좋다. 그렇게 생각했다. 그렇게 우리는 먼지투성이 잡지로 둘러싸인 어둑한 공간에서 한참 동안 붙어 있었다.

그때 조용한 방에 소리 죽인 비명이 울려 퍼졌다. 나선형 계단을 소리 없이 오른 가냘픈 사서가 마침 호르헤의 손이 내 티셔츠 자락을 파고드는 걸 보고 꽥 소리를 내고 돌아선 것이다.

"곧 폐관입니다!"

사서는 속삭이듯 외치고 계단을 뛰듯이 내려갔다. 우리는 배를 움켜쥐고 웃었다. 그리고 손을 맞잡고 도서관을 떠날 때 사서는 우리 쪽으로 눈길도 주지 않았다.

"얼마나 당황하셨을까."

호르헤가 말했다.

"그나마 다행이야. 우리가 벗고 있지 않아서."

나는 말하자마자 아차 했다.

"벗고 있었을 수도 있다는 말이야?"

호르헤가 기겁한 척하며 물었다.

"오늘은 아니고."

나는 호르헤에게 몸을 기대며 입 맞췄다. 맞닿은 입꼬리가 씩 올라가는 감촉을 즐겼다.

키스 때문인지, 아니면 초고 단계에서 잠 못 드는 습성 때문인지 모르지만, 나는 오랫동안 방 천장을 응시하다가 포기하고 침대에서 일어났다. 그리고 의사의 유품에서 구한 내 초기 연구 자료를 뒤적거렸다.

가끔 잠 안 올 때 하는 일이다.

몇 년 동안 여러 번 훑어봤지만, 이따금 상자 하나를 꺼내 내가 혹시 거대하고 유구한 성의 수수께끼를 풀 수 있는 실마리를 놓치지 않았는지 확인하는 게 좋다.

내가 태어나기도 전에 폐업한 신발 가게의 허름한 신발 상자에서 손때 묻은 아기 사진 더미가 나왔다. 그간 이 사진들을 딱히 주목한 적이 없다. 내 연구와 무관해 보였으니까. 그래도 오랜만에 토실토실 천사 같은 얼굴들을 하나하나 훑어봤다. 뒷면에는 생년월일이 적혀 있었는데, 모두 적어도 나보다 열 살은 많았다. 딸기 케이크 무늬 유아복을 입은 뺨 붉은 여자아이. 얼굴에 스파게티를 잔뜩 묻힌 남자아이. 그 사진 뒷면에는 "고마워요, 의사 선생님!"이라고 적혀 있었다. 테니스 유니폼을 맞춰 입은 쌍둥이. 거대한 뱅뱅이 안경을 쓴 남자아이. 웃기를 명백히 거부한 여자아이.

눈에 익은 아기 얼굴들을 다시 보니 마음이 촉촉해졌다. 그런데 마지막 즈음에 처음 보는 작은 녹색 봉투가 눈에 띄었다. 알고 보니 여성 사이즈 9라고 표기된 태그와 신발 영수증 뒤에 붙어 있어서 못 본 것이었다.

나는 봉투를 열어 편지를 꺼냈다.

멀린 선생님께

아무에게도 말할 수 없었어요. 제가 과연 옳은 선택

을 한 걸까요?

부모님은 절대 모를 거예요.

영영 아무도 모르겠죠.

선생님이 아니었다면 저는 지금 이 자리에 없을 거

예요.

구해 주셔서 감사해요.

A.L.T.

A.L.T.가 누군지 몰라도 한때 곤경에 처해 의사의 도움이
필요했던 모양이다. 도움을 받아 다행이란 생각이 들었다.

나는 편지를 다시 아기 사진 더미 아래 넣고 노트북을
열어 일기장에 이 내용을 기록했다. 그때 닐이 블로그에 남
긴 메시지를 발견했다.

폼, 안녕하세요.

혹시 저희 신문을 위해 인터뷰 한 건 더 해 줄 수 있나요?

닐 노튼

지역신문에 실린 브룩허스트와의 인터뷰에서 닐은 곤란한 질문은 모두 건너뛰고 이미지를 포장하는 데 치중했다. 나는 그 인터뷰 링크를 첨부하며 이렇게 답했다.

고맙지만 사양하겠습니다. 저는 편파적인 언론에는 관심 없거든요.

15

널이 내 블로그에 후속 인터뷰를 요청한 뒤로 세 가지 일이 일어났다.

먼저, 나는 루비노위츠 인터뷰 기사를 완성해 데이비드에게 보냈고, 데이비드는 이렇게 답했다.

"바로 전달할게. 파이팅."

나는 데이비드가 점점 마음에 들었다. 나는 최근 코라에게 둘이 공공장소에서 키스할 때 좀 '축축하다'는 의견을 간신히 전했고, 그 후로 둘은 소음을 약간 줄였다. 데이비드가 말이 많아진 것도 좋았다. 고뇌에 빠진 예술가처럼 굴 때마다 그 멍청한 비니를 끌어내려 얼굴을 덮고 싶었으니까. 말없이 내 시야를 차지할 때보다 대화에 참여하는 게 훨씬 보기 좋았다.

두 번째로 일어난 일은 호르헤가 자기 '비밀 정원'을 보여 준다고 나를 집으로 초대한 것이다. 은밀하게 들리지만 사실 그냥 온실이었다.

지난 2년 동안 주말마다 아빠와 함께 작물을 가꿨다고 했다. 하지만 내가 보기에 아무한테도 그 열정을 드러낸 적이 없는 듯했다. 심지어 호르헤의 아빠도 그 열정의 크기를 이해할 것 같지 않았다.

"쉬운 채소부터 시작했어."

호르헤가 날 온실로 안내하며 말했다,

"쉬운 채소가 따로 있어?"

"주키니, 무, 토마토…. 무는 사실 다 자라는 데 3주밖에 안 걸려서 처음에 엄청 많이 길렀어. 문제는 별로 좋아하는 사람이 없다는 거지. 그냥 장식품이야. 농산물 직판장에 가져가면 거의 안 팔려. 그리고 주키니는 무한 증식하는 돌연변이 같아. 이웃들한테 나눠 주고 노숙자 보호소에 기부했는데도 넘쳐 나서 이 집 저 집 문 앞에 두고 오기도 했어. 엄마는 홧김에 바나나 주키니 빵을 엄청나게 구웠고, 그것도 모자라 끼니마다 주키니를 먹게 되니까 아빠가 당분간 쳐다도 보기 싫다고 거부했지. 그리고 토마토는…."

호르헤가 신나서 채소 얘기하는 모습은 사랑스러웠다. 솔직히, 온실도 근사했다. 발밑에는 나무판자가 산책로처럼 깔려 있고, 긴 테이블 세 개에서 작물들이 자라고, 구석마다 벽걸이 선풍기가 돌아갔다. 맨 안쪽에는 화분에 심어 놓은 레몬 나무 두 그루 사이에 그네 의자가 있고, 딸기류 덤불도 한 뙈기 있었다. 종마다 호르헤의 깨알 같은 손 글씨가 적혀 있었다. 한구석에는 빈 바구니들이 수확을 기다리고 있고.

호르헤는 애틋한 표정으로 녹색 도자기 화분에 심어 놓은 복숭아나무를 가리켰다. 이웃 쓰레기통에서 다 죽어 가는 걸 구해 살뜰히 보살펴서 살려 냈다고 했다. 올해는 복숭아가 열릴 거라고 확신하고 또一.

복숭아나무의 크기나 특성에 대한 설명이 더 이어지기 전에 나는 호르헤에게 키스했다. 불행하게도 호르헤의 아빠가 온실에 들어온 게 바로 그때였다. 그는 범죄 현장을 목격한 사람처럼 얼굴이 시뻘게져서 집으로 후퇴했다.

"남들 그만 괴롭혀야겠다, 우리."

호르헤가 말했다.

"가엾은 우리 아빠. 키스를 못 보는 병이 있어. 방학 때 우리 누나가 소파에서 남친이랑 키스하는 걸 목격하고 이틀인가 말도 안 했어."

내가 키스하는 걸 보면 우리 엄마 아빠는 어떻게 반응할까?

257

주변에서 끔찍한 일이 일어나면 그때 내가 어디서 뭘 하고 있었는지 두고두고 기억하기 마련이다. 이번에는 좀 더 진지한 일을 하고 있었다면 좋았을 텐데.

나는 섹스 중에 방귀를 뀌면 어떻게 대처하느냐 하는 질문에 답변하고 있었다. 물론 아주 흔한 일이고, 자주 올라오는 질문이다. 민망해하고 걱정하는 사람이 워낙 많아서다. 질문 양만 봐도 알 수 있다.

여자의 경우 방귀가 아닐 수도 있다. 질에 갇힌 공기가 배출되는 현상일 수도 있다. '질방귀'라고도 하는데, 역시 흔하고 민망하다. 내가 조사한 바에 의하면, 공기가 유입될 정도로 하반신을 높이 들지 않으면 피할 수 있다.

일반 방귀 또한 복부에 압력이 가해지거나 체위를 바꿀 때 흔히 일어난다. 예사로운 일이지만, 나는 질문에 답하면서 조금 키득거렸다. 방귀는 이러니저러니 해도 웃기니까. 물론 내가 겪는다면 결코 웃을 수 없겠지만.

그때 호르헤한테서 문자가 왔고, 내용을 확인하자마자 웃음기가 싹 가셨다.

푸드트럭들 테러당했어.

누가 테러했는지는 물을 필요도 없었다. 나는 재킷을 걸치고 엄마 차를 몰아 푸드트럭 단지로 향했다. 이미 사람들이 옹기종기 모여 있었다. 호르헤도 자기 아빠와 함께 로드리고스 타코 트럭 근처에 있었다.

그쪽으로 다가가자 강렬한 페인트 냄새가 훅 끼쳤다. 망가진 트럭들 주위로 부서진 유리와 쓰레기가 널려 있었다. 트럭들은 빨간 페인트를 뒤집어쓰고 운전석마다 페인트 캔이 떨어져 있었다. 트럭 주인들은 건질 수 있는 건 다 건져낸 듯하고, 아수라장을 치우는 일만 남은 모양이었다.

호르헤는 말없이 굳은 얼굴로 서 있었다. 그의 아빠가 로드리고스 타코 트럭 주인인 로드리고 씨와 이야기를 나누고 있고, 몇몇 사람들은 다른 트럭 주인들에게 다가가 안타까움을 전하고 뭔가 도울 수 있을지 물었다. 장례식장 같았다.

바람이 페인트 냄새를 몰고 와서 나는 팔로 입을 가렸다. 고개를 들자 호르헤가 울고 있었다. 굵은 눈물이 뺨을 타고 흘렀다. 내가 호르헤의 손을 살짝 건드리자 호르헤가 내 손을 마주 잡았다.

정확히 누구의 소행인지 알아낼 수 없었다. 실질적인 증거 없이 그저 슬퍼하고 분노할 수밖에 없는 그런 사건이었다. 그래, 사건.

야만적인 행위였지만, 누가 그랬는지 아무도 못 봤다. 현장에 있던 유일한 증거는 페인트가 튄 브룩허스트 배지와 '100% 미국산'을 선전하는 전단 몇 장이었다.

"잠깐 다른 데 가 있자."

내가 호르헤에게 말했다.

"어디로?"

호르헤는 난장판에서 눈을 떼지 못한 채 그 자리에 못 박힌 듯 서 있었다.

"따라와."

호르헤는 자기 아빠 쪽을 봤다. 그는 아직도 로드리고 씨와 이야기하고 있었다. "괜찮으실 거야." 내가 속삭였다.

호르헤는 내 손이 당기는 힘을 저항 없이 따랐다. 나는 호르헤를 차에 태우고 내가 생각해 낸 유일한 장소로 향했다. 조용하면서도 머리를 비울 수 있는 곳.

내가 자기 집 온실 앞에 차를 세우자 호르헤가 날 쳐다 봤다.

"토마토한테 가서 이르자."

나는 호르헤를 웃게 할 생각으로 말했다.

"내가 평소에 그럴 거 같아?"

그렇게 말하면서도 차에서 내리는 호르헤는 희미하게 웃고 있었다. 우리는 줄지어 늘어선 식물 사이를 걸었다. 어느새 호르헤는 어깨에 힘을 빼고 안정을 찾았다.

"이상한 게 뭔지 알아?"

마침내 호르헤가 물었다. 나는 호르헤를 쳐다봤다.

"그 여자는 푸드트럭을 테러하라고 지시한 적 없어. 폼을 어떻게 하겠다고 한 적 없듯이. 하지만 누가 봐도 그 여자 짓이지. 뿌리를 지켜라, 100% 미국산 어쩌고 하는 외국인 혐오 개소리를 남발하면서. 돈 많은 인간이 단상에 올라 누굴 비난하고 뭘 두려워해야 하는지 떠들 때 성난 사람들이 얼마나 빨리 모이는지 놀라워.”

“우리는 푸드트럭 단지를 다시 일으켜 세울 거야. 사람들이 그 인종 차별 쓰레기를 못 알아보겠어? 이건 사람이 할 짓이 아니야.”

“이미 했어, 피비.”

호르헤가 단호하게 말했다.

“이건 브룩허스트 같은 사람들이 조금이라도 영향력을 가지면 벌어지는 일이야.”

호르헤가 팔을 뻗어 나를 안았다. 우리는 다육식물과 군자란 사이에 서 있었다.

“폼이 익명으로 남았으면 좋겠어. 폼이 누군지 알게 되면 사람들이 무슨 짓을 할까?”

호르헤의 말에 나는 소름이 돋았다.

“추워?”

호르헤가 소름 돋은 내 팔을 문지르며 물었다.

“아니. 괜찮아.”

집에 도착했을 때, 아빠는 저녁 준비를 하고 있었다. 나는 당장 푸드트럭 얘기를 꺼낼 생각으로 프라이팬 소리를 따라갔다. 그때 차고에서 넘어온 엄마가 식탁으로 걸어와 재킷을 벗고, 브룩허스트 배지를 빼서 주머니에 넣었다. 순식간이었다. 나는 부엌에서 물러나며 속이 안 좋아 저녁을 거르겠다고 말했다. 거짓말은 아니었다.

엄마가 그 배지를 달 이유가 뭐가 있을까? 그건 일의 범위를 넘어섰다.

의문은 얼마 안 가 풀렸다. 지역 뉴스에 보도된 우리 부모님의 '영적 고객들'인 비영리 종교 재단의 성명서에 의해서였다.

"푸드트럭 사건은 안타까운 일이지만, 우리는 브룩허스트 씨에게 책임을 묻지 않고 여전히 그의 캠페인을 지지합니다."

그들과의 회의에서 그 배지를 달았구나.

엄마 아빠는 저녁 식탁에서 브룩허스트 얘기로 논쟁하지 않았다. 내가 알기로는 묵묵히 식사했다. 나는 두 사람이 잘 때까지 기다렸다가 냉장고에 남은 음식을 가지러 갔다. 그때 문득 닐이 내게 별자리 운세를 맡긴 뒤로 학교신문을 안 봤다는 걸 깨달았다.

나는 〈린다 비스타 고교 크로니클〉이 발행되면 내 작업물이 잘 실렸는지 온라인으로 확인한다. 비록 별자리 운세가 저널리즘은 아니지만, 어쨌든 확인하러 갔다.

닐의 최신 기사가 맨 먼저 떴다.

네모 안의 동그라미: 도덕성을 포기한 블로그
닐 노튼

보아하니 〈네모 안의 동그라미〉는 더 이상 '지식의 보고'가 아니었다.

그저 지옥으로 가는 우회로였다. 이는 마지막 대목에서 명확하게 드러났다.

악명 높은 섹스 블로그 〈네모 안의 동그라미〉의 필
자 폼은 두 번째 인터뷰 제의를 거절했다. 이는 다
음과 같은 질문을 하게 만든다.
뭘 숨겨야 하길래, 폼?

와. 넌 썩었어, 닐.

16

〈네모 안의 동그라미〉와 트위터에는 성교육과 무관한 내용의 댓글들이 온통 대문자로 달리기 시작했다.

> 우리 아이들을 보호합시다!

> 아이가 무엇을 읽어야 하는지는 부모의 권한입니다!

> 블로그를 폐쇄해라!

> 성 위험 방지만이 유일한 선택지입니다!

> **순결을 지키세요! 브룩허스트에게 투표하세요!**

내가 어릴 때 〈캘빈과 홉스〉 만화책을 구하러 드나들던 동네 헌책방 창문에도 브룩허스트 지지 벽보가 붙었다. 그건 좀 타격이 컸다.

그리고 브룩허스트는, 당연히, 이 상황을 즐기고 있었다.

> @TheRealLydiaBrookhurst: 폼이 누군지 온 동네가 알게 되면 얼마나 유감일까요? 자기가 이런 쓰레기를 쓰는 걸 아무도 몰랐으면 할 텐데요.

> @AlienAliasAllen: 옳습니다! 브룩허스트를 시장으로!

나는 트위터를 벗어나 블로그로 돌아갔다.

내가 받는 질문의 7할은 성관계에 관한 것이지만 나머지 3할은 신체 문제다. 여자들의 경우 흔히 자기 외음부의 미학적 측면을 묻는다. 자기 음순의 색이나 크기가 괜찮은지. 나는 성관계 상대가 정녕 그걸 신경 쓰는지 모른다. 또다시 정상이냐 하는 문제로 귀결됐다.

이때마다 나는 의사의 답변과 함께 모양과 크기가 다른

외음부가 그려진 자료를 제시하지만, 여전히 몸에 심각한 결함이 있다고 걱정하는 사람들이 심심찮게 문제를 제기한다.

그다음으로는 음순 성형(외음부를 둘러싼 피부 주름을 바꾸는 것)과 유방 보형물에 관한 질문이 많다. 나는 최대한 의료 정보로 답변한다. 코라라면 아마 이런 식으로 답했을 거다. '당신의 일부 좀 내버려 두세요.'

남자들도 음경의 크기와 모양을 자주 묻지만, 한 번은 포경 수술 안 한 게 특이하냐는 질문도 받았다.

이 모든 질문에 대한 답은 하나다.

'네, 당신은 정상입니다.'

데이비드의 삼촌은 루비노위츠를 인터뷰한 기사를 싣게 되어 무척 기뻐했다. 알고 보니 그는 미디어 축제에도 참석했었다. 내가 만나지 못했을 뿐이다. 하지만 〈월넛 프레스〉 사이트에 있는 프로필 사진을 보니 그가 데이비드의 삼촌인 걸 모를 수 없었다. 비니만 걸친다면 무서우리만치 닮았을 거다.

기사가 나오자 몇몇 단체가 인터넷과 인쇄물로 널리 배포했다. 북클럽과 도서관, 푸드트럭 주인들, 코라의 부모님, 호르헤도 한몫했다.

닐은 예상대로 반응을 보이지 않았지만, 가방에 신문 한 부가 튀어나와 있는 걸 봤다. 읽었다는 뜻이었다.

엄마도 읽었다는 걸 안다. 엄마가 옷에서 브룩허스트 배지를 빼는 걸 본 뒤로 말을 섞지 않았을 뿐이다. 반면에 아빠는 나에게 한 부를 건네며 윙크했다.

"잘했다, 딸."

나는 씩 웃었다. 아빠가 엄마와 그 기사 얘기를 했는지 궁금했지만, 굳이 묻지 않고 기사를 다시 한번 읽었다.

브룩허스트가 겉만 번드르르하다면 루비노위츠는 내실 있는 정보통이었다. 린다 비스타의 공공 지출을 개편하고 일자리를 늘릴 상세한 계획이 있었다. 또 그는 중요한 정책에 쓸 자금을 삭감해 '소상공인' 지원 예산을 확충하려는 브룩허스트의 계획을 '부자 친구들 배 불리기'라고 비난했다.

루비노위치는 브룩허스트의 외모 비하 발언에 대해서는 아무 말도 하지 않았다. 난 한마디 해 주길 바랐지만.

이를테면, 여성에게는 외모 이상의 가치가 있습니다.

또는, 정적의 옷 사이즈보다 정책을 논의하는 게 중요하다고 생각합니다. 또는, 리디아 브룩허스트는 골이 비었습니다. 뽑지 마세요.

"내 외모 얘기는 중요하지 않아. 대응할 필요가 없어."

내가 다시 전화해 물었을 때 루비노위츠는 단번에 정리했다.

시장 후보자들의 토론이 다가오면서, 동네는 내가 본 어느 때보다 흥흥해졌다. 수많은 집 앞에 '도덕을 수호하는 브룩허스트' 잔디 팻말이 세워졌고, 리디아 브룩허스트는 푸드트럭 사건에 대해 아무 언급도 안 하고 내 블로그를 비난하는 데 열중했다.

푸드트럭 단지 주위에도 심상찮은 분위기가 감돌았다. 바로 맞은편 가게들은 브룩허스트 지지자들의 구심점이 되었다. 약간의 두려움이 섞인 분노의 온상. 그들은 브룩허스트 캠페인의 주축으로써 브룩허스트를 공격하는 것은 자신들을 공격하는 것으로 여겼다. 그들에게 브룩허스트의 허점은 중요하지 않았다. 그가 자신들과 같은 토박이 사업가라는 사실만이 중요했다.

코라와 시내를 걷는데, 토니스 버거의 토니 씨와 린다 비스타 꽃집의 세실리아 씨가 가게 앞에서 브룩허스트 배지를 나눠 주고 있었다. 배지를 받은 사람들은 가게 안에 들어가 접이식 의자에 앉았다. 무슨 모임이라도 하려는 듯했다. 우리의 눈길을 눈치채고 세실리아 씨는 배지들을 챙겨 가게 안으로 들어갔다. 앙상한 얼굴이 입을 굳게 다물고 있었다.

그날 밤, 나는 블로그에 접속해 질의응답에 응했다. 이번 질문은 성관계와 가까운 질문이었다. 직접적인 성관계 질문은 아니지만, 그와 연관된 질문이란 뜻이다.

저희 엄마는 HPV백신 접종이 여자애들의 이른 경험을 부추긴다고 생각하는데, 제 친구들은 대학 가기 전에 맞아야 한대요. 저도 맞아야 할까요?

나는 이렇게 답변했다.

네, 맞아야 합니다.
모든 의사가 동의한다고 장담할 순 없지만(어쩌다 의대에 간 창조론자가 있을지도 모르니까요), 거의 모든 의학 전문가들은 HPV백신 접종을 권장합니다.

처음 보는 질문은 아니었다. 사람유두종 바이러스(HPV)는 여성에게 자궁 경부암, 질암, 외음부암을 일으킬 수 있다. HPV백신 도입 이후, 자녀가 성 활동의 권한을 얻었다고 생각할까 봐 많은 부모가 반대해 왔다. 그런데 미국 질병 관리 센터에 따르면 인구의 85%가 일생에 한 번은 HPV에 감염되며, 이는 남성의 음경, 항문, 목에도 암을 일으킬 수 있다. 따라서 모든 청소년에게 백신 접종을 권장한다.

왜 부모들은 자녀가 성관계를 안 하리라 덮어놓고 믿을

까? 만약 한다면 안전하게 하게끔 대비시키는 편이 낫지 않나?

아니나 다를까, 내가 답변을 올리자마자 브룩허스트가 반응했다.

> @TheRealLydiaBrookhurst: @Circleinthe Square 넌 염치도 없니? HPV백신이 성관계를 장려하는 건 상식이야!

> @TheRealLydiaBrookhurst: @Circleinthe Square 의학 자격증도 없는 주제에 의료 조언을 하다니 정말 경악스럽다.

> @CircleintheSquare: (속닥속닥) 의학 자격증이 그렇게 중요하면 백신을 권장하는 의사들의 말도 좀 들으세요….

참고로 코라와 나는 마침내 홈커밍 드레스를 사러 갔다. 코라는 은색, 나는 검은색으로 골랐다. 비록 칙칙하다고 한소리 들었지만.

17

선거 기자회견과 토론이 열리는 밤, 나는 코라와 데이비드와 함께 시청에 갔다. 호르헤는 토론 막바지에 온다고 했지만 아빠와 푸드트럭 보수공사를 돕느라 바쁜 듯했다.

어떤 마을 행사 때보다 많은 사람이 모였다. 하늘색 바탕에 금색 글씨로 적힌 '도덕을 수호하는 브룩허스트' 현수막들이 머리 위에서 시선을 사로잡았다. 반면에 '루비노위츠를 시장으로'라고 적힌 밋밋한 벽보는 벽마다 엉성하게 붙어 있었다.

닐의 냉담한 응대는 예상했으니 그렇다 치고 회의장에는 뭔가 억눌린 침묵이 감돌았다. 분명 푸드트럭 사건의 여파였다. 여기저기서 소곤거리는 소리가 들렸지만, 유감스럽다는 반응과 그만하길 다행이라는 반응 말고는 가려낼 수 없었다.

"브룩허스트가 테러한 것도 아니잖아."

"그러라고 들쑤신 적도 없고!"

"다친 사람 없는 게 어디야."

엄마 아빠가 회의장 앞쪽에서 나를 향해 손을 흔들고 코라의 부모님과 나란히 앉았다. 그들은 서로 반갑고 친근하게 인사했지만, 나는 네 사람이 같은 공간에 있는 걸 볼 때마다 내 인생의 두 세계관이 겹쳐지는 것 같다.

코라와 데이비드는 나를 우리 학교 학생들로 북적이는 뒷자리로 이끌었다. 다들 정치 과목에서 추가 학점을 따려고 온 것이었다.

닐은 기자들 구역에 있었다. 프로젝터를 제어하는 노트북 앞에 앉아 마치 이 행사를 단독 취재하는 기자처럼 행세하고 있었다. 그 왼쪽에 앉은 모니카 한센이 닐의 귓가에 뭔가를 속삭이자마자 닐이 내 쪽을 돌아봤다. 시선이 마주치자 닐은 날 봐서 놀란 표정이었다. 내가 손을 반쯤 들어 인사했더니 아예 못 본 척 고개를 홱 돌렸다. 이를 눈치챈 코라가 신랄한 욕을 연달아 내뱉자 앞에 있던 노인이 고개를 돌려 눈을 부라렸다. 코라는 당황하지 않고 싱긋 웃어 보이고는 데이비드를 따라 빈자리에 앉았다.

빔프로젝터가 무대에 옛 린다 비스타의 풍경화를 띄웠다. 하단 오른쪽 모서리에는 각 후보자의 발언 시간을 제어

하는 타이머가 있었다. 닐이 화면에서 무언가를 클릭하자 타이머는 토론까지 남은 시간을 카운트다운하기 시작했다.

토론 사회자는 은퇴한 역사 교사인 패치 씨였다. 신장 150센티미터를 웃도는 그가 연단으로 걸어가 전용 발판을 끄집어내서 올라섰다. 몇몇 사람이 웃었지만 그가 매서운 눈빛으로 둘러보자 잠잠해졌다. 패치 씨는 헛기침으로 목을 가다듬고 질의를 시작했다.

두 후보의 차이는 초반부터 드러났다. 헬렌 루비노위츠는 나직하고 꾸밈없이 말했고 리디아 브룩허스트는 그와 정반대였다. 브룩허스트는 신중히 말을 골랐으나 어떤 질문에도 구체적인 내용으로 답하지 않았다. 더 이상한 건 그렇게 두루뭉술한 답변을 내놓는 족족 지지자들이 열띤 환호를 보내는 것이었다. 이제까지 내가 참석한 어떤 행사와도 분위기가 달랐다. 군중 사이에 감도는 분노가 거북스러울 정도였다.

지방정부 관련 질문에 대한 답변이 끝나자 진행자는 다시 목청을 가다듬고 입을 열었다.

"브룩허스트 씨, 운영자가 지역민으로 알려진 10대 성교육 블로그에 대해 여러 번 의견을 피력하셨죠."

군중 속 누군가가 "음란하다!"라고 외치자 또 누군가가 "폐쇄해라!"라고 외쳤다.

패치 씨는 조용히 하라고 손을 내젓고 말을 이었다.

"〈네모 안의 동그라미〉는 저작권을 침해하거나 법을 어기지 않았기에 강제로 차단하기는 실질적으로 불가능할 텐데요. 왜 그렇게 반대하시는지 말씀해 주시겠어요? 그로써 이루고자 하는 것은 무엇입니까?"

"흥미롭겠는걸."

코라가 속삭였다.

브룩허스트는 침착함을 유지했다. 아니, 옷매무시를 가다듬으며 한층 화사하게 웃었다. 그리고 질문의 요지를 무시했다.

"질문 감사합니다. 저도 10대들이 이 민감한 주제에 관해 정보를 얻는 게 중요하다고 생각합니다."

브룩허스트는 목소리를 잔뜩 깔았다.

"다만 인터넷이 아닌 부모로부터 말이죠. 우리 아이들이 그 블로그를 통해 얼마나 문란하고, 위험하고, 나아가 부자연스러운 성행위를 배울지 짐작하는 것만으로도 간담이 서늘합니다."

몇몇 사람이 박수를 보냈고 패치 씨는 다시 질문의 요지를 강조하려 했다.

"브룩허스트 씨."

패치 씨가 좌중의 웅성거림을 뚫고 말했다.

"그건 제가 질문한―."

소란은 가라앉지 않았고, 브룩허스트는 그 틈을 타 발언에 박차를 가했다.

"그런 불순한 내용을 익명으로 쓴다는 것은 그 친구가 자기 오물에 떳떳하지 않은 겁쟁이란 점을 증명할 뿐입니다. 우리는 이보다 나은 대우를 받을 자격이 있습니다. 우리 아이들은 이보다 더 나은 대우를 받을 자격이 있습니다. 그게 제가 여러분께 드리고자 하는 것입니다!"

브룩허스트가 마지막 말을 힘껏 내지르자 지지자들은 벌떡 일어나 박수갈채를 보냈다. 브룩허스트는 손을 들어 군중을 조용히 시켰다.

고교 시절의 브룩허스트가 눈에 훤했다. 그는 아직도 무대 조명과 영광에 흠뻑 취한 미인 대회 우승자 그 자체였다. 그때도 지금처럼 박수로 활력을 얻고 꾸준한 환호에 힘입어 무대를 제 것인 양 거침없이 누볐겠지. 잠시 후 브룩허스트는 목소리를 좀 더 음산하게 깔았다.

"이 블로그가 어떤 오물을 배설하는지 아시나요?"

그는 핸드백에서 보석으로 장식한 핸드폰을 꺼냈다.

"자유롭게 확인들 해 보세요!"

브룩허스트가 명랑하게 말하자 많은 사람이 자기 핸드폰을 찾아 뒤적였다.

"브룩허스트 씨, 우리는 당신이 블로그 게시물을 인용하는 걸 들으러 온 게 아닙니다."

패치 씨가 단호하게 말하자 브룩허스트 지지자들이 야

유했다. 브룩허스트는 핸드폰을 내려놓고 가식적으로 사과했다.

"죄송합니다. 맞습니다, 패치 씨. 오늘 밤 사회자로서 임무를 아주 훌륭히 소화하고 계시는군요. 정말 그렇지 않나요, 여러분? 우리가 패치 씨 좀 거들어 드릴까요?"

환호성이 터지자 패치 씨는 브룩허스트에게 눈살을 찌푸렸다.

"물론 반드시 토론으로 돌아가야죠. 하지만 그 전에 주목할 용건이 있습니다."

브룩허스트의 손짓에 주니어 올림픽 곡예 팀의 여자아이 하나가 무대에 오르자 패치 씨는 얼굴이 붉으락푸르락했다. 나는 홈커밍 코트 발표 공연 대참사에서 본 브룩허스트 로고를 알아봤다. 여자아이는 싱긋 웃으며 금색 봉투를 꺼내 브룩허스트에게 건네고는 멋지게 공중제비를 돌며 퇴장했다. 박수갈채가 이어졌다.

"이게 뭔 병ㅡ."

코라가 욱하자 데이비드가 쉬쉬 얼렀다. 모든 시선이 브룩허스트가 손에 든 봉투에 쏠렸다.

"최근 폼이 공립학교 컴퓨터를 이용해 블로그에 접속한 모양입니다. 그 덕분에 우리의 추적 소프트웨어로 아주 수월하게 이용자를 찾을 수 있었죠."

브룩허스트는 쥐를 가지고 노는 고양이처럼 손에 든 봉

투를 뒤집었다.

"결국 그렇게 영리한 친구는 아니었나 봐요, 그렇죠?"

이건 꿈이야. 나는 속으로 중얼거렸다.

루비노위츠가 여러 번 끼어들려고 했지만 마이크가 고장 난 듯했다. 내 눈엔 그가 한껏 흥분한 군중을 향해 입을 벙긋거리는 것만 보였으니까.

브룩허스트가 말을 잇자 심장이 철렁 내려앉았다.

"혹시나 궁금해하실 분들을 위해 여기 폼의 정체를 가져왔습니다."

번쩍 처들린 봉투가 조명을 받아 반짝였다. 그러더니 브룩허스트는 봉투를 보호하듯 가슴께에 대고 말했다.

"하지만 다들 관심 없으시겠죠?"

좌중이 웃음을 터뜨렸고, 내 뒤쪽 어디선가 한 남자가 외치기 시작했다.

"밝혀라! 밝혀라! 밝혀라! 밝혀라!"

브룩허스트는 순간순간을 음미하며 천천히 봉투를 뜯었다.

"다 함께 축하해 줍시다, 여러분."

숨길 수 없는 기쁨이 묻어나는 말에 찬성의 웅성거림이 커졌다. 나는 숨을 쉴 수 없었다.

"잠깐만, 나 화장실 좀."

내가 말했다.

"지금?"

코라가 되물었다. 코라는 이 상황에 반쯤 거부감을, 반쯤 흥미를 느끼면서도 내가 지나갈 수 있게 몸을 뒤로 물렸다. 나는 쫓기는 사람처럼 사람들을 뚫고 뒷문으로 향했다. 하지만 겨우 끝줄에 다다랐을 때 리디아 브룩허스트가 다시 입을 열었다.

내가 막 '도덕 수호' 배지를 단 여자와 부딪친 순간, 리디아 브룩허스트가 의기양양한 목소리로 선언했다….

"피비 타운센드."

18

모두가 알게 된 후

나란 걸 모두가 알았다.

차라리 벌거벗은 꿈이었다면, 금세 꿈이란 걸 자각하고 내 나체에 대한 남들의 반응을 구경하며 돌아다닐 수 있을 텐데.

이건 현실이었다.

군중의 웅성거림이 귓가에 둔탁한 이명처럼 들려왔다.

"피비 타운센드?"

"설마."

"걔가 〈네모 안의 동그라미〉를 쓴다고?"

"왜, 얌전한 고양이가 부뚜막에 먼저 올라간다잖아⋯."

당장 자리를 뜨고 싶은데 움직일 수 없었다. 살면서 이 토록 도망치고 싶었던 적이 없건만, 도무지 발이 떨어지지 않았다. 시간을 끌수록 더 많은 사람이 날 쳐다보고, 가리키고, 옆 사람에게 속삭였다. 손가락질과 수군거림이 물결처럼 번졌다.

"가자."

누군가가 말했다. 나는 산업용 세제 냄새와 함께 호르헤가 내 옆에 서 있다는 걸 인식했다. 표백제로 얼룩덜룩한 셔츠가 눈에 들어왔다. 브룩허스트가 내 이름을 외치기 전에 도착한 듯했다. 호르헤는 내 손을 잡았다.

부드럽게 당기는 힘에 끌려 문으로 향했다. 어느새 코라와 데이비드가 달려와 우리 앞에 놓인 인파를 갈랐다. 나는 상황을 제대로 파악하지 못한 채로 어찌어찌 다리를 움직였다. 내가 거기 있다는 걸 알고 웅성거림이 더욱 커졌지만, 누가 막기 전에 우리는 가까스로 회의장을 빠져나왔다.

충격이란 이상하다. 몸에 이상한 짓을 한다. 보통 이럴 때 나는 극도의 불안에 대처할 때처럼 객관적인 사실들을 떠올려 매달린다. 하지만 이번에는 아무것도 떠오르지 않았다. 머릿속은 텅 비고 가닥을 잡을 수 없었다. 불현듯 코라의 부모님과 함께 앉아 있던 엄마 아빠 생각이 났다. 내가 회의장을 향해 고개를 홱 돌리자 호르헤가 내 마음을 읽은 것처럼 속삭였다.

"괜찮으실 거야. 일단 여기서 나가자."

호르헤는 나를 자기 차로 이끌어 조수석에 밀어 넣었다.

그대로 내버려 뒀다면 안전띠까지 채워 줬을 거다. 호르헤는 문을 닫고 돌아서서 코라와 소리 죽인 대화를 나눴다. 나는 마치 참사 현장에서 구조된 아이가 된 느낌이었다. 다른 때 같았으면 짜증 났을 텐데, 지금은 그저 챙겨 줘서 고마울 따름이다. 스스로는 아무것도 생각하고 싶지 않았으니까.

호르헤는 운전석에 올라 날 걱정스러운 눈으로 살피더니 곧 시동을 걸었다.

우리는 집에 가는 내내 침묵했다. 비록 시야 한구석으로 호르헤가 입술을 달싹이는 게 보였지만. 호르헤는 뭔가 할 말을 떠올렸다가 삼키길 반복했다. 마침내 우리 집 앞에 다다랐다. 차고의 동작 센서가 차 앞 유리에 주황 불빛을 던졌다.

호르헤가 시동을 끄고 나를 쳐다봤다. 나는 시선을 피했다.

"피비?"

나는 대꾸하지 않았다. 입을 열면 울음이 나올 게 분명해서. 남 앞에서 질질 짜는 건 남 앞에서 벌거벗는 것보다 나쁘다. 훨씬 더.

"네가 폼이란 거지?"

어쩔 수 없었다. 나는 양 무릎을 가슴에 끌어당겨 안고 비참하게 흐느끼기 시작했다. 내 몸 안에서 모든 분노와 절망을 토해 내는 느낌으로.

적나라한 사실들이 나를 끓는 물처럼 채웠다. 내가 폼이

281

란 걸 부모님을 포함해 모두가 알게 됐다는 사실. 리디아 브
룩허스트가 내 이름을 공개적으로 밝혔다는 사실. 내 의도와
목적에 대해 모두가 왈가왈부할 거라는 사실. 모두가 날 변
태라고 생각하리라는 사실.

뜨거운 눈물이 볼을 타고 흘러내렸다. 옆에서 날 달래려
고 애쓰는 걸 막연히 인식하고 있었는데, 호르헤는 결국 안
되겠다 싶었는지 아예 날 자리에서 번쩍 들어 올려 자기 무
릎에 앉히고 감싸 안았다. 나는 호르헤의 가슴에 얼굴을 묻
고 계속해서 꼴사납게 울었다. 울음이 멎으면 차에서 뛰어내
려 도망치리라 다짐했다.

호르헤는 잠자코 날 안고 있었다. 한번씩 내 머리를 쓰
다듬거나 귓가에 입 맞췄지만, 한마디도 하지 않았다. 의자
를 뒤로 젖히고 그저 내 흐느낌이 잦아들 때까지 기다렸다.
내 무게가 버거울 만도 한데, 내가 몸을 일으키려고 할 때마
다 팔을 고치며 속삭였다.

"괜찮아, 걱정 마."

이 순간에 이르게 한 모든 게 부당하게 느껴졌다. 아주
공공연하고 적나라하게 무언가를 도둑맞은 느낌이었다. 내
가 느끼는 감정을 설명할 단어조차 찾을 수 없었다. 굴욕?
아니, 부족하다. 분노? 물론이지만, 그게 다는 아니다.

차라리 '허망함'에 가깝다.

이제껏 익명성 뒤에서 궁금한 분야를 자유롭게 탐구했

는데, 그게 벗겨지자 비로소 나를 지켜보는 눈들이 느껴졌다. 하긴, 그들은 늘 지켜보고 있었다. 누굴 보는지 몰랐을 뿐.

"정말 괜찮아? 부모님 오실 때까지만 같이 있을래?"

호르헤가 내 손을 잡으며 말했다. 눈에 걱정이 가득했지만, 나를 곤란하게 할 다른 질문은 하지 않았다.

"괜찮아, 고마워."

나는 호르헤의 뺨에 입 맞추고 차에서 내렸다. 차가 떠나는 걸 지켜보고 집 안의 불을 모두 껐다. 10분쯤 뒤에 엄마 아빠가 와서 내 방문을 두드렸다.

"혼자 있고 싶어요."

두 사람은 소리 낮춰 옥신각신하며 거실로 물러났다.

그 후 몇 시간 동안 나는 많은 걸 배웠다. 모든 교훈이 고통스러웠다. 정체 모를 트위터 계정이 우리 집 주소를 공개한 순간도 그중 하나였다. 그걸 본 순간을 떠올리면 지금도 뒤통수가 얼얼하다. 왜냐면 내 마음 깊은 곳에서는 사람들이 이유 없이 악랄하게 굴 수 있다고 믿지 않았기에.

하지만 진실은 그렇지 않았다.

인간은 얼마든지 잔인한 짓을 할 수 있다. 오스카 와일드는 언젠가 이렇게 썼다. "인간은 제 얼굴로 말할 때 가장 가식적이다. 진실을 얻고 싶다면 가면을 쥐여 줘라."

나도 이 모순을 안다. 내가 누군지 아무도 몰랐기에 마음 놓고 블로그에서 '진실'을 말할 수 있었으니까. 나만의 가면을 쓰고 있었으니까.

차이라면 나는 끔찍한 말을 하려고 숨지는 않았다.

딱히 심오한 통찰은 아니지만, 그게 인터넷이 모두의 가면인 이유다. 자기가 말한 걸 아무도 증명할 수 없다는 걸 알면 인간은 아주 잔인해질 수 있다.

내가 어리석었다. 즉시 〈네모 안의 동그라미〉 댓글 창을 닫거나 트위터 계정을 삭제해야 했는데, 생각이 짧았다. 내가 좀 더 똑똑했다면 소통 창구부터 닫았을 거다. 누군가가 내게 자기 의견을 전하거나, 분노를 드러내거나, 사이버 세상에서 마음 편히들 내지르는 일을 저지르기 전에.

상황은 급격히 나빠졌다.

누군가가 내 과거 사진을 트위터에 올렸다. 중학교 때 철자 맞추기 대회에서 우승했을 때 사진이었다. 지역신문에 실려 부모님이 거실 액자에 걸기도 한 사진. 아무개는 이런 말을 덧붙였다.

> 이렇게 생겼으니 현실에서 떡 못 치고 가상현실에서 입방아나 찧지.

그 트윗에 이미 200여 명이 마음을 찍었다. 또 누군가는 이렇게 썼다.

> 난 아직 이해가 안 가는데, 왜 이런 블로그를 만든 거야? 이게 정말 자기 또래한테 적합한 얘기야?

이미 25명이 마음을 찍었다.

간간이 나를 변호하는 의견도 있었다. 하나는 코라였다. 창의적 욕설로 비평가들에게 그들의 잡소리를 어디에 쑤셔 넣을지 자세히 묘사했다.

하지만 나는 기어이 한 트윗에 이르러 직격타를 맞았다.

> 얘, 피비. 누가 널 욕하는 게 싫으면 섹스에 관해 쓰지를 마.

346명이 마음을 찍었다.

346명의 사람이 특정 여학생에게 욕먹기 싫으면 입 다물라고 말하는 의견에 공감했다는 뜻이다.

그전까지 나는 이 모든 상황이 남에게 벌어지는 일인 양 굴고 있었다. 하지만 내 이름이 박힌 트윗을 보자마자 현실로 돌아왔다.

나란 걸 모두가 알았다.

19

"피비?"

엄마가 또다시 문틈으로 조용히 물었다.

"들어가도 될까?"

가슴이 콱 조여들었다.

"응."

아빠도 엄마를 따라 들어왔다. 나만큼이나 길을 잃은 표
정이었다.

"언제부터였니?"

엄마가 내 침대 가장자리에 앉아 물었다. 나는 분노가
치미는 걸 느끼며 고개를 쳐들었지만, 엄마도 여태 울었다는
걸 알아챈 순간 찬물을 뒤집어쓴 것 같았다.

나는 말을 하지 않았다. 할 수가 없었다. 도저히 입이 떨

어지지 않길래 그저 일어나서 내 비밀 연구 자료 은닉처로
향했다.

　침대 밑 서랍을 모두 열어서 모든 책, 도해, 모형, 포스
터를 늘어놓았다. 내 방에 성의 향연이 펼쳐졌다. 거대한 생
식기 모형 앞에서 아빠는 공손히 눈을 내리깔았다. 엄마는
의학 저널 더미 위에 천연덕스럽게 자리한 〈카마수트라〉 도
감에서 잠시 눈을 못 뗐다. 엄마는 자기가 뭘 보고 있는지 파
악할 때까지 휘둥그레진 눈으로 두리번거렸다.

　나는 침대 끄트머리에 주저앉아 무릎을 감싸 안고 고개
를 파묻었다.

　"피비."

　엄마가 좀 더 크게 말했다.

　"언제부터—."

　"열네 살 때부터."

　"아니… 왜?"

　합리적인 질문이었고, 나에게는 아직 답이 없었다. 이유
를 설명할 수 없기에 그저 이런 일이 벌어진 경위를 30분에
걸쳐 설명했다. 어쩌다 이 자료들을 얻었는지, 어쩌다 〈네모
안의 동그라미〉를 시작하게 됐는지, 어쩌다 입소문을 타게
됐는지, 어쩌다 트위터 계정을 만들고 닐이 인터뷰를 요청했
을 때 블로그에 질의응답을 열게 됐는지.

　"리디아 브룩허스트."

마침내 엄마가 입을 열었다.

"그 여자가 그 블로그를 사회악으로 지목했잖아. 네 블로그를. 처음부터 쭉."

질문은 아니지만 어쨌거나 내 입으로 인정해야 할 것 같았다.

"응."

엄마는 잠시 앉아 생각을 정리하고는 일어나서 내 정수리에 입 맞췄다. 어렸을 때처럼.

"가자, 맷."

"어딜 가?"

아빠는 여전히 생식기 모형에서 눈을 피하며 말했다.

"일하러."

엄마가 나직하게 말하고 다시 날 보며 말했다.

"피비, 넌 잘못한 거 없어. 금방 올게. 처리할 일이 있어서."

엄마는 무슨 소리를 들은 듯 고개를 기울이더니 창가로 걸어가 밖을 내려다봤다.

"코라가 온 것 같구나."

아래층에서 현관문이 열리고 닫히는 소리, 내 방으로 빠르게 다가오는 익숙한 발소리가 들렸다.

"피비."

코라가 내 방문을 조심스럽게 두드렸다.

"왔어?"

부모님은 아무 말 없이 방을 나갔고, 코라는 성교육 자료 더미 한복판에 털썩 앉아 책상다리를 했다. 내 삶을 재고 조사하듯이 주위를 휘휘 둘러보다가 마침내 날 올려다봤다.

"왜 내가 너보다 섹스에 대해 잘 안다고 생각하게 내버려 뒀어?"

"엄밀히 말해서, 넌 경험자니까 나보다ㅡ."

내가 말을 끝내기도 전에 코라가 끼어들었다.

"아니, 실제 지식 말이야."

코라는 조금 화가 난 것처럼 보였다.

"왜 네가 폼이라고 말하지 않았어? 날 못 믿어서?"

"그런 게 아니야."

"그럼 왜 말 안 했는데?"

"아무한테도 안 했어."

"난 다를 줄 알았는데."

"저기, 널 못 믿어서 그런 게 아니야. 말하기 창피해서도 아니고. 너랑은 아무 상관없어. 내가 여기 파고든 건… 흥미로워서야. 아무에게도 말하지 않은 건, 주변 신경 안 쓰고 어엿하게 연구에 전념하는 기분이 들어서 그랬어. 날 따라붙는 시선이나 손가락질 없이."

코라는 벽에 기댄 채 내 말을 곱씹으며 방을 느리게 훑었다.

"저 플라스틱 거시기 왕 크다."

"그렇지."

침묵.

"저건 뭐야?"

코라가 상자에 걸쳐져 있는 금속 기구를 보며 물었다.

"아, 검경이라는 건데, 왜, 산부인과 검진에서 질을 벌릴 때—."

"아아."

침묵.

코라는 계속해서 내 이중생활의 증거를 찾아냈다.

"아, 네 필명이 저기서 왔구나."

이브가 석류를 따 먹는 그림을 보고 코라가 말했다.

"폼. 그렇지. 아, 그리고—."

코라는 혼란스러운 표정으로 추상화 액자를 가리켰다.

"저건 뭐야?"

"아마 음부일걸."

코라와 나는 그 다채로운 추상화를 향해 약간 고개를 기우뚱했다.

"왜 분노가 느껴지지?"

코라가 그림을 유심히 들여다보며 말했다. 그리고 우리는 웃기 시작했다. 비록 내 속은 여전히 끔찍한 감정이 들끓었지만.

"데이비드는 어딨어? 같이 미술 수업 안 들어?"

"내가 그 난리를 뒤로하고 미술 수업 가게 생겼어? 어차피 데이비드도 안 갔어. 아마 지금 집에서 입술에 얼음찜질하고 있을걸."

"왜?"

"널 변태라고 부른 어떤 놈하고 싸웠는데, 알고 보니 둘다 싸움에 젬병인 거지. 서로 솜방망이 같은 주먹을 좀 주고받다가 데이비드가 그놈을 밀쳤고, 그 바람에 다리가 꼬여 넘어지면서 의자에 입술을 박았어."

"와, 진짜?"

"실화야. 다음에는 주먹 쥘 때 엄지를 말아서 쥐지 말라고 해야지. 기본기가 안 잡혀 있더라고. 뭐, 줏대는 있지만."

"맞아. 정말로."

나는 무릎에 두 손을 포갰다. 처참한 기분은 여전했지만, 코라가 와 줘서 그나마 나았다. 코라는 고개를 끄덕이고 약간 괴로운 얼굴로 숨을 크게 들이마셨다.

"너한테 네 블로그 읽어 준 거 떠오를 때마다 쪽팔려 죽겠어. 결국 데이비드가 나한테 오르가슴 주는 법을 너한테 배운 거잖아…."

"천만에."

다시 터진 웃음은 멈추기 힘들었다. 코라 머리 뒤에 음경 도해가 있었는데, 겨우 웃음이 잦아들 때 코라가 고환 부위를 누르며 경적 울리는 소리를 내자 또 한 번 웃음이 터졌다. 너무 어처구니없는 짓이라 다른 때 같았으면 웃기는커녕 정색했을 거다. 하지만 코라와 함께 우리를 둘러싼 세상을 무시하고 철없고 유치한 짓에 낄낄거리고 있자니 어떤 해방감이 들었다. 우리는 눈물이 나오도록 웃다가, 어느 순간 내가 아예 울기 시작하자 코라가 다가와 나를 껴안았다.

내가 또 울 줄은 몰랐다. 이제껏 꾹꾹 묻어 두었던 슬픔과 절망이 코라와 함께 웃으면서 흘러나왔다. 잠시 후 울음을 멈춘 나는 자세를 바로 하고 좀 더 차분한 기분으로 코라를 바라봤다.

"좋아. 넌 그럼 성 전문가 같은 거네."

"아니."

나는 눈물을 닦으며 말했다.

"나는 그냥 많이 읽은 사람이야. 이런저런 질문에 답해 줄 정도로. 전문가가 되려면 박사 학위 같은 걸 따야겠지."

"그게 네가 언젠가 하고 싶은 일이야?"

"응. 맞아."

입 밖으로 내니 후련했다.

"대박이다. 넌 이미 반쯤 전문가잖아."

코라와 나는 몇 시간 동안이나 바닥에 너저분하게 널린 자료들을 정리해 제자리에 넣었다. 내 방은 원래대로 돌아갔다. 남들이 부적절하다고 여길 만한 것들을 탐구한 사실은 흔적도 없는 상태로.

"훙, 왠지 아까의 적나라한 아수라장이 더 마음에 드는데. 사실, 이 작품은 영광의 자리를 차지할 가치가 있어."

코라는 음부 추상화를 내 책상 벽에 기대어 놓았다.

"봐. 분노한 여성이 연구를 계속하라고 애원하잖아."

나는 얼굴을 찡그렸다. 민망한 그림이지만, 버릴 마음이 든 적은 없다. 중요한 미지의 해부학적 정보처럼 느껴진달까? 내가 절대 이해할 수 없는 것들이 있다는 걸 상기시켜주는 존재.

엄마가 전화로 늦을 것 같다고 해서 코라에게 하룻밤 자고 가라고 권했다. 엄마 아빠가 어디서 뭘 하는지 모르겠지만, 둘은 행방을 알리지 않았다. 지난 몇 시간 사이 우리 가족의 역학 관계가 어떻게든 바뀐 것 같았다. 엄마 아빠한테서 분노는 느껴지진 않았지만, 다른 무언가가 있었다. 아마도 슬픔.

새벽 2시쯤 코라에게 에어 매트리스를 깔아 주고 불을 껐다. 내가 다섯 살 때부터 천장에 붙어 있는 야광 별들은 예전처럼 밝지 않았다.

"호르헤가 너 데려다준 뒤로 얘기 좀 했어?"

코라가 어둠 속에서 물었다. 에어 매트리스에서 몸을 뒤척이는 소리가 들렸다.

"아니."

나도 그 뒤로 핸드폰을 확인하지 않았다. 아마 괜찮냐고 묻는 문자가 몇 통 와 있을 테지만.

"걱정 마. 걘 너한테 반했어. 보면 알아."

"나도 알아. 실은, 날 사랑하는 거 같아."

"뭐? 걔가 그래?"

"아니. 그냥 그렇게 느껴져."

내 입으로 할 말은 아니었다. 속으로만 생각하거나 누가 말할 때까지 기다렸다가 놀란 척해야 하는 말이었다. 누가 날 사랑한다고 오만하게 넘겨짚는 건 온갖 비극의 문을 여는 짓이니까.

하지만 그렇다고, 나한테 반한 것 같다고 맞장구치는 건 거짓처럼 느껴졌다. 누군가에게 그저 반했다고 자기 품 안에서 실컷 울게 하지는 않는다. 난 그게 사랑이라고 생각하는데, 그러고 보면 나도 사랑에 빠져 본 적이 없다. 난 섹스에 관해서만 연구했고, 그게 사랑과 다르다는 건 상식이다.

호르헤는 세상만사에 관심이 많다. 언제 어떤 화제가 나오든 서슴없이 자기 생각을 말한다. 그리고 나는 그 시시콜콜한 이야기들을 듣는 데 익숙해졌다. 그 목소리만이 줄 수 있는 위안이 있다.

호르헤 생각에 빠진 날 잠시 지켜보던 코라가 기척을 냈다.

"그래, 이제 그만 자자."

"그래야지."

"잘 자. 사랑해."

코라가 말했다.

"나도 사랑해."

그리고 나는 핸드폰을 켜 호르헤의 문자들을 확인했다. 막대 인간 그림 몇 장이었다. 안전한 성관계 팻말을 들고 커피 마시는 나를 그렸다. 데이비드의 그림에 비하면 낙서 수준이지만, 꽤 포인트를 잘 잡았다. 마지막은 호르헤가 자기만의 팻말을 들고 내 볼에 뽀뽀하는 그림이었다. 팻말에는 이렇게 적혀 있었다.

내 여친이 그 블로그 씀. 개쩔지.

나는 옅게 웃었다. 호르헤에게 한 번도 들어 본 적 없는 말이라서. 하지만 나는 개쪄는 기분이 들지 않았다. 벌거벗은 기분이었다.

20

팔로워 차단: 876명

> @TheRealLydiaBrookhurst: 토론 중에 드러난
> 사실로 상처받은 사람이 있다면 사과드립니다.

이제 어떻게 될까? 솔직히, 상상해 본 적도 없었다. 신
상이 공개되면 무슨 일이 일어날지, 어떻게 해야 할지 대비
하지 않았다. 절대 탄로 나지 않으리라 덮어놓고 믿었다.

하지만.

리디아 브룩허스트의 폭로를 예견했더라도 그 여파는
예상 못 했을 거다. 엄마 아빠는 새벽에 귀가했고, 들어오는
소리도 못 들었다. 두 사람이 집에 있는데도 평소와 달리 고

요하기만 한 부엌을 지나쳐 등교하는 게 낯설었다. 코라의 차를 타고 학교에 갔다.

우리는 1교시에 들어갔다. 모든 시선이 날 향했으나 아무도 뭐라고 말할 겨를은 없었다. 프라이스 영어 선생님이 시험지를 나눠 주기 전에 내 어깨에 잠시 손을 얹었을 뿐이다.

나는 녹음된 방송을 들으며 답안지를 채워 나갔다. 거의 두 시간이 다 되어서 교실에서 벗어날 수 있었다. 복도가 이상하게 시끄러웠는데, 모퉁이를 돌 때까지 몰랐다. 사물함 앞에 학생들이 모여 있었다.

"좀 비켜 줄래."

코라가 말했다. 그러더니 우뚝 멈춰 크게 벌어진 눈으로 사물함 쪽을 응시했다. 주변 애들이 수군거렸지만, 그들이 뭘 보고 있는지 안 보였다.

"피비…."

코라가 나지막이 속삭였다. 코라답지 않았다. 시야가 트이자 그 이유를 알았다. 우리 사물함은 낡아 빠진 철제 상자들로, 처음 학교를 세울 때부터 있었다. 내 사물함은 가운뎃줄, 왼쪽에서 네 번째였다. 문짝에 '피비는 좆을 좋아해'라고 새겨져 있었다. 그 위로는 또 다른 누군가가 매직펜으로 '걸레'라고, 아래에는 '변녀'라고 써 놓았다.

"피비."

코라가 불렀다.

"나도 보여."

"가자."

코라가 내 팔을 잡아끌었다.

"잠깐. 누구랑 얘기 좀 하고."

"피비, 얼른. 지금은 그럴 때가ㅡ."

나는 코라를 무시했다. 사실 사물함에서 편집실까지 어떻게 걸어갔는지 모르겠다. 얼이 빠진 채 한 발 한 발 내디뎠다. 코라가 따라오며 말을 거는데도 안 들렸다.

분노가 온몸에 독처럼 퍼졌다.

어느새 편집실 앞이었다. 그런데 문을 열기도 전에 성난 목소리들이 터져 나왔다. 누군가가 벽에 부딪히는 소리가 뒤따랐다. 호르헤가 몸부림치는 닐에게 인상 깊은 비속어를 퍼붓고 있었다.

"난 그게 피비인 줄 몰랐어! 신상 턴 것도 나 아니야!"

닐이 악을 썼다.

내가 들어섰을 때 둘은 날 못 봤다. 호르헤의 얼굴은 안 보였지만 얼마나 열받았는지 알 수 있었다. 맹금류가 사냥감을 덮치기 직전처럼 어깨가 한껏 내려가 있었다.

"네가 거들었지."

호르헤가 짓씹듯이 내뱉었다.

"찌질한 새끼."

"씨발, 꺼져. 난 아무것도ㅡ."

닐이 말하다가 날 보고 낯빛이 변했다.

"피비."

"피비."

이번에는 호르헤였다. 자기가 어떤 선을 넘었을까 걱정하는 기색으로 손을 뻗었지만 나는 그 손을 잡지 않았다. 나는 너무 화가 났고, 닐에게 하고 싶은 말도 많았고, 짚고 넘어가야 할 것도 있었다. 코라는 여전히 내 뒤에 있었지만 편집실에 온 뒤로 끼어들지 않았다.

"네가 폼과 인터뷰했을 때."

내 목소리는 부자연스러웠다. 그야 학교를 떠날 때까지는 이성을 잃지 않고 싶었으니까.

"그게 나란 거 알았어?"

"아니."

닐이 한 손을 툭 떨구고 말했다.

"나는 이번 일과 아무 관련 없어. 맹세해. 피비, 난ㅡ."

"그 여자가 너한테 뭐 약속한 거 있어?"

닐은 아무 말도 안 했다. 닐이 어떤 질문에 대답하길 망설이는 건 내 기억으로 처음이었다.

"자길 인터뷰하는 대가로 분명 뭔가 약속했겠지. 일자리? 추천장? 너한테 필요한 인맥?"

닐의 눈빛이 어두워졌다. 궁지에 몰린 탓인지 이목구비의 약한 부분이 더 두드러졌다. 콕 짚을 순 없지만.

"중요한 사람을 소개해 주겠대?"

"칼 오리어리."

지역 뉴스 방송국장이다. 미디어 축제에서도 봤다.

"그럴 가치가 있었어?"

내 물음에 닐은 대답하지 않았다.

"그래, 네가 날 폭로하지는 않았지. 네 탓 아니야. 하지만 넌 그 여자가 어떤 인간인지 잘 알잖아."

"피비, 그건 복잡ㅡ."

"흥미롭네. 누군가가 뼛속까지 글러 먹은 줄 알면서도 득 볼 게 있어서 돕는다니. 그 여자가 소개해 준 사람들도 네가 충성심을 판다는 걸 알려나?"

닐은 입을 벙긋거렸고 나는 대답을 기다리지 않고 문을 박차고 나갔다. 코라가 바짝 따라붙었다. 나는 코라의 차로 직행하면서 먼발치에서 누군가가 알은체하려는 걸 겨우 알아챘다.

모니카가 주차장을 가로질러 내 쪽으로 걸어오고 있었다. 하지만 나는 곧장 코라의 차에 올랐다. 그리고 출발해서 이동한 것도, 호르헤를 닐과 남겨 두고 온 것도 깨닫기 전에 집에 와 있었다. 그 일이 벌어진 뒤로 호르헤와 이야기다운 이야기를 나눈 적이 없었다.

호르헤가 보냈던 마지막 문자를 보는데, 화면 아래 '…'가 떴다가 사라졌다. 할 말을 고르려 애쓰는 호르헤가 머릿속에 그려졌다.

그날 저녁, 호르헤는 풋볼 유니폼 바지에 흰 티셔츠 차림으로 우리 집에 왔다. 그리고 내내 연습했을 게 분명한 말을 꺼냈다.

"삭제해."

호르헤는 자기 뒤로 현관문을 닫자마자 말했다. 집 안을 쓱 둘러보고서 나와 눈을 맞췄다. 나는 반걸음 물러섰다.

"호르헤, 난―."

"폐쇄해. 뭐든 없애 버려."

호르헤는 소파로 걸어가 앉더니 무릎에 팔꿈치를 대고 두 손으로 머리를 감쌌다. 그리고 애원하는 표정으로 날 올려다봤다. 난 우두커니 서서 호르헤를 내려다봤다. 내가 어떻게 반응하기도 전에 호르헤가 말했다.

"그 여자는 네가 누군지, 어딨는지, 널 어떻게 괴롭힐 수 있는지 알아."

몰랐던 얘기도 아니었다. 하지만 호르헤는 아주 멍청한 사람에게 아주 간단한 일을 설명하는 표정으로 나를 올려다봤다.

"그 여자가 할 수 있는 말은 이미 다 나왔어. 어차피 순

말뿐이야. 그게 다야. 막말. 그 정돈 감당할 수 있어."

내가 소파 옆자리에 앉으며 말했다. 손을 뻗어 호르헤를 만지려는데, 내가 앉자마자 호르헤는 화상이라도 입은 것처럼 벌떡 일어났다.

"맙소사, 피비. 푸드트럭들이 어떤 꼴을 당했는지 봤잖아. 브룩허스트 지지자들이 한 짓이야. 그 여자가 화풀이 대상을 던져 줬어. '말'이 남의 인생을 망칠 수 있어. 순진하게 굴지 마."

나는 호르헤에게 향하던 손을 거뒀다. 가슴이 욱신거렸다. 호르헤는 여전히 한쪽 어깨에 백팩을 멘 채였다.

"다음 대상은 너야. 그 여자가 무식한 사람들을 선동하고 있어. 널 관심병 걸린 성도착자로 몰아갈 기세라고. 그 여자는 너희 부모님이 자기 뒤를 캘까 봐 조바심 내고 있어. 넌 이게 선거 운동에서 그칠 거 같아? 옛날부터 뒤가 구리기로 소문난 인간이야."

호르헤가 이를 악물고 말했다.

"그럼 잘됐네! 이 기회에 다 까발리면 되잖아! 이 시점에서 남들이 나한테 뭐라든 알 게 뭐야?"

"아직도 이해가 안 돼?"

호르헤가 가방끈을 꽉 쥐며 말했다.

"그렇게 단순한 문제가 아니야. 위험하다고."

"무슨 말이야, 위험하다는 게?"

소파에 가만히 앉아 있는 나와 달리 호르헤는 정신없이 서성거렸다. 기어이 호르헤는 백팩을 내팽개치고 앞주머니에서 구겨진 종이를 꺼냈다. 반으로 접힌 흰 종이였다.

"오늘 누가 훈련 중에 내 운동 가방에 넣어 놨더라."

호르헤가 괴로운 얼굴로 말했다. 나는 종이를 펼쳤다.

더러운 네 여친 잘 간수해라.
오죽 몸이 달았으면 그런 걸 쓰겠냐.

가슴이 쿵 내려앉았지만, 트위터에서 읽거나 사물함에 새겨진 말보다 더 끔찍하지도 않았다. 내가 그렇게 말하려고 하자 호르헤는 폭발했다.

"이건 위협이야, 피비!"

엄마 아빠가 집 안 어딘가에서 나타났다.

"무슨 일이니?"

아빠가 호르헤를 보며 말했다. 호르헤는 고개를 살짝 숙였다.

"소리 질러서 죄송해요. 그럴 가치도 없는 말인데."

"난 네가 내 블로그를, 나를 자랑스러워하는 줄 알았어. 언제는 개쩐다며?"

호르헤가 도리질을 치는 동안 부모님은 어색하게 부엌으로 물러났다. 그래 봐야 다 들리겠지만.

"맞아, 하지만 위험해지기 전까지였지!"

호르헤는 그 종이를 꽉 움켜쥐었다.

"이제 하나도 안 쩔어. 그냥 삭제해."

"그렇게는 못 해."

나는 고민하지도 않고 말했다. 억지나 고집이 아니었다. 당연히 지울 수 없었다. 그건 내 일부였다. 내 연구. 내 시간과 노력. 내 참자아. 나도 모르게 호르헤한테서 주춤주춤 멀어졌다.

"그렇다면 난 네가 화를 자초하는 꼴 못 보겠어. 남들이 그 블로그 때문에 널 공격하는 걸 볼 수 없어. 널… 지켜 줄 수 없어."

호르헤는 처음으로 슬퍼 보였다.

"피비, 제발. 그 블로그가 대체 뭐라고."

"너한텐 별거 아니겠지."

부모님이 듣고 있는 것도, 방금 우리 사이에 생긴 무언가가 호르헤를 더 멀리 밀어냈다는 것도 인식하면서 내가 말했다.

호르헤는 내게 다가와 고개 숙여 볼에 입 맞췄다.

"잘 있어, 피비."

호르헤는 속삭이듯 말하고 백팩을 주워 멨다. 그러고서 우리 부모님 쪽을 힐끗 봤다. 두 사람은 바쁜 척하다가 호르헤가 떠나고 나서야 다가왔다.

"대체 무슨 일이야?"

엄마가 물었다.

"다 끝난 일."

나는 호르헤가 방금 나간 문만 바라보며 대꾸했다.

21

팔로워 차단: 1,003명

"피비."

내가 막 방문을 열고 나갔을 때 엄마가 전화기를 내밀었다.

"너한테 온 거야."

내가 빤히 쳐다보자 엄마는 이렇게만 말했다.

"걱정 마. 이건 받아도 돼."

어제부터 집 전화가 수없이 울렸다. 전에 없던 일이라 불안했다. 엄마는 자동 응답기를 이용해 발신자를 걸렀다. 소름 끼치는 전화와 음성 메시지를 몇 통 받은 뒤였다. 아빠가 그 정보를 경찰에 전달했다.

두 사람이 이 모든 일에 침착하게 대응하는 게 적응이 안 됐다. 엄마 아빠는 난리를 피우거나 설명을 요구하지 않았다. 하긴, 그게 어울렸다. 불편한 화제를 웬만하면 피하는 편이니까.

엄마는 여전히 전화기를 내밀고 서 있었다. 과연 누가 엄마의 방어선을 뚫었을까?

"안녕, 피비? 어맨다 휘터커야. 〈스탠퍼드 데일리〉 편집장. 우리 미디어 축제에서 한번 봤지? 최근 일로 많이 상심했을 것 같은데, 혹시 인터뷰에 관심 있는지 궁금해서."

나는 엄마를 봤다. 어떻게 이 상황에서 내가 인터뷰를 하고 싶어 할 거라고 생각하지? 어맨다는 내가 머뭇거리는 기색을 읽은 듯했다.

"선거 전에 모든 사실을 공개하는 게 좋을 거 같거든."

내가 여전히 말이 없자 어맨다가 덧붙였다.

"동네에 며칠 머물 건데, 너희 어머니 말로는 네가 점심 때쯤에는 시간이 있을 거 같다더라고. 스시 몬스터에 예약을 해 놨는데 어머니와 함께 오면 좋을 것 같아. 이참에 사람들도 좀 만나고. 지금 결정할 필요는 없어. 올 수 있으면 와."

"알았어요."

"그래."

어맨다가 먼저 전화를 끊었다. 나는 다시 엄마를 봤다.

"갈지 말지는 전적으로 네 마음이야. 하지만 네 아빠와 난 좋은 생각인 거 같아."

"진심이야?"

"그럼."

엄마는 식탁에 앉아 나에게 차 한 잔을 내밀었다. 대화를 준비한 티가 났다. 나는 순순히 앉았다.

"네 블로그 읽어 봤어. 처음부터 끝까지. 이제야 말하는데, 자랑스럽다, 우리 딸."

엄마가 찻잔을 내려다보며 말했다.

"난… 엄마가 그렇게 생각할 줄 몰랐어."

나는 엄마가 영적 고객들 회의에서 브룩허스트 배지를 달고 있었다는 사실을 떠올리며 말했다. 엄마는 내 시선을 피했다.

"미안. 그동안 고객들하고 마찰을 빚고 싶지 않았어. 거래가 끊길까 봐. 비겁했지. 정말 미안해."

엄마가 내 손에 자기 손을 겹쳤다.

"그래도 엄마가 자랑스러워할 만한 일은 아니잖아."

엄마가 내 말에 찔린 것처럼 움찔했다. 나로서는 조금 의아했다.

"네 성장기에 필요한 얘기를 비밀로 한 건 아니지만, 질문할 여지도 주지 않았지. 그건 내 잘못이야."

나는 엄마를 물끄러미 봤다. 엄마는 식탁 위에 두 손을 포갰다.

"브룩허스트와는 사업으로만 얽힌 게 아니야."

나는 묵묵히 엄마가 말을 잇기를 기다렸다. 엄마는 두
손을 쥐었다 풀었다 했다. 불편한 기색이 역력하지만 말하기
로 결심한 듯했다. 엄마는 오래 묻어 두었던 듯한 말을 힘겹
게 입 밖으로 끄집어냈다.

"난 고등학생 때 임신했었어."

나는 입이 벌어졌지만, 방해하지는 않았다.

"반년 동안 만난 남자친구가 있었는데, 그 사람이 정말
로, 알잖니, 끝까지 가고 싶어 했어. 난 확신도 없이 동의했
고… 몇 주 뒤에 생리를 안 하길래 그대로 인생이 끝난 줄 알
았어."

나는 엄마를 물끄러미 바라봤다.

"그땐 안전한 성관계 같은 말도 없었어. 콘돔은 매춘부
들이나 쓰는 물건이라고 생각했고, 남자친구는 안에다 하지
만 않으면 임신할 일 없다고 장담했지."

엄마는 벌게진 얼굴로 심호흡했다.

"그리고 몇 주 뒤에 임신했다고 말하니까 그건 불가능
한 일이라고, 나보고 다른 놈이랑 잤다고 몰아세우더라."

"그러면—."

내가 끼어들자마자 엄마가 막았다.

"몇 주 뒤에 자연유산이 됐어. 아무한테도 말 안 했어.
네 할머니 할아버지도 끝까지 몰랐어. 그리고 그게 너무 안

심돼서 부끄러웠지."

나는 손을 뻗어 엄마 손을 잡았다.

"근데 그 일이 브룩허스트와 무슨 상관인데?"

"그 여자가 알고 있었어."

엄마가 심호흡하고 말했다.

"그때 내 남자친구는 젊은 보조 코치였어. 아주 젊은…
유부남 보조 코치. 리디아는 모든 걸 알고 있었어. 어떻게 알
았는지 아직도 모르겠지만, 남의 비밀을 캐내는 게 특기였으
니까. 그걸로 오랫동안 날 압박했어. 그 사람이 다른 지역으
로 이사하고 전근 가고 나서도."

엄마는 말하면서 눈물을 흘렸다. 나는 엄마의 손끝을 꽉
쥐었다.

"아빠도 알아?"

"지금은 알아. 네 아빠 말대로 돈 때문에 그 여자와 거
래할 필요는 없었지만, 조마조마했어. 그건 무언의 위협이었
어. 언제든 내 비밀을 폭로할 수 있다는 걸 아니까. 네 아빠
가 나한테 실망할까 봐 두려웠어. 어리석었지."

엄마는 또다시 억지로 웃었다. 왠지 처음 보는 사람처럼
낯설었다. 우리 둘 다 아빠에게 각자 비밀을 숨기고 있었다.
그리고 서로에게도.

"말 못 해서 미안해, 피비. 그리고 네가 알아야 할 것들
을 제대로 알려 주지 않아서. 그냥 막연히 너한테 최소한의

정보만 주면…."

엄마가 말꼬리를 흐렸다.

"괜찮아, 엄마."

왜 섹스에 대해 말하지 않는 게 날 보호하는 거라고 믿었는지, 또는 그때 유산이 안 됐으면 어찌했을지 묻지 않았다. 나는 그냥 엄마 손을 꼭 쥐었다.

"아냐, 안 괜찮아. 하지만 엄마 아빠는 정말 네가 자랑스러워. 네 힘으로 대단한 무언가를 만들어 냈잖아. 주변에 털어놓을 사람이 없는 아이들에게 얼마나 큰 도움이 되겠니. 너도 없었다는 게 참 미안하지만…."

"엄마도 없었잖아. 힘들었겠다."

나는 엄마 손을 잡은 채 희미하게 웃었다. 그때 엄마 뒤의 시계가 눈에 들어왔다.

"아빠 늦게 온대?"

"마무리할 게 좀 있대."

"일요일에?"

아빠는 혼자 야근하는 일이 거의 없다. 주말은 더더욱.

"아, 일은 아니고, 루비노위츠 선거 도우미로 자원봉사 중이야. 집집마다 전화 돌리고 그런 거."

"진짜?"

"그리고 우리는 목요일에 강의하는 고객들 인맥을 끌어모아서 캘리포니아의 모든 귀금속상에서 리디아의 금욕 반지를 납품 중단시켰어."

"뭐?!"

"그게 우리가 토론 날 밤에 한 일이야. 원래 확고한 브룩
허스트 지지자들이었던 우리 고객들도 상대 후보 외모 비하
발언, 푸드트럭 사건 그리고 이번 일로 말이 많았어. 리디아
가 너한테 한 짓을 부모로서 얘기하니까 다들 귀 기울여 듣
고 이해하더라고. 너무 악의적인 공개였잖아. 또 그들은 선
거 자금을 어떻게 썼는지 조사하는 걸 지지해. 내가 네 아빠
랑 막 시작한 일이지."

나는 여전히 놀란 눈으로 엄마를 쳐다봤다.

"그래, 유감스럽지만…."

엄마가 찻잔을 입으로 가져가며 말했다.

"리디아 브룩허스트는 아주 많은 돈을 잃게 될 거야."

엄마는 날 꼭 껴안았다. 처음으로 엄마와 이야기다운 이
야기를 나눈 느낌이 들었다.

아주 진정한 이야기를.

다 함께 스시를 먹으면서 엄마 앞에서 성 관련 질문에
답하는 게 마냥 편치만은 않았다. 실제로 엄마는 불편한 얘
기가 나올 때마다 애써 딴청을 부렸고, 어맨다는 내게 자세

한 얘기를 요구했다.

"〈네모 안의 동그라미〉가 화제의 중심이 됐을 때 기분이 어땠나요?"

어맨다가 물었다.

"놀랐어요. 그렇게 많은 사람이 볼 줄 몰랐거든요."

"폼이라는 걸 주변에서 알게 된 뒤 달라진 게 있나요?"

호르헤가 생각났다. 내 사물함도. 내가 트위터에서 본 모든 끔찍한 말들도.

"스스로가 제일 달라진 거 같아요. 왜냐면 전에는 글을 쓸 때 사람들이 어떻게 생각하는지 딱히 신경 쓰지 않았거든요. 이제는 이게 여전히 가치 있는 일이라는 걸 스스로 자꾸 되새겨야 해요. 욕하는 사람들이 있더라도요."

엄마는 날 보며 빙그레 웃었고 어맨다는 고개를 크게 끄덕였다.

어맨다는 내 글쓰기 과정에 관해 물었다. 어떻게 조사하는지, 어디서 영감을 얻는지.

죽은 산부인과 의사의 서재에서 온갖 자료를 얻었다고 하자 어맨다는 웃음을 터뜨렸다. 식사도 끝나고 질문도 떨어지자 어맨다는 가방에서 핸드폰을 꺼냈다.

"참고로 이건 너와 네 연구 활동을 전적으로 지지하는 사람들이 쓴 거야. 몇 개만 찍어 왔지만, 이런 사람이 수천 명이라는 걸 명심해."

어맨다가 핸드폰 화면을 보여 줬다. 트위터에서 몇몇 댓글을 캡처한 것이었다. 팔로워들이 나에게 격려의 메시지를 보내고 있었다.

> 피비, 글 계속 써 줘.

> 피비/폼, 네가 누구든 넌 진짜 짱이야.

> 피비, 네가 날 구했어.

오랫동안 익명으로 글을 쓰다 보니 누군가가 내 이름을 부르는 게 너무나 강력하게 다가왔다.

"브룩허스트 같은 사람도 있지만, 안 그런 사람도 많아."

어맨다가 말했다.

"블로그를 통해 브룩허스트에게 직접 편지를 쓰는 건 어때? 할 말이 있으면 해야지."

우리는 악수하고 헤어졌다. 엄마 차를 타고 집에 가는 길은 조용했지만, 편안한 침묵이었다.

집에 도착해서 나는 어맨다의 조언대로 〈네모 안의 동그라미〉에 편지를 올렸고 트위터에 공유했다. 댓글 창은 막아 놨다.

브룩허스트 씨에게

전 당신을 잘 모릅니다. 어쨌든 개인적으로는요.

어릴 때부터 동네에서 간간이 당신 이름을 듣기는 했지만, 이번 선거철까지 관심을 딱히 기울인 적은 없습니다.

당신에 대해 제가 아는 건 이 정도입니다.

1. 여자 사업가다.

2. 집안이 부유하다.

3. 1번과 2번의 이유로 일부 사람들이 강하게 지지한다.

일주일 전쯤, 경선 토론 중에 제가 성교육 블로그 〈네모 안의 동그라미〉의 필자라는 사실이 밝혀졌죠.

당신은 그동안 저에게 정체를 밝히라고 공공연히 말해 왔습니다. 제 작업물에 떳떳하게 책임을 지라고요.

하지만 진짜 이유는 그게 아니었죠?

당신이 거북해하는 글을 쓴 것에 대해 저에게 공개적으로 수치를 안길 기회를 당신 지지자들에게 주기 위해서였죠.

화요일에 누군가가 제 사물함 문짝에 '걸레'라고 썼습니다. 누군가는 그 위에 소변을 보았고, 관리인이 문을 따줬을 때(자물쇠가 망가져 있었죠) 교과서는 죄다 못 쓰게 된 상태였습니다.

하지만, 다행히, 그들이 남긴 메시지들은 완벽한 상태여서, 여기 몇 가지만 공유하겠습니다.

야 변녀 그렇게 깔리고 싶냐

더러운 걸레

폼은 보라. 도덕을 수호하는 브룩허스트!

헤픈 년. 우린 네가 누군지 알고 네가 어디 사는지 알아.

10대 여자애가 섹스에 관해 이야기하면 이상한 증오를 받죠.

우리 부모님은 집에 온 협박 편지를 제가 못 보게 숨기려고 했지만, 그 전에 봤습니다. 그건 이번 주에 받은 메시지들과 함께 경찰서에 보낼 예정입니다.

당신은 토론에서 제 실명을 밝힌 걸 후회한다고 주장했는데, 트위터에서 또 이렇게 말했죠. 우리 부모님이 제 삶에 더 관심을 기울였다면 처음부터 이런 상황을 막았을 거라고요.

당신은 악의적인 짓을 하고서 우리 부모님에게 비난의 화살을 돌린 거예요.

하지만 이쯤에서 제 얘기는 접어 두죠. 이왕 관심을 끄는 김에 다른 얘기도 좀 해야 할 것 같아서요.

1. 당신은 겉만 화려하고 실속은 없어서 남의 외모를 지적하길 좋아하죠. 헬렌 루비노위츠는 그런 저열한 모욕에 흔들리지 않는 사람이라 대꾸할 필요를 못 느꼈고요. 그래서 하는 말인데, 당신은 형편없는 인간이에

요. 인간으로서 기본이 안 돼 있죠. 예수님도 당신을 부끄러워할 거예요.

2. 당신이 푸드트럭 단지를 파괴한 장본인은 아니지만, 당신 지지자들 소행으로 보이는 증거들이 있는데도 당신은 침묵하고 넘어갔죠.

푸드트럭 단지는 당신의 도움 없이 부활해서 이 지역에 단단히 뿌리를 내릴 거예요. 우리는 이미 재건 비용을 마련하기 위해 크라우드 펀딩을 시작했고, 목표액의 절반을 모았어요. 지금부터 한 달 뒤에 열릴 푸드트럭 축제에 편하게 들르세요. 모든 수익금은 푸드트럭 주인들을 지원하고 야외 식사 공간을 마련하는 데 쓸 거예요.

3. 당신은 시장이 되면 예술 장학금, 특히 성 소수자 단체를 지원하는 장학 기금을 삭감하겠다고 밝혔죠.

그들은 당신의 도움 없이도 예술 활동을 해 나갈 테고, 그 영향력은 어마어마할 거예요.

당신은 지역의 수치예요. 이번 선거에서 꼭 패배하길 바랍니다. 결점을 보완할 자질이 하나도 없으니까요.

부디 저한테 신경 끄세요.

제 가족도 건드리지 마시고요.

금욕 반지 파는 일에 집중하세요. 순결을 지키세요.

피비 타운센드 올림

며칠 뒤 코라에게 호르헤하고 있었던 일을 얘기하는데, 코라는 별다른 반응이 없었다. 나는 습관적으로 핸드폰을 힐끔거렸다. 비록 호르헤는 그날 이후로 연락하지 않았지만.

나는 지금까지 여러 번 문자를 쓰다가 지웠다.

> 안녕, 어제 포도를 보고 네 생각났어.

> 안녕, 혹시 루콜라 키우기 어려워?

> 안녕, 보고 싶다. 호박 얘기라도 안 할래?

물론 보건 수업에서 보긴 했지만, 풋볼 동료들과 함께 앉아 내 쪽으로는 고개도 안 돌렸다.

"코라 너도 걔 말에 동의하는구나."

질문이 아니었다. 동의하지 않는다면 바로 티를 냈을 텐데, 코라는 볼 안쪽만 씹었다. 빨대에 마지막 타피오카 알갱이가 걸려 있는데도.

"동의하는 건 아니야."

코라가 마침내 말했다.

"하지만 이해는 가."

"확실히 말해."

내 말에 코라는 특유의 '나 좀 내버려 둬' 눈초리로 쏘아
봤다.

"네가 블로그를 안 닫으면 자기는 빠지겠다니, 그건 좀
아니지. 하지만 사람들이 보내는 내용이 무섭긴 하잖아. 걔
는 네가 안전하길 바라는 마음일 테고."

우리는 버블티를 마저 다 마시고 푸드트럭 단지를 지났
다. 청소부들이 유리 조각과 트럭 잔해를 쓸어 낸 길에는 긁
힌 자국들이 선명했다. 꼭 공동묘지를 지나치는 느낌이 들었
다. 언제나 점심을 사려는 인파로 가득 찼던 거리에 깔린 침
묵이 으스스했다. 심지어 근처 식당들도 눈에 띄게 조용했
다. 사람들은 아예 이쪽으로 발걸음도 하지 않았다. 타코 냄
새를 기억하는 듯 배에서 반사적으로 꾸르륵 소리가 났다.

"새 사물함은 받았어?"

차에 올라타고서 코라가 물어서 생각이 끊겼다. 코라의
차답지 않게 깨끗했다. 앞좌석에 굴러다니는 빈 콤부차 병들
을 데이비드가 못 참았기 때문이다.

"아니, 아직. 로어리 선생님이 3교시 교실 뒤편에 있는
벽장 쓰래."

"쓰고 있어?"

코라는 내 불룩한 백팩을 힐끗 보며 물었다. 나는 어깨
를 으쓱했다. 쉬는 시간마다 특정 교실을 오가는 건 귀찮기

319

도 하고, 원치 않는 시선을 끌었다. 딱 내 불쌍한 사물함처럼.

"아무튼, 나는 사물함 좀 다시 갔다 와야 해. 생물 노트 깜박했어."

"너 월요일에 생물 안 듣잖아."

"알아. 근데 데이비드가 체세포분열 필기 뒷면에 날 그려 놨거든. 자기 말로는 드로잉 수업 과제보다 훨씬 잘 그렸다고, 그걸 제출하고 싶대서 갖다줘야 해. 같이 갈래?"

아니, 별로.

하지만 나는 그저 어깨를 으쓱했고 코라는 자기 엄마의 쉐보레 볼트에 시동을 걸었다. 우리는 텅 빈 학교로 돌아갔다. 금요일 하교 후였다. 당연히 전교생은 다 빠져나갔고, 그래서 마음 편히 우리 학년 사물함으로 향할 수 있었다.

나는 내 사물함이 가운뎃줄에 있는 게 늘 마음에 안 들었다. 항상 위아래가 먼저 빌 때까지 기다려야 했으니까. 하지만 적어도 사물함으로서는 제구실을 했다. 지금은 그저 완벽한 대열 한복판에 난 흉물스러운 상흔이었다. 관리인이 문을 아예 뜯어내야 했던 사물함은 뻥 뚫려서 누가 봐도 강제 철거된 모양새였다. 코라는 이쪽은 쳐다보지도 않고 다이얼 자물쇠를 돌려 노트를 꺼냈다. 그리고 스케치를 찬찬히 살펴보더니 폴더에 끼워 넣고 사물함을 쾅 닫았다.

"사실 엄청 잘 그린 건 아닌데, 그러려니 해야지. 가자."

나는 코라보다 몇 발짝 앞서가다가 다시 한번 내 슬픈 사물함을 돌아봤다. 그 순간, 풋볼 용품을 들고 모퉁이에서 막 나타난 호르헤와 정면으로 부딪쳤다.

우리는 반동으로 물러섰다. 순간적으로 웃을 뻔했지만, 지난 일이 밀려들었다. 한때 입술을 섞었던 우리는 서로 모르는 사람처럼 서 있었다.

호르헤의 눈썹 위로 작은 타박상이 눈에 띄었다. 내 시선을 알아채고 호르헤가 앞머리를 내리덮었다.

"아이고, 통계책 깜빡했다."

코라는 잽싸게 뒤로 물러서며 말했다. 우리끼리 이야기할 틈을 주려고 안달이 나서 급조한 용건이었다. 통계 수업을 듣지도 않으면서.

호르헤는 어색하게 굴더니 마침내 나와 눈을 맞췄다.

안 그랬다면 좋았을 텐데.

나는 호르헤의 학교 일과를 꿰고 있어서 거의 2주 동안 마주치는 걸 피할 수 있었다. 내 입에서 나온 첫 말은 퍽이나 자연스러웠다.

"왜 지금 여깄어?"

"그럼 어딨어야 하는데?"

내 품에?

나는 그럴듯한 답을 찾아 헤맸다.

"여기 말고 다른 데."

나는 내뱉자마자 후회했다. 쏘아붙이려던 건 아니었는데, 호르헤의 말이 허를 찌른 탓이었다.

"가는 길이었어."

호르헤가 눈을 내리깔고 말했다.

"다음에 봐."

실은 네가 보고 싶었어. 네 냄새가 그리웠어. 아니, 지금 맡고 싶다는 건 아니고. 그야 넌 실컷 뛰어서… 땀투성이니까. 하지만 평소에 네 냄새는 정말 좋아.

네가 머리 모양을 신경 쓰던 모습이 그리워. 채소에 환장하던 모습이 그리워. 자기 전에 문자로 바보 같은 밈을 보내던 게 그리워.

네 목덜미에 빼꼼 나온 옷 태그를 넣어 주던 게 그리워.

하지만 무엇보다, 네 목소리가 그리워.

나는 멀어지는 호르헤를 바라보다가 반대 방향으로, 주차장을 향해 걷기 시작했다. 전부 듣고 있던 코라는 아무 말 없이 서둘러 나를 따라잡았다. 찔리는 표정이었다.

"걔가 여기 올 줄 알았어?"

내가 성큼성큼 걸으며 물었다. 코라는 종종걸음으로 따라왔다.

"풋볼 훈련 취소된 거 아니더라고."

코라가 고백했다.

"잘하면 너희 둘이 만날지도 모른다고 생각하긴 했어.

이렇게 딱 마주칠 줄은 몰랐지만, 무슨 말인지 알잖아."

코라는 한숨을 쉬고 날 잡아 세웠다.

"미안. 그냥 도우려고 한 거야. 한 공간에 있으면 이야기할 수 있으니까."

전에는 그랬지….

"좋은 계획이었네. 혹시 왜 다쳤는지도 알아?"

"학교 끝나고 팀원들이랑 티격태격했나 봐. 실은 모니카한테 들었어. 걔네가 경험 많은 여자애랑 사귀는 게 어떠냐고 물었대."

그렇게 단순한 일이 아닐 것이다. 코라에게 자초지종을 물어보려고 하는데 주머니에서 핸드폰이 진동했다. 발신자를 확인하니 엄마였다.

"어, 엄마, 나 지금ㅡ."

나는 잠시 엄마의 당황한 목소리를 들었다.

"알았어. 지금 갈게. 괜찮을 거야."

전화를 끊자 코라가 걱정스레 물었다.

"무슨 일이야?"

"집에 좀 태워다 줄래? 누가 우리 엄마 차 유리 부쉈대."

22

내 노트북이 사라졌다.

엄마 차 창문을 깬 사람이 훔쳐 간 유일한 물건이었다. 핸드백도 그대로 두고. 엄마가 일 때문에 또 내 노트북을 빌렸는데, 차 뒷좌석에 두고 집 앞에 세워 놓은 사이에 벌어진 일이었다.

참 이상한 도난이었다.

누군가가 우리 차에서 뭔가를 훔칠 기회를 노리고 있었나? 우리 엄마를 지켜보고 있었나? 특별히 그 노트북을 노린 걸까?

나는 그걸 도둑맞을 거라곤 생각해 본 적도 없다.

"딸, 정말 미안해."

엄마가 말했다. 비록 엄마 잘못이 아니었지만.

나는 내가 보관한 문서들의 목록을 떠올렸다. 학교 파일들, 사진들, 캠프 자료, 의료 문서 스캔본들. 하지만 도둑이 뭐에 눈독을 들였을지는 뻔했다

내 일기 폴더는 암호가 걸려 있지만, 난공불락의 디지털 요새는 아니었다. 남의 노트북을 훔칠 만큼 간 큰 사람이라면 암호를 풀 만한 사람도 쉽게 구할 것이다.

그래, 일기장을 먼저 털 거다. 뭐가 제일 흥미로울까?

섹스에 대한 무경험자의 고찰?

내 몸에 대해 스스로 품었던 의문? 내 가슴에 대해. 내 음부에 대해.

자위와 발기에 관한 질문?

닐에 대한 생각.

호르헤에 대한 생각.

마치 내 일부를 도둑맞은 느낌이었다.

시장 선거 날 아침 복통을 느끼며 잠에서 깼다. 전날 헬렌 루비노위츠가 전화해서 지난번 인터뷰에 대해 다시 한번 고맙다며, 토론장에서 일어난 일 이후로 어떻게 지내는지 물었다. 어맨다와 한 인터뷰도 잘 읽었다고 했다.

나는 노트북을 도난당한 사실을 말했다. 입술을 꾹 다문

루비노위츠의 얼굴이 그려졌다. 우리 둘 다 증거가 없다는 걸 알고 있었다.

"그저 기다려. 희망을 잃지 마. 선거는 이대로 끝나지 않을 거야. 그 여자는 대가를 치를 거야."

나는 그 희망에 기대기로 했다.

학교에 도착하니 노천강당으로 이어지는 계단 주변에 사람들이 모여 있었다.

내가 다가가자 박수가 터졌다. 처음에는 리디아 브룩허스트가 선사한 또 하나의 역겨운 순간인 줄 알았는데, 코라가 보였다. 코라는 나를 보자 활짝 웃으며 달려와 나에게 팔짱을 꼈다. 코라가 웬 종이 상자들을 둘러싼 인파 쪽으로 거창하게 손짓하며 말했다.

"참고로 우리 부모님도 이 일을 전적으로 지지해. 제일 심플한 디자인은 벌써 품절이야."

코라가 가방을 뒤적거렸다.

"특별히 널 위해 하나 남겨 뒀지."

검정 티셔츠에 흰색으로 **그 블로그 독자**라고 프린트되어 있었다. 그 밑에는 네모 안의 동그라미 이미지였다.

"너무 노골적이지 않고 담백하지? 지금까지 판매 수익

으로 뭘 할지 고민을 좀 했어. 명분을 위해서. 연구 분야를 지망하는 여학생들을 위한 장학금 같은 거. 낙태 지원 단체에 기부할 수도 있고. 피비? 듣고 있어? 마음에 들어?"

나는 울지 않으려고 애써 입꼬리를 끌어올렸다.

"진짜 기발하다."

진심이었다.

"전부 내 공은 아니야. 티셔츠 제작은 원래 호르헤의 아이디어였거든. 우리가 네 편이라는 걸 드러낼 방법. 너희가 그렇게 되기 전에 같이 얘기했는데…."

코라가 말꼬리를 흐렸고 나는 고개를 끄덕였다. 티셔츠 뒷면에는 이렇게 적혀 있었다. **안전하세요. 네모 안의 동그라미를 잊지 마세요.**

블로그 웹 주소도 적혀 있었다. 코라는 이어서 흰 포장지로 싼 소포를 꺼내 건넸다.

"이것도 널 위한 거야. 입기 좀 그러면 안 입어도 돼. 난 혹시, 네가 용기를 낸다면…."

몇몇 사람이 현금을 들고 다가오자 코라는 말을 멈췄다. 나는 포장지를 벗겨 티셔츠를 펼쳤다. 똑같은 디자인인데 흰색이고 **그 블로그 필자**라고 적혀 있었다.

이상하게도, 반드시 입어야 한다는 느낌이 들었다. 그건 스스로 낙인을 찍는 행위였다. 이제 더는 숨길 게 없으니까. 물론 이미 모두가 아는 사실을 인정하는 문구였지만, 그 티셔츠를 입는다는 건 내가 그 사실에 떳떳하다는 걸 의미했다.

코라는 티셔츠를 판매하러 돌아가고, 나는 탱크톱 위에
티셔츠를 겹쳐 입었다.

방과 후에 나는 내 방에 앉아 잠시 음부 추상화의 일렁
이는 선들을 응시했다. 부모님은 다른 방에서 무슨 음식을
포장할지 정하고 있었다. 살짝 열린 내 방 창틈으로 낮게 웅
웅거리는 소리가 들려왔다. 이웃이 잔디를 깎나 보다 했는데
창문에 뭔가가 탁 부딪쳤다. 검푸른… 알갱이?

또 한 번 탁.

그리고 또 탁.

밖을 내다보려고 일어나자 무슨 향기가 났다. 처음엔 좀
미묘하더니—.

레몬?

하지만 그냥 레몬 향이 아니었다.

창가로 가 보니 우리 집 앞마당에 메시지가 있었다. 호
르헤의 정원에서 난 모든 과일로 만들어 놓은 메시지.

미안. 네가 옳았어.

대형 선풍기가 내 방 쪽으로 과일 향기를 실어 보내고 있었다. 풋볼 후드 집업을 입은 호르헤가 땅바닥에 앉아 있다가 나를 보고 일어섰다. 나는 계단을 뛰어 내려가 현관문을 벌컥 열었지만, 우리의 마지막 대화가 떠오르자 입이 꾹 다물어졌다.

호르헤 발치에 블루베리가 한 바구니 있었다. 그거로 내 방 창문을 두드린 것이었다.

"레몬 향이 별로 안 강할 거 같아서."

호르헤가 블루베리 바구니와 땅에 널린 과일들을 가리키며 말했다. 그러고는 주머니에서 무언가를 꺼내 나에게 던졌다.

복숭아였다.

"드디어 그 나무에서 복숭아가 열렸거든."

호르헤가 자랑스럽게 말했다.

"과일로 사과하는 거, 이제 습관이야?"

나는 손안의 복숭아를 굴리며 물었다. 그러자 호르헤는 집업 지퍼를 내려 코라가 특별 제작해 준 게 분명한 티셔츠를 내보였다. 이렇게 적혀 있었다. **그 블로거? 개쩔지.**

"멋지네."

내 시선은 바로 눈썹 위 멍으로 향했다. 내가 그것에 관해 물어보려고 하자 호르헤는 별거 아니라는 듯 손을 내저었다.

"내가 겁먹고 내뺐어."

호르헤는 거두절미하고 말했다.

"그래서는 안 됐는데. 중요한 일이니까."

호르헤는 웃으려다가 내 찡그린 얼굴을 보고 주춤했다.

"입에 발린 말은 별로 듣고 싶지 않아."

호르헤는 상처받은 표정을 지었지만, 내 마음 한구석에 있던 작은 악마는 만족했다.

그래, 죄책감도 좀 느껴야지.

"입에 발린 말이 아니야. 진작 말하지 않아서 미안해."

나는 우리 사이의 거리감을 한달음에 지우고 호르헤를 껴안았다.

"내가 폼이라서 이상해?"

나는 호르헤의 목에 얼굴을 묻고 물었다.

"아니. 그저 개쩌는 거 하나 추가지. 작가에, 연구자에, 성 전문가."

호르헤는 어깨를 으쓱하더니 키스하고 싶다는 듯이 고개를 기울였다. 내가 그 뺨에 손을 얹고 고개를 들어 입술을 겹칠 때 호르헤의 눈에는 여전히 죄책감의 흔적이 있었다. 호르헤는 씩 웃더니 내 입술을 더 깊이 머금으며 우리 사이의 나머지 거리를 없앴다.

"안으로 들어가자."

호르헤가 말했다. 멍이 자세히 보이자 눈살이 찌푸려졌다.

"이 많은 과일은 다 어쩌고?"

"아, 맞다. 같이 주워 주라. 직거래 장터가 내일이야. 싱싱할 때 팔아야지."

호르헤와 나는 집 안으로 들어와 선거 결과를 기다렸다. 지역 채널에서 개표 결과를 방송할 예정인데, 브룩허스트는 투표 마감 전에 공개 사과를 하기로 했다.

화면에 나온 브룩허스트는 피곤한 얼굴로 경직된 웃음을 짓고 있었다. 이제껏 본 중에 가장 보수적인 옷차림이었다. 자기가 사과를 입고 있다고 생각하는 게 표정에 드러났다.

나는 사과의 대상으로 그 자리에 초대받았지만, 부모님도 반대하고 나도 갈 마음이 안 들어서 거절했다. 반면에 코라는 방청하러 가겠다고 했다.

"안절부절못하는 꼴 직접 가서 봐야겠어. 낙선할 때 어떤 표정일지도 궁금하고."

카메라가 청중들을 비출 때 뒤쪽에 앉은 코라와 데이비드가 보였다. 나는 경선 토론 때만큼 많은 사람이 그 괴이한 사과를 목격하고자 참석한 걸 보고 조금 만족을 느꼈다.

코라 주위에는 새 티셔츠를 입은 무리가 있었다. 그 검은 군단은 모두 진지한 얼굴로 뒷줄을 차지했다. 데이비드는 비니까지 검은색이었다.

"존경하는 주민 여러분."

브룩허스트가 말문을 열었다.

"이 자리를 빌려 경선 토론에서 벌어진 일들을 제가 얼마나 유감스럽게 여기는지 전하고 싶습니다. 저도 사람이다 보니 때때로 용서를 구할 일이 생깁니다."

박수가 쏟아졌다.

"그리고, 제가 비록 그 블로그를 문젯거리로 보았지만, 실은 지금도 그렇게 보지만, 결코 미성년자의 신원을 노출할 의도가 없었음을 알아 주셨으면 합니다. 저는 그런 사람이 아닙니다. 학교 교직원일 가능성도 얼마든지 있었죠. 어쨌거나 명심해야 할 것은, 그 블로그에 강력한 지지의 목소리를 내는 성인들이 있다는 겁니다."

더 큰 박수가 터졌다. 그때 뜻밖의 일이 벌어졌다. 브룩허스트가 다시 말을 하기 전에, 방청객들 사이에서 누군가가 말했다.

"브룩허스트 씨, 다시 한번 말씀해 주시겠어요?"

모니카 한센이 무리의 한가운데 서서 브룩허스트를 바라보고 있었다. 무대 근처에 있던 선거 관계자가 마이크를 들고 모니카에게 달려갔다. 그러자 브룩허스트의 오른쪽에 앉아 있던 남자가 벌떡 일어섰다.

"질문은 받지 않겠습니다. 이 자리는 공개 성명서를 낭독하는 자리입니다. 잘 못 들으셨다면 옆 사람에게 물어보거나 지역신문에 게재될 때까지 기다리시면 될 것 같습니다."

남자는 모니카를 향해 희미하게 웃고는 시선을 돌렸다. 모니카는 앉을 기미도 없이 마이크를 들고 말했다.

"저는 단지 브룩허스트 씨가 방금 한 거짓말을 되풀이하실지 확인하려는 것입니다."

침묵이 깔렸다.

브룩허스트는 충격받은 듯 눈을 크게 떴지만, 놀란 기색은 순식간에 사라지고 특유의 화사한 웃음으로 바뀌었다. 단지 평소보다 입꼬리가 부자연스러웠다.

"제가 이 상황을 제대로 따라가고 있는지 모르겠네요. 하지만 성명을 마친 후에 기꺼이 질문자와 따로 논의하고 싶군요."

브룩허스트는 모니카의 발언을 막으려 했지만 숨을 고르는 사이 모니카가 다시 목소리를 높였다.

"방금 미성년자의 신원을 노출할 의도가 없다고 하셨죠. 그런데 우리 카운티 전역의 여러 고등학교의 기독교 동아리와 혼전순결주의자 모임에서는 브룩허스트 시장 선거위원회로부터 그 블로그와 관련하여 익명 제보를 요청하는 이메일을 받았다고 주장합니다. 분명 미성년자들을 대상으로 한 이 이메일에 관여한 적 없다고 말씀하시는 건가요? 그리고 그 블로그 작성자가 10대라는 건 거의 상식인데, 나이

를 의심했다 하더라도 어떻게 폭로할 의도가 없었다고 말할
수 있습니까?"

"저는 개인적으로 그런 이메일을 보낸 적이 결코 없습
니다."

브룩허스트가 다급하게 말했다.

"그렇다면 누군가가 후보님 모르게 보냈다는 말씀인가
요?"

조금 전까지만 해도 술렁이던 사람들이 갑자기 조용해
졌다.

"카메라 끄죠."

아까 브룩허스트를 대변했던 남자가 말했다. 장내에서
항의하는 소리가 터져 나오는 것과 동시에 우리 집 거실에
있는 텔레비전 화면이 나갔다.

나는 얼른 핸드폰을 집어 들었다.

코라에게 문자가 왔다.

카메라 다 껐어!

대박. 브룩허스트 완전 열받았음.
저런 표정 처음 봐.

모니카 쟤는 왜 저래?

호르헤와 내가 화면의 블루 스크린을 보고 있는 사이 코라가 계속 상황을 보고했다.

> 기자들: 브룩허스트 씨, 지난주 사건 이후 캘리포니아의 모든 주요 귀금속점에서 순결 반지 납품이 중단되었다는 게 사실인가요?

> 피비 타운센드 학생이 블로그에 올린 편지에 답변하시겠어요?

> 푸드트럭 사건에 대해 더 하실 말씀 있나요?

> 개꿀잼. 브룩허스트 완전 당황해서 질문 다 피하고 있어. 심지어 지지자들이 나서서 변명하려고 애쓰는 중.

공개 사과만 방청하기로 했던 부모님은 개표 결과가 발표되기 전에 집에 돌아왔다. 둘 다 그 블로그 독자 티셔츠를 입고 있었고, 기분이 좋아 보였다.

아빠가 식탁에 커다란 피자를 내려놓자 우리 네 사람은 둘러앉아서 공개 사과, 선거, 코라의 성공적인 티셔츠 프로젝트에 관해 이야기했다. 엄마는 호르헤의 채소밭에 대해, 아빠는 심지어 풋볼에 관해 물었다. 둘 다 호르헤가 왜 우리

집에 있는지는 묻지 않았으나 번갈아 가며 나를 향해 의미
심장한 눈길을 보냈다.

한 시간 뒤, 피자와 마늘빵을 거의 해치웠을 때, 우리는
생방송 개표 결과를 보기 위해 채널을 돌렸다. 방송이 시작
되기 전에 또 한 번 헬렌 루비노위츠의 전화를 받았다.

"견딜 만하니?"

"전 괜찮아요."

내가 말했다. 거의 진실이었다.

"뭐, 결과가 어떻게 되든, 도와줘서 정말 고마웠다."

그때 화면에 아나운서가 등장해서 우리는 통화를 끊었
다. 부모님이 소파로 와서 나와 호르헤 옆에 앉았다. 사실 아
빠는 지난 며칠보다 편안해 보였다. 막바지 선거 운동에 몰
두하느라 집에 앉아 있는 모습을 본 게 실로 오랜만이었다.

발표가 시작되자 호르헤는 내 손을 꽉 쥐었다.

아나운서는 솜털 같은 흰머리만 조금 남은 머리에 두꺼
운 검정 뿔테 안경을 쓴 남자였다. 그는 각 후보의 공약을 몇
분 동안 설명하고 나서 개표 결과가 담긴 흰 봉투를 건네받
았다. 화면에 리디아 브룩허스트와 헬렌 루비노위츠의 사진
이 나란히 뜨며 또 한 번 두 후보 사이의 극명한 대조를 강조

했다.

그는 봉투를 개봉하고 카메라를 똑바로 바라보며 말했다.

"당선자는, 리디아 브룩허스트입니다."

23

페니스 캡티부스(penis captivus)는 성관계 시 드물게 일어나는 현상으로, 삽입 중에 여성의 질 근육이 수축해 남성의 성기가 빠지지 않는 상태다.

왜 이 사실이 충격 속에서 가장 먼저 떠올랐는지 모르겠다.

"피비, 괜찮아?"

호르헤가 물었다.

안 괜찮았다.

내 영혼은 잠시 육체를 떠나 집 안을 떠돌며 블로그 속 정보들을 주워섬기고 있었다. 역사상 가장 기이하고 성 지식이 풍부한 유령이었다.

질은 높은 산성과 자연 분비물로 스스로 세척한다. 음핵은 남성의 음경과 마찬가지로 발기할 수 있다. 음핵에는 음경의 두 배에 이르는 8천 개의 신경 말단이 모여 있어서 성적 자극에 매우 민감하다. 질은 출산할 때 성관계 때보다 세 배 이상 확장될 수 있다. 여성의 오르가슴은 임신을 유도하도록 설계되었다. 질벽의 움직임이 정자를 포궁으로 보내기 때문….

나는 어찌어찌 현실로 돌아왔다.

"그 꼴을 보이고도… 당선하다니."

호르헤가 믿을 수 없다는 듯이 말했다.

나는 아빠가 그렇게 맹렬히 욕하는 걸 들어 본 적이 없다. 하지만 '이런 우라질'이 한 번 더 나왔을 때 엄마가 아빠를 진정시키려고 뒷마당으로 데려갔다. 아빠 이마에 선 핏줄이 터지기 직전이었다.

두 사람은 한참 뒤에야 돌아왔다. 아빠는 고개를 가로저으며 중얼거렸다.

"말도 안 돼. 이건 코미디야."

아빠는 마치 친구한테 뒤통수를 맞은 듯 낙담한 표정이었다. 그럴 만도 했다.

그 모든 사건 후에도 우리 주변에 브룩허스트에게 동의하는 사람들이 많다는 뜻이었으니까. 특정 책들이 거북하다는 이유로 불온 서적으로 지정해야 한다고 생각하는 사람들. 옛 도덕관념이 교과과정을 지배해야 한다고 믿는 사람들. 성

관련 블로그를 쓰는 여학생을 타락했다고 보는 사람들.

"오래 못 갈 거야."

호르헤가 말했다.

"브룩허스트는 경험도 없고 정치가 어떻게 돌아가는지도 모르잖아."

나도 그 말을 믿고 싶었지만, 브룩허스트는 당선 발표 한 시간 뒤 취임 연설에서 자신의 주요 공약을 실천할 의지를 다시 한번 천명했다.

1. 시내 중심가에서 푸드트럭 운영 전면 금지. 푸드트럭 운영 희망자는 새로운 시의회에 재허가를 신청해야 함.

그야 사건의 기억을 지우는 유일한 방법은 푸드트럭 단지 자체를 없애는 것이니까.

2. 불순한 지역 장학제도에 대한 자금 지원 중단 및 소상공인을 위한 예산 확충.

그야 '불순한' 건 소수자들이고, '소상공인'은 시내 중심가에서 영업하는 자기 친구들이니까.

3. 청소년 성교육을 '오직 금욕' 또는 브룩허스트가 좋아

하는 표현인 '성 위험 방지' 교육으로 전면 개편하는 교육위원회 운동.

그야 그들은 여전히, 섹스에 대한 정보를 없애면 섹스를 막을 수 있다고 생각하니까.

선거 결과는 참혹했지만, 그 후 며칠 동안 좋은 소식도 있었다.

"그 여자 가게, 완전 무지개 폭탄 맞았잖아."

코라가 신나서 말했다.

"그게 무슨 말ㅡ."

호르헤가 질문을 마치기도 전에 코라는 핸드폰을 들이밀었다. 우리는 머리를 맞대고 새로 꾸민 브룩허스트의 가게 앞 사진들을 확인했다.

누군가가 종이 공예로 거대한 비둘기를 만들어 놓았다. 부리에 걸린 큼직한 브래지어에 **그 블로그 독자**라고 적혀 있었다. 호르헤는 웃음을 터뜨렸고, 나는 더 자세히 보려고 사진을 확대했다. 유리창 가득 거대한 네온 무지개들이 걸려 있고, 그 앞 보도도 다채로운 예술 작품으로 빼곡했다. 대부분 헐벗은 사람들이 즐겁게 춤추는 모습을 묘사했다.

"몇몇 성 소수자 단체 작품이야. 분홍색은 여성 단체들 작품이고."

코라가 말했다.

브룩허스트의 가게 위 간판은 분홍색 포스터로 도배돼 있었다. 문구는 브룩허스트의 유명한 외모 비하 발언이었다.

아름다운 여자가 더 성공한다.
얼굴이 오늘내일하면 그리 멀리 못 간다.

"압권은 따로 있어."

데이비드가 다른 사진을 확대하며 말했다. 포스터들 아래 무지개 반짝이 가루를 덮어쓴 작은 덩어리들이 백 개는 되어 보였다.

"개똥이야."

데이비드가 만족스럽게 말했다. 과연 예술이었다.

집에 오니 부모님이 우편물을 분류하고 있었다. 일부는 쓰레기통으로 직행했지만 나 보라고 따로 빼 둔 것도 몇 통 있었다. 골라내야 할 악성 편지가 여전히 많지만, 나는 선의의 편지에 집중했다. 모든 사람이 날 섹스에 환장한 변태로 생각하지 않는다는 게 위안이 됐다.

그렇게 생각하는 사람이 많긴 해도.

다행히 스탠퍼드대학은 그중 하나가 아니었다.

적어도, 다음 날 우편으로 받은 편지에 의하면 그랬다.

피비 타운센드 양에게

우리는 〈네모 안의 동그라미〉를 알게 되어 무척 기뻤고, 피비 양의 이야기를 관심 있게 지켜보고 있었습니다.

어맨다 휘터커에게 자세한 사연을 들었습니다. 우리는 중요한 주제를 세심하게 다룬 피비 양의 뛰어난 업적에 박수를 보냅니다.

최근 블로그와 관련해 불거진 일들로 질의응답 게시판을 닫기로 결정한 것은 참 안타깝게 생각합니다.

개인적으로 그것이 일시적인 결정이길 바랍니다. 저도 학창 시절에 〈네모 안의 동그라미〉 같은 자원이 있었다면 얼마나 좋았을까 싶거든요. 주변에서 답하길 꺼리는 질문들을 마음껏 할 수 있는 창구이니까요.

과학적 호기심으로 성을 탐구하는 10대 여학생에게 손가락질하는 사람도 있겠지만, 우리는 피비 양이 장래가 촉망되는 훌륭한 인재라고 믿습니다.

우리는 스탠퍼드가 피비 양의 우선 지망 대학이라고 알고 있습니다. 입학 절차나 합격 가능성에 대해

서는 언급할 수 없지만, 내년 가을에 본교에 지원하
길 기대하고 있겠습니다.

행운이 가득하길
위노나 벨리오
스탠퍼드 입학처

나는 그 편지를 몇 번이나 읽고 나서 부모님에게도 보
여 줬다. 엄마 아빠가 당장 스탠퍼드에 입학한 나를 보러 올
계획을 세우는 바람에 기겁했다. 왜냐면 나는 합격 통지서를
받은 것도 아니고, 미리 호들갑을 떨었다가 부정 탈지도 모
르고, 그 편지로 얼마나 내가 행복해졌는지 인정하고 싶지
않았으니까.
봉투 안에는 어맨다가 쓴 작은 메모가 들어 있었다.

인터뷰해 줘서 고마워.
앞으로도 좋은 글 기대할게.
어맨다 루이스 틸 휘터커

그날 늦은 밤, 어맨다의 정식 이름(Amanda Louise Till-
Whitaker)을 다시 보는데 왠지 어디선가 본 듯한 느낌이 들
었다. 나는 몇 주 전에 꺼내 본 아기 사진이 든 상자에서 녹

색 봉투를 다시 찾았다.

편지에는 'A.L.T.'라는 서명이 있었다. 길고 비스듬한 T가 어맨다의 것과 비슷해 보였다.

나는 이 편지를 아무에게도 보여 주지 않았다. 애초에 내가 봐서도 안 될 것처럼 느껴졌다. 하지만 다시 생각해 보니, 그 상황에 내몰렸을 때 어맨다가 어떤 심정으로 그 편지를 썼을지 머릿속에 그려졌다.

어맨다도 린다 비스타 출신이라고 했으니까.

과거와 현재가 묘하게 맞물리는 듯한 순간이었다. 어맨다에게 물어볼 생각은 없다. 그야 확실하지도 않고 너무나 사적인 편지니까. 하지만 어떻게 이 작은 인연의 실들이 모여 내 손에 들어왔는지 궁금했다.

정말 어맨다였을까?

24

"뭔가 추가할 내용 있니, 피비?"

스노든 코치는 얼간이처럼 말하지 않았다. 사실, 고개를
조금 정중하게 숙인 듯도 했다. 보건 수업이 껄끄러울 건 진
작 알고 있었는데, 피할 길이 없었다. 난 이 한심하고 쓸모없
는 과목을 끝까지 들어야 했다.

"추가할 내용 있냐고요…? 제가요…?"

몇몇 사람이 웃자 스노든 코치가 매섭게 경고했다. 수업
중에 웃는 학생들을 어느 때보다도 엄하게 다스렸다.

"괜찮다면 나와서 얘기 좀 해 줄래?"

뭔 얘기? 내가 공개적으로 수치를 당했다는 얘기? 우리
부모님이 협박 편지들을 걸러 내야 한다는 얘기? 아니면 내
가 성에 얼마나 관심이 많은지 떠들어 보라고? 내 사물함에

더러운 짓을 했을지도 모를 또래들로 가득 찬 교실에서?

나는 스노든 코치를 빤히 쳐다봤다. 호르헤가 책상 아래로 내 발을 툭 건드렸다.

"한마디 하고 싶으면 해. 잃을 것도 없잖아."

그러고는 입 모양으로 덧붙였다. 괜찮아.

나는 호르헤를 향해 눈을 굴렸지만, 다른 학생들은 이미 고개를 돌려 날 보고 있었다. 그 시선들을 마주하자 얼굴이 점점 화끈해졌다. 나는 교실 앞으로 걸어가 스노든 코치가 주로 앉는, 가죽 깔개가 쩍쩍 갈라진 높은 걸상에 앉았다.

"네가 이 수업을 맡는다면 어떻게 하겠니?"

스노든 코치가 물었다. 야유가 터져 나올 만도 한데, 그러지 않았다. 왜인지는 알 수 없었다.

나는 질문을 곱씹었다. 모두가 날 지켜보고 있다는 걸 인식하자 가슴이 울렁거렸지만, 한 번도 말을 섞어 본 적 없는 학생 둘이 코라가 만든 티셔츠를 입은 걸 보고 한결 차분해졌다.

"저라면 질의응답 시간을 갖겠어요."

"어느 누가 교실에서 섹스에 관해 질문할 수 있겠어요?"

누군가가 말했다.

"익명으로 받으면 돼요. 블로그에서처럼요."

"해 보죠."

호르헤가 교실을 둘러보며 말했다. 나는 스노든 코치를

바라봤다. 코치는 자기 책상에서 메모지 한 묶음을 꺼내 반 전체에게 나눠 주고 다시 앉았다.

"성에 대해 궁금했던 걸 적어 보세요. 이름은 빼고요."

다들 그렇게 했다. 호르헤가 쪽지를 거뒀고, 나머지 시간 동안 나는 질문들에 답했다. 이상하거나 부적절한 말을 하는 사람은 없었다. 심지어 몹시 내밀한 질문을 다룰 때도.

나는 목소리에서 감정을 싹 빼고 폼이 블로그에서 쓰는 언어로 이야기했다.

"네, 그럼 임신할 수 있습니다."

"아니요, 음경은 그렇지 않습니다."

"네, 음부는 확실히 그렇게 할 수 있습니다."

반은 조용했고, 심지어 몇몇은 내가 말하는 동안 필기를 했다. 기분이 이상했다.

종이 울리자 다들 교실을 줄줄이 빠져나가며 내게 고맙다는 인사를 건넸다.

"잘 들었어, 피비."

"수업 멋졌어."

"고마워, 피비. 넌 그렇게 안 생겼는데, 섹스에 대해 겁나 많이 안다."

그래, 마지막은 칭찬이 아니었지만, 그냥 넘어가기로 했다.

호르헤가 문간에서 두 팔을 벌려 날 안았다. 그때 스노든 코치가 우리에게 다가왔다.

"유익한 시간 만들어 줘서 고맙다, 피비."

"천만에요. 근데 갑자기 절 왜 불러내신 거예요?"

스노든 코치는 엿듣는 사람이 없는지 살피는 척했다.

"솔직히 내가 이 수업을 맡게 된 건, 누가 맡아도 상관 없어서야. 난 운동부에선 나름 호랑이 코치지만, 보건 수업? 출석만 하면 그만이지. 진지하게 듣는 사람도 없고. 심지어 섹스에 대해서도. 그야 성에 대해 교실에서 뭘 배우길 기대 하겠어?"

코치는 심호흡했다.

"하지만 너처럼 진지하게 다루는 사람이 있다면 누군가 는 진지하게 듣겠다는 생각이 들더라고. 다음 수업에는 레예 스 보건 선생님도 초청 연사로 오실 거야. 내년엔 아예 담당 하시기로 했고."

코치는 어깨를 으쓱했고, 나는 뭐라고 말해야 할지 몰랐 다. 사실 고등학교 세계에서는 미미한 일이었다. 내가 수업 을 한 번 맡아 질의응답을 했다고 바뀌는 건 없다. 여전히 나 를 변태라고 생각하는 사람들이 있다.

하지만 스노든 코치의 마음은 고마웠다. 그는 내가 생각 한 것만큼 한심한 인간이 아닐지도 몰랐다.

그날 밤 우리 부모님은 거실 소파에서 그들만의 브룩허스트 격퇴 운동을 이어 가고 있었다. 엄마는 누운 채로 변호사가 보낸 서류에 밑줄을 치고, 아빠는 내가 안 보는 줄 알고 핸드폰으로 집 매물을 훑어보며 다른 손으로는 엄마 발을 마사지했다.

발을 주무르는 애정 행위에 눈살이 찌푸려질 만도 한데, 나는 그저 둘이 다시 한 팀이 되어 기뻤다. 아빠의 노트북 화면에는 현재 고객 목록이 띄워져 있었다. 아빠는 전화 돌리는 걸 멈추고 쉬는 참이었다.

사실 브룩허스트를 무찌르려는 시도는 이제 무의미해 보였다.

"이미 시장이잖아."

나는 스페인어 단어 카드를 정리하다가 잠옷 바짓단을 끌어 내리며 말했다.

"그래, 사업은 타격을 입었지만, 곧 회복되겠지. 누가 건드리겠어. 이제 누가 자길 뒷조사한대도 신경 안 쓸걸."

내 말에 엄마는 코웃음을 치다가 서류를 놓쳐 얼굴에 떨어뜨렸다.

"신경 안 쓰긴."

엄마는 상체를 일으켜 앉으며 아빠에게 다른 쪽 발을 내밀었다.

"최근에 변호사를 더 고용했더라고. 두고 봐. 이건 시작일 뿐이니까."

그러고서 엄마는 다시 웃음을 터뜨렸다. 아빠와 나는 걱정스러운 눈빛을 주고받았다.

"피오나, 아직 이렇다 할 건수가 없어. 자잘한 것들뿐이라고."

엄마는 피식 웃었다.

"그 여자가 가운데 이름으로 통한다는 걸 다들 까먹었나 봐."

엄마가 검지를 세우고 말했다.

이번에는 아빠가 웃었다.

"농담해? 그런 걸 누가 신경 써."

"원래 이름은 뭔데?"

내가 물었다.

"앤."

둘이 동시에 답했다.

"왜 본명을 안 써?"

내가 묻자 엄마는 눈을 굴리며 으쓱하더니 아빠 어깨에 기댔다.

"앤은 너무 흔하잖아. 그리고 자기 외할머니 이름이기도 했어. 사이가 안 좋았다더라. 성을 바꾼 뒤에도."

"성도 바꿨다고?"

나는 갑자기 흥미가 돋아서 물었다,

"어. 다들 아는 얘기야. 브룩허스트는 외가 쪽 성이야. 돈을 쥔 쪽. 아버지 성은 티먼스인데 자식들은 모두 브룩허스트지."

엄마는 눈을 감고 하품하며 말했다.

"어쩌면 네 아빠 말이 맞을지도 몰라. 그런 걸 누가 신경 쓰겠어."

나는 멍하니 눈을 깜빡거렸다. 머릿속에서 뭔가가 찰칵 들어맞았다.

"하지만 분명 숨기는 게 있어. 한두 개가 아닐걸. 확실한 걸 찾을 때까지 계속 팔 거야."

아빠는 엄마 정수리에 입 맞추고 핸드폰 화면을 계속 스크롤 했다. 나는 황급히 내 방으로 돌아갔다.

방문을 닫고 침대에 걸터앉아 진실의 충격을 떠안았다.

리디아 브룩허스트는 앤 리디아 티먼스기도 했다. A.L.T.

동네 산부인과 의사에게 편지를 보내 부모에게도 말할 수 없었던 일을 도와준 것에 감사를 표한 사람. 나는 다시 상자를 뒤져 그 편지를 열어 봤다.

멀린 선생님께

아무에게도 말할 수 없었어요. 제가 과연 옳은 선택

을 한 걸까요?

부모님은 절대 모를 거예요.

영영 아무도 모르겠죠.

선생님이 아니었다면 저는 지금 이 자리에 없을 거
예요.

구해 주셔서 감사해요.

A.L.T.

나는 편지를 다 읽고 앉아서 한 자 한 자 곱씹었다.

요란한 필기체 L은 브룩허스트가 우리 집에 왔을 때 엄마에게 남긴 포스트잇에서 본 것과 똑같았다. 그제야 편지에 적힌 날짜가 눈에 들어왔다. 애초에 어맨다일 리 없었다. 너무 어렸으니까.

안전한 성관계를 맹렬히 비난하고 '오직 금욕'을 부르짖던 사람이 한때, 아마도, 낙태 수술을 받았다면?

그때 내 뒤쪽에 있던 아빠의 옛 컴퓨터에서 크게 띵 소리가 났다. 〈네모 안의 동그라미〉 알림이었다. 누군가가 쪽지를 보낸 것이다.

피비에게

공개 사과 자리에서 못 봐서 아쉽구나. 하지만 나 때문에
조금이라도 괴로웠다면 직접 사과할 기회를 주면 좋겠다.

혹시 내일 시간이 된다면 우리 가게 본점에 들러 주길 바란다.

리디아 브룩허스트

타이밍이 묘했지만, 문득 한 가지를 깨달았다.
내가 브룩허스트의 약점을 쥐고 있었다.

25

브룩허스트를 만나러 갈 때 그 편지는 내 주머니에 있었다.

"혼자 가도 되는데."

나는 결코 날 혼자 가게 두지 않을 두 사람에게 말했다.

코라도 호르헤도 대꾸하지 않았다. 코라는 'X 같은 환경오염' 티셔츠를 입고 호르헤의 차 뒷좌석에 올라탔다.

"네 노트북을 담보로 협박해서 너희 부모님이 수사를 단념하게 하려는 수작이야."

나이키 풋볼 티셔츠를 입은 호르헤가 말했다.

"만약 노트북을 훔친 사람이 브룩허스트가 아니라면?"

내 말에 코라와 호르헤가 날 지그시 봤다.

"알아들었어."

브룩허스트가 닌자처럼 우리 엄마 차창을 부수고 다닐리는 없지만, 도난의 배후라는 것에는 의심의 여지가 없었다. 브룩허스트가 수사 종결을 원한다는 것도 안다. 나는 주머니에 손을 넣어 편지를 움켜쥐었다.

　　호르헤는 브룩허스트가 미처 치우지 못한 반짝이 흔적들을 가리키더니 코를 킁킁거렸다. 여전히 희미하게 개똥 냄새가 나는 듯했다.

　　"신이시여."

　　코라가 '축복받은 하루 되세요!'라는 팻말이 걸린 입구에 들어서며 말했다. 내부는 앙증맞은 흰 천사 모형이 가득하고, 벽을 따라 금색 성경 구절들이 줄지어 있었다. 한쪽에는 기독교 장식품들이, 또 한쪽에는 안전 운전부터 창조론까지 온갖 격언이 적힌 차량용 스티커가 빼곡했다. 우리가 도착했음을 알리는 차임벨이 요란하게 울리자 코라가 흠칫했다.

　　예수상 전시대 근처에서 낭랑한 목소리가 들려왔다.

　　"피비! 와 주다니 무척 기쁘구나."

　　브룩허스트는 어깨가 트인 연보라색 스웨터에 진주 귀걸이를 하고 머리색만큼이나 가식적인 웃음을 짓고 있었다.

　　"아퀴 바모스 아 에스타(Aqui vamos a estar, 이제 시작이군)."

　　호르헤가 스페인어로 중얼거리며 브룩허스트를 쏘아보

고는 코라를 따라 금욕 반지와 천사 펜던트 전시대로 갔다. 코라가 날 지켜보며 문자를 보냈다.

> 그 망할 년이 널 세례 하려 들면
> 비명 질러.

브룩허스트는 날 테이블로 이끌었다. 홍차와 스콘이 화려한 연보라색 식기에 보기 좋게 담겨 있었다. 일부러 옷 색과 맞춘 듯했다.

"앉으렴."

브룩허스트가 웃으며 말했다. 가게 안의 몇몇 사람이 우릴 힐끔거렸다.

"그래, 다시 한번 말하지만, 나 때문에 조금이라도 마음고생했다면 사과하고 싶어. 의도한 것은 절대 아니었어. 우리가 이 마음의 앙금을 털어 내면 좋겠구나."

마음고생'했다면'이라고, 오해할 가능성이 있다는 듯이 말하면 결코 사과가 될 수 없다. 오해는 개뿔.

"네."

"그리고 노트북 도둑맞았다며? 정말 유감이야."

흥미로운 발언이었다. 내 노트북이 엄마 차에서 도난당한 유일한 물건이라는 사실은 아는 사람만 아니까. 브룩허스트가 이번 만남의 본론을 꺼내려는 게 분명했다. 만약 내가 영화 속 히어로였다면 이 대목은 가면을 쓴 빌런한테서 번 득이는 녹색 안광이나 뱀처럼 갈라진 혀를 눈치채는 순간이 었을 거다.

"네, 정말 속상했는데, 다행히 중요한 파일은 다 백업했 어요."

"하지만 공개하고 싶지 않은 사적인 내용도 있겠지."

브룩허스트는 내가 안 마실 게 뻔한 차를 따라 주며 말 했다. 나와 시선이 마주치자 브룩허스트는 빙긋 웃었다.

"지난 일은 묻어 두고 오늘부로 화해하자, 피비. 성교육 처럼 중요한 문제는 책임 있는 사람들에게 맡겨 두고."

"성 위험 방지 교육은 성교육이 아니에요."

나는 차분하게 말했다. 브룩허스트가 눈을 부릅떴다. 올 라간 입꼬리도 살짝 떨렸다. 그는 한숨을 내쉬더니 찻잔을 들고 의자에 등을 기댔다.

"알잖니. 문제는 블로그 자체가 아니야. 그런 정보를 공 공연하게 내걸면서 그런 행위를 정당화하고 있는 게 문제 지."

나는 주머니에 손을 넣어 편지를 쥐었다. 하지만 그때 가슴이 쿵 내려앉았다. 여기 올 때까지 고려하지 못한 무언 가 때문에.

이 사람은 남을 신경 쓰지 않는 사람이다.

나와 내 가족을 다치게 한 사람이다.

358

방금 내 사적인 일기장을 들먹이며 날 협박한 사람이다. 뻔뻔하고 천박하고 악의에 찬 사람이다.

그런데도 나는 이 편지로 브룩허스트를 협박할 수 없었다. 젊었을 때 남몰래 산부인과 의사의 도움을 받은 증거를 들이밀며 일격을 가할 수 없었다. 만약 그렇게 한다면, 나 스스로 낙태를 부도덕한 일로 낙인찍는 것일 테니까.

나는 심호흡하고 의자에서 일어나서 말했다.

"제 노트북 가지고 마음대로 하세요. 당신 비밀은 지켜줄 테니까."

브룩허스트가 잠시 멈칫하더니 눈을 크게 떴다. 머릿속으로 내 말을 되풀이하는 걸 알 수 있었다. 몇몇 사람이 가게 안으로 들어서면서 차임벨이 울리자 브룩허스트는 왠지 더 초조해 보였다.

나는 점점 안절부절못하는 브룩허스트를 그저 지그시 바라봤다. 문득 내 얼굴에 완벽한 브룩허스트표 가식 미소가 떠오르는 게 느껴졌다. 그걸 보고 브룩허스트가 흠칫했다.

"네가 내 비밀에 대해 뭘 알아?"

"알 만큼 알아요."

내가 몸을 틀며 말했다.

"협박하는 거니?"

브룩허스트가 속삭이듯 물었다. 주변에 사람들이 있어서 평소처럼 상냥한 얼굴을 유지했지만 목소리는 싸늘했다.

"전 협박 같은 거 안 해요. 다 진심으로 한 말이에요. 제 컴퓨터 털든 말든 전 상관없어요."

브룩허스트가 뭔가 상한 걸 씹은 듯이 입술을 일그러뜨렸다.

"축복받은 하루가 되시길."

내가 싱긋 웃으며 말했다.

코라와 호르헤가 문 앞에서 날 기다리고 있었다.

"리스타(Lista, 준비됐어)?"

호르헤가 물었다.

그래, 준비됐다. 나는 고개를 끄덕였고 우리는 가게를 나섰다.

레예스 선생님의 조언이었다. 불편한 침묵을 만들고 그저 지켜보라.

웬만한 사람은 나가떨어진다.

26

2주 뒤

"그건 못 써, 맷."

식탁에서 아빠와 이메일을 훑어보던 엄마가 피곤한 목소리로 말했다.

"대체 왜?"

일하는 두 사람 주변에는 포장 음식이 널려 있었다. 아빠는 마지막 남은 한국식 바비큐를 깨작거렸고 엄마는 스시 부리토를 신중히 베어 물었다. 둘은 최대한 자주 푸드트럭을 이용했다.

"가슴 확대 수술은 선거 자금이랑 관련 없잖아. 저열한 인신공격일 뿐이야."

"근데 예전에 어떤 영화배우를 콕 집어서 가슴에 손댔다고ㅡ."

"그 여자가 무슨 망언을 했든 상관없어. 돈 문제에 집중하자고."

엄마가 아빠 말을 끊자 아빠는 부루퉁한 표정을 지었다.

"그건 뭐 엄청난 폭로라서?"

아빠가 투덜거렸다.

"어쨌든, 난 방금 건진 것들이 더 흥미로워. 이 정도면 푸드트럭 단지 사건과 브룩허스트를 연관 지을 수 있겠어."

둘은 옥신각신하면서도 식탁 아래로 발장난을 쳤다. 나는 눈길을 돌리고픈 마음과 그 순간을 음미하고픈 마음 사이에서 갈등했다. 내가 호르헤를 만나러 나간다니까 둘은 동시에 말했다.

"도착하면 문자 해라."

푸드트럭 쪽에 주차한 나는 잠시 차 안에 앉아 한때 공터였던 주차장을 오가는 사람들을 지켜봤다. 한쪽 구석에 놀이터가 세워졌고, 몇몇 사람이 땅에 벤치를 고정하고 있었다. 호르헤는 줄지어 있는 화분 옆에서 토마토 모종을 심고 있었다. 함께 기증한 블루베리 묘목들도 보였다.

차에서 내리면서 보니 누군가가 고압 세척기로 길바닥을 청소하고 있었다. 모니카 한센이 맹렬한 표정으로 바닥 사이사이 낀 유리 조각들을 쓸고 있었다. 고개를 들다 나와 눈이 마주쳤는데, 인사도 없이 다시 하던 일로 돌아갔다. 사람들은 복잡하다. 모든 사람이 선과 악으로 나뉘지 않는다는 사실이 왠지 위안이 됐다.

나는 부모님에게 문자 했다. '도착했어.'

"홈커밍 안 간 거 후회 안 해?"

호르헤가 물었다.

"안 해."

나는 온실 안쪽 그네 의자에 앉아 대답했다. 호르헤는 흙 묻은 손으로 두 모종에 주렁주렁 열린 노란 토마토를 조심스레 따서 바구니에 담았다. 나는 몇 개 찌부러뜨리는 바람에 해고당해서 구경만 하고 있었다.

호르헤의 텃밭은 지난 몇 주 사이 아주 풍성해졌다. 우리가 다른 어느 곳보다 이곳에서 시간을 많이 보냈기 때문이다. 또 호르헤는 하와이의 인기 품종인 헤이든 망고의 꺾꽂이 순을 구했고, 자기 아빠와 함께 지난 며칠 동안 이국적인 식물을 전문적으로 재배하는 농장에 다녀오기도 했다. 처음엔 탐탁지 않아 했던 호르헤의 엄마도 점점 교배 작물에 빠져들었고, 호르헤가 몇 달 동안 찾아 헤맨 키위베리의 암수 묘목을 찾아내기도 했다.

363

"블러드 오렌지 나무야, 피비! 이건 구아바! 이건 망고!"

호르헤가 행복한 얼굴로 외쳤다.

내 일손이 꼭 필요하다고 했지만, 내 관심을 딴 데로 돌리려는 게 분명했다. 망고는 내가 제일 좋아하는 과일이다. 그리고 망고는 내가 하와이 사촌들 뒷마당에서 맛본 헤이든 망고가 최고였다.

홈커밍은 왔다가 갔다. 코라와 호르헤는 코트에 선발됐는데도 참석하지 않았다. 학교에 협박 전화가 걸려 온 건 공공연한 비밀이었다. 교장 선생님은 내가 참석하지 않는 게 최선이라고 여겼다.

"그래서, 비밀 요원 토니에게 답장하긴 할 거야?"

호르헤가 물었다.

"하긴 해야지. 넌 토니를 계속 그렇게 부를 거야?"

"아마도. 남들 모르는 저작권 대리인(literary agent)이면 비밀 요원(secret agent)이 딱 아니야?"

나는 실제로 토니의 이메일을 수신함에 꼬박 하루 묵혔고, 결국 답장을 쓰기도 전에 전화가 왔다.

"피비, 내 이메일 봤지?! 뭘 망설여?"

나는 저작권 대리인이 생긴 지 한 달밖에 안 됐기에 어느 대형 출판사에서 〈네모 안의 동그라미〉를 책으로 펴내고 싶어 한다는 소식에 어떻게 반응해야 할지 몰랐다. 그들은 내가 블로그에서 다룬 질의응답에 성 전문가들의 의견을 곁들인 실용서를 원했다.

또 그들은 내가 트위터에서 성 소수자 단체, 장애인 인권 단체와 함께 교과과정에 좀 더 포괄적인 성교육을 포함하자는 해시태그 운동을 벌인 것도 좋아했고, 그 내용도 책에 담길 원했다.

나는 이 모든 일이 내 블로그와 내 연구라는 틀 안에서 벌어지고 있다는 게 아직도 믿기지 않는다.

"이건 대박이야. 출판계에서 이런 사례는 흔치 않아. 출판사는 당장 출간하고 싶어 해!"

토니는 속사포처럼 말했다. 뉴욕 사람은 시간 낭비를 못 참는다는 내 고정관념이 더욱 확고해졌다.

"기획은 다 돼 있어. 그리고 협박 편지도 일부 포함하면 좋겠대."

그 이유는 알 만했다. 자극적일수록 흥미를 유발할 테니까. 하지만 나는 그 추한 혐오를 세상에 내보일 준비가 됐는지 확신이 안 섰다.

선거 이후 언론의 관심은 많이 사그라들었지만 악의는 여전히 도사리고 있어서 우리 부모님은 마침내 이사를 결정했다. 그리 멀리 가지는 않는다. 그저 두 사람이 밤마다 내 방 근처에서 보초를 서야 할 필요를 느끼지 않을 정도로만.

아직 악몽을 꾸는 게 나뿐만이 아니었나 보다.

"피비, 듣고 있어? 네가 확답을 줘야 해. 책으로 펴내고 싶어? 최대한 많은 사람에게 전달하는 게 네 목표 아니야?"

"맞아요."

하지만 그러면 날 더 많이 노출하게 되는 것도 사실이었다.

"어떻게 하고 싶어?"

나는 침대 아래 숨겨진 성교육 자료들과 주변에 질문할 사람이 없는 아이들을 떠올렸다. 그리고 코라, 데이비드. 나에게 질문을 보낸 적 있는 모든 이들. 이 모든 일의 시작인 캠프에서 본 나풀거리던 음경까지.

"책으로 만들어 봐요. 지구상에서 가장 솔직하고 발칙한 성교육 책으로 만들자고요."

토니는 호탕하게 웃었고 우리는 전화를 끊었다.

에필로그

그해 여름

우리는 대화를 나눴다. 여러 번. 우리가 어떤 방식을 원하는지. 뭘 기대하는지. 뭘 기대하지 않는지.

부모님이 집에 없고 한참 뒤에야 돌아올 걸 아는데도 여전히 어색했다. 이사한 뒤 처음으로 우리끼리 집을 독차지한 날이었다.

하지만 이론과 실전은 다르다. 나는 6월 17일 금요일에 실감했다.

"마음이 바뀌었다면, 꼭 지금 하지 않아도 돼. 난 급하지 않아."

호르헤가 느낌상 한 다섯 번째 말했다. 호르헤는 내가 자신 있는 척해도 은근히 긴장하고 있다는 걸 알았다. 한심했다. 지난 몇 달 동안 우리가 성적인 접촉을 안 한 것도 아니고, 내가 뭘 모르는 것도 아니니까.

건강한 성관계의 바탕은 지속적인 의사소통이다. 호불호를 서로에게 명확히 표현하는 것이다. 감정을 속이면 누구에게도 도움이 안 된다. 사실, 모든 걸 더디게 할 뿐이다. 상대방이 뭘 하든 좋아하는 척하면 의미 있는 관계를 맺기 어려워진다.

그래서 우리는 섹스를 하기에 앞서 이야기를 나눴다, 많이. 거의 성적 긴장감이 사라질 만큼. 하지만 나는 우리가 서로를 이해한다는 걸 확실히 하고 싶었다. 나는 피임약을 3개월간 먹고 호르헤는 무조건 콘돔을 쓰기로 했다.

우리는 시간을 들여 둘 다 동의하거나 동의하지 않는 성적 행위에 모두 표시했다.

이제 서로 탐구하고 싶은 것이 하나 남았다.

우리는 마주 봤다가 왠지 모르게, 동시에 눈을 피했다.

정말? 이제 와서 쑥스럽다고? 나는 속으로 중얼거렸다.

"난 마음 안 바뀌었어."

"알겠어. 그런데 혹시라도 바뀌면…."

내가 손을 뻗어 호르헤의 바지 지퍼를 내리자 호르헤가 말을 멈췄다. 밖은 따뜻했고 내 방 창문은 살짝 열려 있었다. 천장의 선풍기가 윙윙거렸다. 우리는 순식간에 벌거벗었고, 나는 다가올 일을 예상하며 조금 떨었다. 내가 느끼는 감정이 꼭 '긴장'은 아닌 것 같지만 더 나은 표현을 떠올릴 수 없었다. 하긴 이 순간까지 논리적인 반응이 뭔지 따질 필요는 없었다.

처음으로 완전히 벗은 몸을 마주하고 호르헤가 빙그레 웃었다.

"아름다우시네요."

나는 우리의 처음이 나에게 가장 편한 장소에서 이뤄지길 원했다. 호르헤도 동의했다. 아마도 긴장을 어느 정도 풀어 줄 테니까.

나는 손가락으로 호르헤의 가슴을 훑고 허리께를 만지작거리다가 등을 대고 누웠다.

호르헤가 내 위로 몸을 겹쳤다. 팔꿈치로 상체를 버티고 있어서 답답하지는 않았다. 호르헤는 입술을 포개고 내 혀를 찾았다. 생각보다 심장이 빨리 뛰었지만 더는 긴장되지 않았다. 나는 준비가 되었다. 본격적인 단계에 앞서 호르헤가 내 얼굴을 살폈다. 나는 살짝 웃으며 괜찮다는 걸 알려 주었다.

정말, 생각보다 괜찮았다.

내 안에 있을 때 호르헤는 내 귀와 목 사이의 점을 발견하고 입 맞추며 말했다.

"사랑해."

처음 듣는 말은 아니었지만, 사랑이 육체적이면서 감정적인 행위가 되자 느낌이 사뭇 달랐다. 나도 사랑한다고 속삭였고, 나머지 시간은 기분 좋고 몽롱한 아지랑이처럼 흘러

갔다. 내 평생 기억하게 될 순간이었다.

한참 뒤, 우리는 이불 속에서 끌어안고 있었다. 호르헤는 내 가슴에 머리를 기댄 채였다. 나는 지난 몇 달간 벌어진 일들을 떠올렸다. 브룩허스트의 야심찬 도서관 불온 도서 목록 지정 계획은 실패로 돌아갔고, 기독교 잡화점 앞에는 예술적 장난이 끊이지 않았다. 귀금속 사업은 나에게 수치를 주려다 얻은 부정적인 평판 때문에 거의 망했다. 그리고 푸드트럭 단지 재건 사업 허가를 막으려고 온갖 방해 공작을 폈는데, 푸드트럭 축제가 캘리포니아주 전체의 주목을 받아 엄청난 성공을 거두면서 우리 마을은 다문화 요리의 중심지가 됐다.

브룩허스트의 시장 임기는 사실상 지역신문에 브룩허스트의 망신을 시시각각 포착할 자유를 준 거나 다름없었다.

여전히 나는 가끔 불쾌한 메시지를 받고, 심지어 위협도 받는다. 하지만 이제 무시하는 법을 배웠고 도를 넘은 것들은 바로바로 신고한다.

또 나는 이제껏 답하지 못한 질문에 대해 곰곰이 생각해 봤다.

왜 내가 폼이 됐을까?

과학적 호기심?

희망 사항?

오히려 내가 쓸 만한 주제가 아니라고 생각해서?

모두 어느 정도는 사실이겠지만 이제 하나 더 덧붙이고 싶다.

나는 섹스를 즐기기 때문이다.

이러면 더 논란이 되려나?

양철북 청소년문학 7

차마 말할 수 없는 것들에 관하여

1판 1쇄   2023년 4월 10일
1판 2쇄   2024년 11월 1일

글쓴이   줄리아 월튼
옮긴이   이민희
펴낸이   조재은
편집   이혜숙
디자인   서옥
관리   조미래

펴낸곳   (주)양철북출판사
등록   2001년 11월 21일 제25100-2002-380호
주소   서울시 영등포구 양산로 91 리드원센터 1303호
전화   02-335-6407
팩스   0505-335-6408
전자우편   tindrum@tindrum.co.kr
ISBN   978-89-6372-417-1 (03840)
값   17,000원